時間
也許從不站在我們這邊

目次

2021.01.09

介

在讀進大學前，我一直都困擾，人該如何活，個體之於群體，人扮演著什麼角色，到底自己存在這個世界裡，究竟有什麼意義。於是我選讀政治，想找出理想的社會裡，人類的作用與角色。但離開中學的我如離開牢籠的獸，面對沒有圍籬的世界，竟是如此茫然。眼見大學圖書館裡書藏萬本而自己一無所知，眼見身邊都是滿口理論，隨便一個概念都滔滔不絕的學長與師長，只有一股熱血的自己，算得上是什麼？於是我失落，自卑，毫無信心，像頭野豬似的亂衝猛撞，在課上課外不斷提問，不斷找老師問像我這樣的年紀時，你們有想過自己想成爲一個怎樣的人嗎？世界過於龐大而自身過於渺小，究竟自己之於世界，算得上什麼。

然後某天在大學圖書館裡忽然想明白，如果那些事情來得迅猛且一聲令下世界而變，其實正如暴政極權一樣恐怖，那只是以生命統治生命。改變是漫長而悠長的，細水長流，那時我是如此深信著，如信仰一般。

我參加了中文大學學生會，因緣際會下成了學生會會長，在那個時候城市潛藏的憤怒，特別包括從一九九七年香港移交中國後的情緒，積累到快要溢出的地步。於是學生運動群起，且有香港大學戴耀廷教授提出的佔領中環概念（這個概念其實是參考了二〇一一年那個響應佔領華爾街運動在港佔領中環的實踐），學生代表的聲音變得備受注目，也成了政治力量的一股匯流，自然而然學生會也捲進了佔領中環的運動裡，以至於二〇一四年雨傘運動，我成爲了運動鏡頭上某些可被辨識的樣貌，機緣下擔當了某些角色。

後來運動落幕，對於人類作用，又有了一種別的體會。個體能動性之於社會龐大結構的作用力，不只是有或者無，裡面存在更多質地上的分別、流向與反饋的質異。我深深覺得在都市的現代政治裡，似乎人類力量都會有所減弱，或曰馴化。人或者會有明確的目標與相應的策略，但卻似乎遠遠觸不及人類與世界整體存活處境的根本。

自我大學畢業，面對社會，我覺得在城市裡面找不到活著的質感，一切來得扁平，我想在香港日常的都市以外找到思想的靈感、生命另外的可能。於是我讀，去行山野，去看紀錄片，接觸到自然，一路理解下去，就會涉及地球與天體的運行，慢慢我對時間、對宇宙的形成產生興趣，因爲這與氣候、雨水、陽光、季風、土地與海洋這些生態要素息息相關。我想知道在超越人類現世的恆河裡，存在著什麼超越的生命意義。

這路上我當過記者，轉做自由寫作者，和葉泳琳搬了出來，一同開辦了生活書社，同時間我們面對狂熱的消費主義、吃人的租金，五年間搬了四次屋，一次鋪，一次倉庫，當然還少不了雨傘運動佔領九子被告案。我想尋找逃逸之地，我對無政府主義，對反抗的歷史愈感興趣——不再是社會或政治「應該」如何，而是它們「實際上」是如何，以及在主流記載以外，那些實在的生活可能。

當所有人包括自己都以爲我們必定下獄，我卻被判緩刑。又在我審訊剛完一個多月後，經歷反送中運動——痛苦、絕望、希望、力量、人性光芒與邪惡交織糾纏，如果有神聖，爲什麼她對暴行默不作聲？如果沒有神聖，又何以人們孜孜不倦堅持負嵎頑抗？

文學呈現的是一個世界，但其必須借助於人們對現世的理解、某些人類交往運作的法則，不然我們無法鉅細靡遺地把世界每個錯綜複雜的糾纏寫進文字裡頭，讀者也無法由零理解一個全然虛構的世界。問題是，要借助於現世到哪個程度？如果大量借用對現世的理解，那不過是文字紀錄？文學眞有必要虛構嗎？虛構與否，又有什麼意思。

佛學裡有個說法叫「中觀論」，認爲我們在世間所經歷的萬物，皆無法獨立於外在而存在。萬物之生賴於他者之間的相互關係，此即爲「緣起」。看起來獨立存在之物，不是物之眞象，只是外顯，只是我們所看到的「虛相」。無論是物理現象還是精神現象，都是我們在感知他們的存在，他們的存在繼而成爲我們的某些觀念。我們感知到什麼，在於我們如何觀察，而我們如何思考與使用語言呈現這些觀察，又會影響觀念本身。量子物理學的開創者說過，「我們觀察到的不是自然本身，而是自然對探索方法的回應。」當我們感知到物與他者之間的盤纏蔓生，就會開始看到「實相」。而「空」，就是「實相」的終極本質。「空」不是徹底斷滅、一無所有，而是無常，缺少自我定義、自我證明，缺少恆常不變——諸法互為緣起。

這本書收錄了我二〇一六到二〇二〇年底寫下的文章，經我和編輯重新鋪排，揀選，集結而成。我想整理自己這些年心裡一直渴望與掙扎的到底是什麼，我想探索這個世界的奧祕。我想知道文字在殺戮的世界前，是如何的貧乏或者豐富，他的界限在哪裡，寫作在痛苦面前，還可以是什麼。我想知道，如果換各種不同的方法重新觀察、寫作，現世或者是否能變成另一種現世。

此書是某個我某段旅程某個起點的某種展現，希望能伴某個你走過某一段路，經驗某個世界。

序之三篇

2020.12.07

神聖

我沒有信仰，但不斷在追尋信仰。

信仰是種超越的神聖，我們追逐，堅定不移，篤信踐行，用生命嘗試趨近意義的源頭，她給予世間一切存活的意義，讓人們前仆後繼，倒下再重來。某些信仰崇拜某種人類形像的神明，有些信仰敬拜世間所有泛靈，有些追求哲學邏輯的深意，有些奮鬥現世公義平等自由之類的價值，有些探問科學的規律直到宇宙的起源，在我來說這一切都是信仰。

我好想知道個體之於整體世界，人有什麼的位置與重要，於是我讀政治，以爲在裡面可以找到人類社會理想的共存模式，經歷某幾場運動，遭受到某種政治審判，發現純粹人腦內在的思考沒辦法找到生命的意義，生命的根源絕不能就這樣被定義於某種局限於人類界的外顯政治價值。

所有能夠持續的，一定在於某種超越現世的泉湧，我轉而探問自然。許多生態與自然的書寫，告訴我們生死起滅其實是同樣的事，不是某種成功失敗能夠定斷，也永遠無法被囚禁於室，她蘊含在各種彼此與對立，她蔓生延成纏繞不息，卻任何東西也無可從這個網絡連繫逃脫，矛盾與融和統一。而這種超驗於人類的生態自然，從宇宙大霹靂起就持續運轉，經歷千億萬年的聚合離散再創造，隨著時間之箭的前進從起始的布局併發出各種的任意隨機，重複顯現的規律成爲宇宙的概率，而我們所見到的所有元素基本粒子，不過是宇宙或曰神聖大能的極少部分，我們在整個宇宙裡頭微不足道到連一粒沙子之於地球所有風沙也不及。我們其實從來無法觀察到神聖或者意義的源頭，因爲源頭離我們太遠，而且那也是神祕幻變的，她或者會出現，就算是也會在千億萬分之一秒或更少的時間裡，衰變成各種日常不過的基本粒子元素，我們壓根就不會察覺到。我們其實只是從無限的日常裡盡量感受些微的質異，然後重組還原回溯神聖的顯現。神聖與意義無法被直接觀察的，要靠世世代代的累積與統合，才能在抽象的意義下理解，於是才在那麼的一個瞬間，我們才得以嘗試想像日常的神聖。意義與神聖，是同樣的一回事。

這些被年月累積的經驗與思考，會成爲某種理解生命的地圖。地圖不是一張紙兩套軸線，她標示的是所有數據的整合與排序，讓你知道自己的座標，距離於意義之間的維度。

生死有命上有天堂下有地獄是種地圖，政治從極權過渡民主是種地圖，歷史從群落走向國家是種地圖，理想與現實的二分是種地圖——地圖是賦予一切日常意義的經緯。持有地圖並不是要我們定奪人們的對錯，那不過是誤用地圖，也把意義生命之類的問題從積累的智慧還原成基本的標示點，背叛了意義。地圖會誤，人類的智慧結晶也會腐朽，甚至人類本身的存在或許只是神聖的某種無意後果。在無限的廣袤維界之間，有無限的大能我們無能所知，但我們的生物意識被設計成必須被意義所驅動，而只要這種渴求意義的意識未被摧滅殆盡，我們就還有許多工作可以做。

被命定的自由

慾望是什麼？生命在某個瞬間起就被命定了。人生於這個時代，在各種社會歷史的設置之下活著，沿著路走下去，乃是命中注定。但不，就算有人能夠知道這個世界的一切設定一切歷史，結果都不是絕對的。我們對於未來的預期只是個概率，某個結果很可能會是這樣。因爲歷史不是給定的，不如我們所理解的命中注定——他預設了，他限制了，他只說明在某個環境布局之下，如果在沒有干擾的情況之下，他會發展成一個什麼的模樣。但是，人在其中，就如大千世界裡無限的元素原子，或者你想像成在沙漠裡千億粒沙子一樣，你知道沙暴大概會吹向哪個方向，大約會形成怎樣的沙丘，但你永遠無法複製每類沙粒的排列組序，在風吹之下沙的飛動是隨機的，換句話說那就是未來不是命定的，只要有一粒沙吹歪了，就如一盤波子❶倒在盤裡，只要你干擾一粒波子的動向，他的動能就會變化，軌跡改變，與其他波子碰撞，然後整個布局就不一樣。

「歷史決定了未來」，但歷史不是因，未來不是果。歷史未來原因結果這類說法，其實只是某組方便理解的公式，沒有人說我做了什麼，就會決定未來，你行動的瞬間，只不過是干擾了宇宙持續行進的軌跡，於是在某個給定的情況能量布局之下本來會發生的事就變動了。但沒有什麼是本來不本來的，你不行動，也會有其他別的能動者行動，你可以想像這個世界有千億萬個能動者，就有超過千萬億個不同組合的布局可能，但你永遠都不可能確定每個能動者的行動，就算你知道了，你也無法限定沙漠漫天沙粒的行進路線。所以你沒有所謂確定知道的過去，也不會有所謂被決定的未來，但你在創造不確定性，讓整個場域稍爲多了一丁點的能量傾向。千萬個行動能量或會相互抵消，又或者會共聚變化，浮出一個無法化約還原爲組成元素的全新整體。推動人類行動的決定，是慾望。你渴求，你著緊，你執迷，人們常說忘記了過去，但爲什麼我們不問——我們忘記了未來。未來是命定的，在我們出世那刻起，所有能量布局就刻在身體記憶裡，不過是我們在世的每個決定，更新了世界的設置，更新了這個設置公式之下的後續序列，我們每刻都在忘記未來，到頭來我們被命運推著走，卻又是自由。我們生而爲奴，過去發生的歷史給定了我們的開

局，歷史代代傳承，刻入基因，構造現世的我們，但上帝對於人類的設置，僅限於創天造地那刻，那往後的事有她的影子，但她也無能為力，只能眼巴巴望著自由的人類世不斷繁衍複雜組態的隨機可能，每秒花開又枯萎，潮夕更替，看著人類彼此相融廝殺，破壞創造、毀滅又重生。

滅寂

我曾經想過就這樣，在衰敗的木舟，閉上雙眼，任由海風吹拂，隨著浪擺一直漂浮，蕩至某個趨向寂滅的世界。直到某天，肩上落下一頭鳥，黑褐色，羽毛亮澤整潔，他就一直站在我的肩上，腳緊緊抓著，使得血從皮膚上滲出來，血流不止。他不作聲，不起動，不掙扎，就這樣，偶爾望著我，點一下頭，繼續和我一樣面向相同的世界。自他落下那刻起，生命有了重量，木舟吃水更深，不再漂浮，慢慢墜落，下沉，人體與船體分離，鳥與人繫在一起，下潛的氣泡不斷浮升。夜之海無光，一片漆黑，滅寂。

但經歷某些重複與荒謬後，好像有什麼不一樣了。我發現有些配置更換了，我只是站在那些如石沉大海墜落人們身上的一頭黑鳥，緊緊抓住他們肩膀直到出血，才有了小小的

❶ 波子：彈珠。

生命棲點。但我不想再閉上雙眼了。我曾經以為自己可以在水裡，一直堅持下去，甚至死在水裡。但某個瞬間，我不想死了，不一定關絕望事，或者是看到未來也不一定。我想飛離那片漆黑海洋。我想生命前進，我想活下去，既然我活下來了，我就不想死。我想成長，我想成為光，就算世間根本不需要持續無意思的輝煌。我想飛，我想把墜下的都拉回來，把逝去的都救下來。不，不要說這麼多，專注當下，感受一切被安排的自由，去尋找未來的希望，改寫與救贖那個背棄大海的自己。誰背棄了誰？或許不過是換口氣，然後又沉潛下去，誰又知道。

後——來

Title

2016.12.01

哈維爾說，人有第二口氣。第一口氣，是我們在大約二十來歲之時，有了對世界初步的認識，開始用自己的眼光去看待世界，然後以差不多十年內的時間，從各個方面釋放這種對世界的初體驗。然後到了某個關口，他們發現自己窮盡了自身描述世界的語言及表達方式，要思考如何走下去。他可以選擇搜索枯腸找尋另外展現自我的方式，去繼續在社會中佔一席位，但這基本上是在重複自己。如果不是，他就要放棄一切，告別諸衆，從過去釋放自己，艱苦困難地重新開始，是爲第二口氣。

而高強度的生命軌跡會壓縮喘息空間。一口氣不需十年隨時早盡，在拒絕苟活與換氣之間，是氣數幾盡之時，人往往會因而抓狂，失落，沉默。在昂揚的世代間，在稀薄的氣息裡，人是怎樣過活，靈魂終歸何處，也許是不合時宜的話題。不合時宜，是誰的時宜。如果生命眞有軌跡，又是誰固下的拋物線。誰來證明第二口氣可以殘喘苟延，及至第三、四五口氣？假如有通往未來的船票，也許無人願意走。

2016.12.05

歷史退潮時的燃燈者：在香港重讀哈維爾

只有一個深植民間的，真正以多元多樣做為原則的，充分體現民眾參與的，創造的民主傳統，才可最終堵截由人民動員邁向以人民之名行獨裁之實的可怕道路。

——一九九一年香港出版《天安門評論》發刊詞

哈維爾是捷克作家及劇作家，著名的持不同政見者、天鵝絨革命思想者之一。他的創作斟酌時弊，呼籲人們在（後）極權制度之下活出眞誠，受捷克共產黨當局持續迫害。一九七七年起他陸續被指「危害共和國利益」、「顛覆共和國」而鋃鐺入獄。一九八九年六月四日起，波蘭的團結工會在公開選舉中擊敗共產黨取得超過九九%議席，同年及後柏林圍牆倒塌，東德政權垮臺，在匈牙利民主化和立陶宛宣布獨立的鼓舞下，捷克人民走向街頭要求司法獨立和舉行公開的自由選舉，最終在一九八九年十二月，出獄僅四十二天的哈維爾被選爲捷克斯洛伐克聯邦共和國總統。

〈無權勢者的力量〉是哈維爾的代表作，寫於一九七八年，剖釋捷克斯洛伐克的共產極權如何改造人民生活而使得兩者相互構成。

在這篇代表作中，哈維爾認爲現今的極權制度已不像過去有明確的制宰源頭，社會不存在可以透過破壞特定群體或階級而得到解放。在今天的極權體制下，權力正如巨大綿延的蜘蛛網，這個網是爲體制，限定了每個人生活的模式、形態、思想規矩。也許大家都不明白，也無意深究規矩的意義，但只要大眾都服從，就能從這張網之間獲取利益，得到「安逸穩定」的生活。假若人們要反抗，哪怕只有一點點的自主意識，在權力網泥足深陷的人們就會告發攻擊那些心有異想的人，因爲他們恐懼，恐懼在現存權力網下的既得利益會因體制被推翻而煙消雲散。

在哈維爾看來，這正是後極權體制的特質：不如過去的極權體制有明確制宰階級，現在每個人都是權力制宰的源頭，沉默不作聲的順服人群，在共同支撐起後極權的制宰結構——「大家都是體制要控制的對象，但大家同時都是體制的主人；大家是體制的犧牲品，也是體制的工具。」

也正是在這樣的後極權社會中，哈維爾才提倡，要「living in truth」，活出眞誠，過光明磊落的生活。當人們開始探問規矩，不再活於謊言假意的體制規限之內，後極權體制就失去默從的支柱，制宰才能夠從根本地被消解。

「活出眞誠」的想法，對同樣經歷八九年國際政局風起雲湧，卻慘遭中共屠城的思想者影響很深。當手無寸鐵的學生遇到軍警的殘酷鎮壓，在這樣極端懸殊的權力對比中，被壓迫的人們是否束手無策？「判斷一種活動的是非功過，能否以有無眼前可見的實效爲標準？」這是劉賓雁在《哈維爾選集》撰寫的前言中所說，而「人人都應自省」，是其中的回答——我們每個人爲自由所做的事，足夠了嗎？群衆活得眞誠就夠了嗎？

《哈維爾選集》出版於一九九二年，收錄了哈維爾不同時段的論政文章與劇作，是中文世界第一本哈維爾譯著，它的策劃和編譯者的聯合署名是「天安門民主大學」，由「香港專上學生聯會民主基金」贊助，「基進出版社」正式出版。

「天安門民主大學」誕生於北京的天安門廣場。據劉健芝在《遊走於體制內外》一書內的分享，一九八九年學生佔領廣場，五月十九日政府宣布戒嚴令，學生估計快要清場，但市民動員支援未到，軍隊也未達清場，於是學生們就構想了「天安門廣場民主大學」，使得廣場不至無所事事，也期在思考之間釀出進一步行動。當時一批香港學生接到北京學生的請求，希望他們買擴音器到北京支援廣場辦學。至六月三號晚上，天安門廣場上接到軍隊會來壓鎮的消息，廣場上的學生決定，雖壓鎮將至，但立此存照，宣布「天安門廣場民主大學」正式成立。幾個小時後，便成血的歷史。

後來有人提議，既然廣場大學未能實現，就在廣場以外的地方延續。中國大陸以外的不少地方，如法國巴黎、美國東部都有復校嘗試，而在香港成立的「天安門民主大學海外復校計畫香港籌備處」，簡稱「天安門民主大學」，成了延續時間最久的一個。當時顧問有Stuart Hall、Marshall Sahlins、Terence Turner、John Comaroff、Mark Sheldon、武藤一羊等。

一九九〇年起，「天安門民主大學」在香港運作了超過一年半，其間舉辦過不少公開課程，每個課程大概八堂，每週同一時段上課，星期一至五每晚有兩門課程，星期六日則每晚有三門課程，由一群志同道合的核心分子自資自辦，還出版過不少對應時局的思想刊物，《哈維爾選集》便是其中之一。

在他們出版的另一份刊物《天安門評論》的發刊詞裡，我們讀到了這群人在八九民運後的思考：「在震撼全球的力量，化爲在漫長歷史中細心建設的時候，各地冒起的地區主動性(local initiative)就更稱珍貴。因爲只有一個深植民間的，眞正以多元多樣做爲原則的，充分體現民衆參與的，創造的民主傳統，才可最終堵截由人民動員邁向以人民之名行獨裁之實的可怕道路」，「在現時這個運動退潮的時候，正需要加強理論、思想上的探討，以做爲運動高潮來臨的準備。」在這個意義上，他們承繼了天安門廣場上的抗爭精神，承繼了歷史長河上那忽明忽滅的燈，刻下自由眞誠的思想實踐。

在思想的角度來看，歷史並不過時。二十六年前人們立足香港思考中國，對於今天的香港來說，這段歷史同樣蘊含思想資源。二、三十年過去，我們的社會有變得更好嗎？我們也許都該自省，反問己身是否已做足夠，是否能在(後)極權籠罩之時，活出眞誠磊落？知識，也如權力，不屬於任何特定群體，也存於日常生活之間。只要願意思考生命與社群以至世界之關係，願意活出眞誠，就足以稱得上是「思想者」。會思想的人，未必自由，因爲他有所求，有所求則有所限制，有限制則覺無處不是枷鎖；然而他們都是最自由的，也許吧！

在我有限的資料之中，曾經被文本記載參與貢獻「天安門民主大學」包括講學出版等等的前輩包括：劉賓雁、羅永生、馬嶽、徐昌明、奕雯、阮志雄、劉健芝、許兆麟、古蒼梧、鍾祖康、岑淑群、黃奇智、陳炳釗、李金鳳、陳清僑、鄭毓盛、陳文鴻、劉健青、羅樹基、李焯桃、梁秉鈞、許寶強、盧斯蒙、陸德泉、丘延亮、姿亞飛、金超、潘永忠、言諒、馬國明、杜良謀、懷秋、陳國樑、關慶、趙飛、周國強、秦永敏、許應祈、楊淑貞、蘇耀昌、楚湘、胡美蓮、梁漢柱、姚傳禮、夏鑄九、陶飛、羅賓士、梁志遠、杭之、葉蔭聰、斯圖、魚思華、斐文昆、稽士、吳萱人、陳的曼、林光沁、Catherine K. Lin、卜永堅、譚翼飛、阮勛、丁一、求霧子、陸萍、亦農、武藤一羊、韋思……還有衆多名不見傳或有所遺漏的義工志士，不管他們今天路往何方，但他們曾在歷史退潮之時點下思想的燈，我在此向他們一一致意。

2017.01.26

在光明間低吟黑暗

最近一位朋友提到我曾寫過的文章，很感謝他把一些往事勾起，也挑動了這幾年的感受。對於寫字人來說，自己的文字有讀者，能夠被人所記住，是難得之事。但無論如何，寫字對我來說最重要的，是爲使自己不被遺忘，不被身處現實洪流的自己遺忘。每次我失意落泊，都有寫字的衝動，寫字對我來說，是一種自我告解，如果無法再寫作，我在某個意思上就等於死亡。我不奢望能做成什麼驚天之事，也不求出人頭地，出人頭地這樣的想法本來就有夠奇怪，我只希望可以用文字，記下生命間的深淺厚薄。寫下文字不爲別人交代，而是把刻下想法記住，曝光於人前，逼使自己——「你曾經這樣說過，大家都看過聽到，可不要背叛自己喔。」

朋友翻出來的文章，是我幾年前寫下的，也是一些對時政的思考。那樣的文字我也許再也無法寫得出來，倒不是我不再認同那樣的思想，也不是那種「回不了頭」的懷緬往昔，而是那種無所負重的生命已經過去，那種字裡行間沒有苦難與實感，沒有現實重量的文字，再也無法從我的靈魂而出。靈魂已經轉化了，生命軌跡有所不同了。對於寫作與思想而言，這是好事，也反過來說明當時年紀小。這些年來，我一直觀察自己的寫作，當中的精神面貌轉變了不少，孰好孰壞，留待讀者判斷了。走入社會，想好好過自己的生活，如此艱難，然而你很清楚知道自己始終無法如常人一樣生活——如果正常人的生活總有既定要素必須追隨的話。現實洪流力猛如此，你得費多好幾倍勁才能立而不倒，不被沖走，但自己清楚知道所做之事，確有意義，無論如何，起碼對自己來說，這些種種構成自己的生命和個性；如果我們不是一個人在洪流之中奮力，而是身邊都有各種各樣的人一樣，各自為自己的理念而奮鬥，我們會不會更有士氣？既然如此，就只有一個問題——你做還是不做？

生命太蒼白，根本無法創作。在死亡的邊緣，往往是思想創造力最旺盛之時。如果我以往的文字是一味訴說光明，今天我想在光明間低吟黑暗。文字如此寫下，有點感慨，權作紀錄，當我們被自己遺忘，就是消亡之時。

2017.03.11

我也不知道

一陣風吹，就如垂柳搖擺，倒臥在床了。說起來已忘了上一次生病之時，以爲年代久遠，葉泳琳即糾正我那不過是半年之前。也罷，這也許是最近以來病得最重一次。

那時年輕，根本沒有生病與否的概念分別。哪天不精神，就睡在床上，稍事休息，大不了把事放後，反正也沒有非做不可之事。那時候與同房J住在大學宿舍裡，老是把厚重不透光的窗簾拉上，管他媽的大白天陰天雨天。我們厭光，也許是太刺眼，也許太習慣活在黑暗裡面，反正在無光之所在，一切行進都似乎更眞實。只要睡覺，一切都會好起來，至少我（們）是這樣相信。後來從宿舍走入校園，從校園走入社會，一切都複雜起來，似乎總有無數非如此不可之事，爲什麼非如此不何？無人解答。然後，身體就開始變得差，然後生命力的回復變得緩慢，直到後來感受到生命的流逝，都不回來了。就在這些時候，生命中就有了「生病」這個概念，生病似乎變成了一道咒語，一道可以讓敵人都無法行進的符碼，擋住了一切「非如此不可」形形式式的指令，儘管很多時候都不太奏效。

重病讓我休息上幾天，卻也難得換到這幾年來罕有的停頓。在無光的所在，只要你不行進，就是停頓，物理上靈魂上的，你會化成幽暗，沒有誰能夠凝視你；在強光的所在，只要你不停頓，就一切都在行進，所有人都在注視你，自大學始，我在這樣的狀態下活了好幾年，然後慢慢也習得了這種生命形態，勉力活出了好幾年要與人分享的時光。有時我想，是什麼時候我們習慣把人變成透明，非得要看穿透他，不過整個時代就是要把自己透明化，每個人也習慣把日常鉅細靡遺公諸同好，每個人都在社交媒體努力裝扮，過一種以往只有明星才會過的生活。假如你有一絲隱瞞，也其實只是不想向世界交代，彷彿就是犯禁一樣，警報會響起，周圍的人就會致以最親切的關心與問候，他們也許都只是出於關心，關心不發一言的你是否出了狀況，但這就已經夠讓人吃不消了。

病榻上放著一本北島的《城門開》，牛津大學出版社出版，是書社收回來的，北島說，他要透過文字重建那個已然消逝，與他成長經驗息息相關，屬於他的北京。書內述及聲音、氣味、遊戲、諸如此類，都有著昔日北京舊城的物理記憶。透過書寫，是否就能夠重建一座城市？不過我們做的許多事情，其實也不能夠重奪屬於我們的空間，是否「真的」，其實又不是真的那麼重要。

這些日子，眼看曾經待過的組織，換了批人，這些人總有辦法換幾個身分，最終又留在那些地方，他們以破壞聞名，喜歡批判指控一切實幹的人，善以更激進的口號摧毀踏實耕耘的人。這讓我想起一首詩裡的話——「卑鄙是卑鄙者的通行證，高尚是高尚者的墓誌銘」——卑鄙者在這個年代，其實也許比舊時代的人更能活下去，因爲高尚的人，都在這個業已成牢的當代無處容身了。也巧，這其實是手邊《城門開》作者北島的詩。城門開了嗎？我還沒讀完這本書，也不好說，但城門開，也許在對應呼喚城門緊緊閉上的今天。我們無處可逃了。那怎麼辦？要怎麼活下去？這是時代給予今天想活得像個人的詰問。可能時代也想逃出去。

活下去的力量在哪裡？我也不知道。早幾天朋友L遠道而來，琳在理貨，一如以往的認眞與有條理，我湊巧經過，只不過裝一下幫忙，就被朋友L記在眼內，然後用她的筆，寫下與畫下那時候的我們。今天讀到朋友L發出來的文字與繪畫，心裡莫名感動，好像堅持做點事情，總是有點意思，儘管當時我不過是在裝模作樣，但也能沾到光，感覺眞好。有時候我總不明白，琳其實在很努力認眞過自己的人生，對生命負很大的責任，但很多時候她都遭遇不幸。一個總在陰天的人，也讓我明白多了人生種種，走到生命更幽微的下層。

很多時候，我的生活被很多人支撐起，又不得不說朋友S，她是那種，總在想著別人，她是很多人的樹洞，那些收藏起來的分量，不知她有沒有足夠的承托。她與朋友K，是我在I社工作時認識的，對我來說他們是非常特別的存在，很多時候大家不用說話，一個眼神，就有種安靜的感悟。也許我們之間，都在彼此身上，找到自己某些欠缺的氣息。如果沒有他們，那段路眞不知是陰是晴，索然無感。

生命太蒼白，就無法創作。人生來去都是那種活，創作就只能圍住那些主題，像烏蠅一樣打轉。拒絕嗟來之食，雖苦，但所能親歷的事就更多更深刻。城門開城門關。朋友M幫忙申請的音樂程式，方便我暫時緊鎖大門，點進那些花多眼亂的樂曲之間，鎖在自己的世界裡。朋友M是以家庭組合的形式幫忙開戶的，搭上幾個朋友，每個月才付上幾個麵包的價錢，就可以堵住耳朵，斷絕一切意圖入侵的刺客。我們雖然搭上，但也沒眞的搭上，但「眞的」是否眞的重要，其實也不重要。這些朋友，此刻成了家人，也許比很多綁死生命的家庭關係，來得更自在舒服。管他呢？直至你不付鈔，不然大家都是家人。眞的。

所謂幸與不幸

2017.03.22

當代政治哲學討論裡，羅爾斯（John Rawls）在一九七〇年代出版的《正義論》（*A Theory of Justice*）是無法繞過的專著。羅爾斯提出了一個很重要的思考概念區分，即「努力—運氣」（Effort-Luck Distinction）。羅爾斯說，我們的樣貌、身體能力、思辨力屬於自然稟賦，所出生的家庭、地區、階級等等社會條件都會大大影響每個人的人生。換句話說，這些先天優劣勢，都屬運氣，無人可說是自己應得的。在考慮社會公義時，我們應盡可能減少這些運氣對每個人生命軌跡的影響，讓每個人都能透過自己的努力去活出自己的生命。

羅爾斯一度說過，每個人能否鼓足幹勁，其實都是運氣一種。這也似乎有道理，有時候人的情緒、精神力、對事情的專注度、對人世間種種氣息波動的敏感度均有所不同，這造成每個人的集中力不一。然而，如果連努力也屬運氣不屬應得，我們還有什麼基礎判斷社會方向？這造成很多論者對羅爾斯的一個重要批評。但不論此點，「努力—運氣」的概念區分，重要在於提出有很多事我們無法控制，因此我們無法以爲，自己今天所立之地，是對其他人毫無責任的；我們本來無一物，卻因運氣使然，而命運不一，我們該在制度上照顧那些先天備受不公平者。這同時也是在積德，因運勢之故，我們隨時也會化爲弱勢者，如果制度上會照顧弱勢者，當自己成爲弱者一刻，也有恰切的保障。

運氣即「命」

以前讀羅爾斯，以至相關的討論，「運氣」對我來說是一種沒有邏輯的隨意之事，假如一個正義社會透過好的制度，讓人們有普及教育，有各種家庭照料、心理關懷的話，那些天生的東西，對後天影響就不會太過明顯，運氣就會變成某種不連續的任意性，剩下類似今天遇到好人好事、明天中獎、後天碰上一個好的工作機遇，又或者是剛好經濟不景氣、不見銀包之類的事。這些事過後，又是新一天的任意隨機。

可是愈發長大，對自己瞭解多了，對別人認知深了，對世間的壓抑感受強了，對生命本質有所體悟後，就發覺其實並不是這樣一回事。所謂「運氣」，其實不如羅爾斯說，能夠（盡可能）消解的。因爲這些運氣，其實深刻入骨，打從我們出生起，每個身體對不同光暈音頻氣味空氣波動都有不同的感覺，身邊的社會環境會形塑了一種因人而異的特定世界觀，我們如何觀看世界，是最根本的精神視野，是獨一無二的靈魂。而這種對待世態的方法，是有其邏輯及連貫性的，什麼樣的人，就會遇上什麼樣的事，很多時候，我們無法控制的。

其實這也是民間智慧，不用談到什麼複雜的理論，用日常用語來說，很多人叫這作「命」。每個人都有其氣息，說來好像很玄妙，但從一個人的談吐間，我們都可以感受到。所以有人說「好醜命生成」、「這是我的命，沒辦法的」，不是他們懶惰，不是他們消極，而是他們都無所選擇，他的成長背景已經決定了他的視野。就算一個再公義的社會，也總存在這些先天分野，大致決定了那個人之後要走的路。後天制度如何再消解運氣對人生的影響，也無法改變這種早已成形的靈魂。

「整體」的幽靈

社會有其運作之律，一套運行體系有相應對人的要求，比如靈活、順流而上、不拘原則等等，於是乎，某些靈魂，或者無靈魂的人，可以在某個社會活得順風順水。這是社會的本質，接下來的只有程度之分，對每個人的傷害不一。如果本質如是，爲什麼要這樣的社會，非要社會不可？如果我們思考問題並不是從社會整體的角度切入，從個體出發可能嗎？但無論如何，只要最後我們把「社會」的角度放進去，就總會排拒了色彩各異的靈魂。

我已經想像到很多的反應，比如說這樣想不行，因爲我們活於社會，這就是事實。是的，我們的確活於社會之中，但我們並非沒有選擇，這只是歷史上的「運氣」使然，讓國家讓社會成爲非如此不可的事。如果說要消解這些天生運氣的影響，把社會消解掉可能嗎？在我們的思考裡，「整體」堅如磐石，但這個「整體」是抽象的，是一些沒有物質基礎的虛擬物——國家、民族、文明、人類未來，諸如此類。仔細想想，我們只是區區個體，爲什麼非得關切這些？其中一個原因，是因爲我們是被這樣教育的——正式的、非正式的、社教化、歷史等等。這其實是國家把其視野灌注到我們的靈魂之中。

詹姆斯・斯科特（James C. Scott）在其《國家視野》（*Seeing Like a State*）當中提到，國家的掌權者，所管之地幅員遼闊，身未能至之地太多，一片土地的在地脈絡對其來說並無意義。比如說，這片土地的鳥什麼時候飛來，土裡的蟲反應如何，這地上這家人和那條村的關係如何，這些地方幾代人的生命故事等等，對生活在那片地上的人來說意義重大，卻對國家掌權者來說毫無意思，因爲這並不能幫助他們「使用」那片地土。他們只能對抽象描述、對虛擬但普遍適用的律令有興趣，因爲一旦掌握了這些資料，就能全盤檢視所有土地，然後規劃。

其中掌權者常用的方法就是數據化，把一切都數據化，做統計學上的資料整理，然後把土地改造，改造成最簡單的直線公路，移去山林，讓權力能夠以最直接的方法直通各處，奪去每個人的隱身之所。對生活在樹林的當地土著，蜿蜒曲折的林地無礙他們日常生活，但對一個外來人說，如果沒有當地導遊，他在這片森林就寸步難行。這個外來者的意象，其實就是國家統治者及其爪牙。於是，國家在教育上，要以「整體」之名，灌溉我們的靈魂——民族復興、科技進步、文明人等等，讓一切破壞土地讓權力流通的技藝變得合理。最具體的意象，就如一個森林，被以更好的發展使用為名，奪去植被、開山闢野、被直矗的公路支解。這就是為什麼在我們腦海，「整體」的概念一直像幽靈般盤旋。

誰的無辦法？

掌權者把地方「改造」了，其實就是把那片土地的「格式」轉換了，讓原來能夠使用自然恩賜的人，無法再使用那些「資料」，換成新一批「文明」人來接管這些「資料」。至於那些原先生活的人怎麼辦，都沒所謂了，要麼排除，要麼直接把他們丟到國家的格式之中吧。他們能不能適應這些格式？無所謂吧，這是「社會進步」的「必要」，無辦法的。這種無辦法，和「這是我的命，沒辦法的」相比，誰更沒辦法？世間本有種種不同格式，把格式定為一種，就是把人的靈魂摧毀。仔細想想，國家對土地所做的，不正正是教育所做的事？

沒有國家的話，我們無法進步，因為人性本惡，如果沒有國家這樣的最高仲裁者，世間就會大亂，紛爭不斷。果眞如是？這也許只是國家為了開發一切、摧毀一切時，所用的思想策略而已，如非這樣，國家就無辦法統治一切。《一四九一：重寫哥倫布前的美洲歷史》一書，就告訴我們，那些看起來很野蠻低等的美州原住民，其實有著先進的科技與歷史；他們有一套與自然相互構成的思想實踐，懂得更好地與自然相處。把別的生活說成不堪之至，其實不過是國家在爲自己的暴行正名，讓自己得以整體之名「拯救世間」之故。原住民也有社會，也有文明也有科技，但這和國家主義者的社會文明與科技，是兩碼子的事。他們的生活不一定好，但他們的存在與被消滅在告訴我們，世間其實可以有另外的生命形態。無辦法，是社會現實所造成的無辦法。

回到最初的問題——「我們還有什麼基礎判斷社會方向？」我們能不能這樣想——「爲什麼我們非得要判斷社會方向？」爲什麼不是這個世間去接受不同的靈魂，而不是讓每個靈魂都無辦法可言？

{間奏}

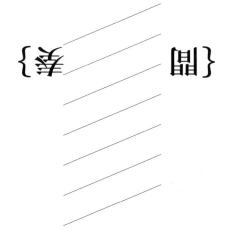

2017.04.06

For Sale

（引自日劇《四重奏》）

你們好。去年冬天，我聽了Quartet Doughnuts Hole的演奏，坦白說，我覺得演奏十分糟糕——整體不協調、運弓法有問題、選曲缺乏連貫性，一言蔽之，我認為幾位沒有當演奏者的才能，是世上美妙音樂誕生過程中，多餘的存在。幾位的音樂，就像煙囪裡冒出來的煙霧一樣，沒有價值，沒有意義，毋須存在，也不會讓人留下印象。

我覺得很不可思議。這幾個人明明只是煙霧，那又為何繼續演奏呢？還是早日放棄的好。五年前，我放棄了當演奏者，因為我很快發覺自己只不過是煙霧，發現自己的所作所為是如此愚蠢，便果斷放棄了。這是正確的選擇。

今天，我再次到店裡，是因為我想要直接問你們，為什麼不放棄呢。區區煙霧，繼續下去到底有何意義呢。這個疑問，這一年來一直都停留在我的腦海裡。請告訴我你們認為有價值嗎？你們認為有意義嗎？你們認為有前途嗎？為什麼要堅持呢？為什麼不放棄呢？為什麼？

請告訴我。拜託了。

再——後——來

2017.04.13

Welcome to the Machine

今天去了某個網媒的辦公室裡，談談接下來有沒有可以合作的工作機會。早前，有位老朋友說有兩箱書可以送給我，權作支持，他是那種話不談多，臉上嚴肅，但又總有著想笑不笑的孩子氣。可能那一輩的文化人，經歷八九，如果往後能捱上幾個十年，持續做文化工作，都得要那份赤子氣息。我也不知道。

爲了不讓這趟到人家辦公室談工作的車費花得不值，我思前想後，還是聯絡這位老朋友取書，因爲他會址就在那個網媒的辦公室附近。而要取書，就得要帶一架摺車去搬運。我掙扎了許久，究竟要不要帶這摺車到人家的辦公室見工？畢竟好像有點不好看——在許多人眼中。但我也實在沒有辦法，元朗到九龍灣來回四十多元的車費，是我每天希望限制的洗費裡，超過四成的比例。爲了讓這趟車費來得更有意義，我還是帶了摺車。「更有意義」，也許我覺得見工這件事本身，沒有意義。

這家網媒，本來是沒有關於書摘書評之類的job opening，我透過朋友問到了一位在裡面工作的人的聯絡，向他查詢，他說回去跟同事聊聊。很快他就回覆我了，說經初步考慮下，覺得有合作機會，著我到他們的辦公室談。他們的辦公室位處一所工廈內，我因拉著摺車之故，被管理員叫我搭貨lift上去。也是的，工廈有工廈的規矩。從單位那個拉閘看進去，辦公室裡的人似乎在做清潔，有位朋友在吸塵，聲音很大，聽不到出面❶。我站在門外，望了一陣，他們發現了我，忙說不好意思，開門叫我進去。不好意思的，又怎會是你。辦公室單位有著新裝修後未散的氣味，他們說也是剛搬到這邊來，叫我進去會議室，然後就是三個人來，對我一個，也是問些問題，都是那種。坐我對面，三個人中間那個男的，沉默寡言，我想應該是負責決定的人。另外兩個，一個女一個男的，女的大概三十歲多點，男的我想跟我年紀相約，我和他們談內容創作的東西，感覺還好，因爲我也可以整理一下這兩年來在端傳媒的感受與經驗，想著想著，我完全竟然一直都沒有很認眞整理過這些事，不免有點無心情。像所有見工一樣，最後也會問你期望的合作模式，或者薪水。我答了一個價錢，那男的皺了一下眉頭，我就知道他的意思了。

離開那個工廈，我異常難過。說是異常，其實非常正常。見工本身的無意義，是因爲

❶ 出面：外面。

你知道，所有東西到頭來，都有一個價錢，你是被這個價錢去決定的機械而已。很多東西，是一種氣息，一種波動，我們可以說得天馬行空，CV可以寫得琳琅滿目，都是沒有意思的，當那摧枯拉朽的現實襲來，最重要最難得的東西才能被看見。難過的是，他們也是辛苦經營，也是經費非常緊絀的，在這樣的條件下，他們也算是辦得很不錯。但就算這樣，對於我的那個價錢，也實在是十分爲難。他聽到我那個價後皺眉頭，到底他心裡面預想的那個價是多少？我那口價其實只是八千元月薪，兼職。如果他皺眉頭，他心中的價錢與我的應該差距甚大，這個價錢，教人怎麼認眞做文字創作。我不知道，我太多事不知道。不想知道，不知道算不算是不知道一種。我太明白他的難處，我也沒有怪他，又有誰可以怪誰呢？都這樣了。

見工就是這麼一回事，我貴不貴，誰比誰更貴，就眞的是這樣一回事而已，沒有其他。九龍灣是個工廈滿布的地方，密密麻麻讓你喘不過氣。其實又有什麼地方不是這樣？這個城市。我到了老朋友的那個地方，他剛巧去了吃飯，其實他事先已經通知了接待員我可以自取那些書，但反正我也想自己一個靜下，什麼事都不幹，我就走到樓下，找個公園仔❷坐低。我回頭走了來時的幾條街，找不著曾經過的那個公園，結果繞了幾個圈，才猛然發現。這樣的話，也不知道算不算是同一個公園。

朋友說得對，書摘這回事，可有可無。在這個地方，書本相關的引介工作，化不來幾多click rate，幾多資本，所以媒體紛紛把這些無相關的欄目都關掉了，書介書評，副刊文化。這些都賺不了錢，但就是一所媒體的格調與關懷所在。但這都不緊要了。反正談效益的話，很多東西都是不被需要的。我這種人，在這個時代，某個意義下，其實都不被需要。無意義的意義，算不上是一種意義？都不緊要了。在公園一小時，走過的人很多，臉上都是苦的，都有現實刻下的痕跡。手機震動，電郵提示，「謝謝你的好見解，絀於經費問題，暫時未能合作。」書摘沒有效益，「效益」這回事，對沒我這種沒效益的人，反應得很有效益。這年來，這種不被需要的感覺，其實我都已經習慣了，天大地大，竟然無處容身。

我大可換一個方法存活下去。適應力強大的香港人們，我們一直在適應，適應，再適應。但我們都變成什麼了啊？有時候，我在想啊，什麼懦弱不懦弱，都沒有意思，每個人都有自己的限制，人的路向，可能在出生二十多年裡已經決定了。往後的路，我們想走，逃走，唯一的方法，就是背叛自己，殺死那個曾經滄海的自己。像我們這樣的人，沒辦法的。人的一生，沒有那麼易回過頭重來的，回不去了。你們有你們的鬼門關，我有我的獨木橋，憑什麼跪著說話。

這是生生不息的機器。死多少人，都總有繼續犧牲的生命，生生不息。

❷ 公園仔：小公園。

2017.05.21

多餘的話

早前任職的網上傳媒公司因商業壓力裁員，裁掉差不多三分二的人手，我是其中之一。說到底是商業還是政治壓力，你也很難說淸。如果是因爲政治壓力，教大部分投資者卻步，這能叫什麼？朋友說得好，很多年前，我們談及公共媒體，念茲在茲的是公共價值，監察社會，探尋眞相；幾年之間，我們談的是商業模式，什麼時候第一句問的都是有沒有可行的business model，其他一切免談，或者在這個年代來說，其餘的也更爲次要。生存下去彷彿是至關重要的事，其餘一切都得讓道。那個其餘是什麼？無所謂了，也沒有多少人會深究。

被裁的消息傳出後，朋友見面，頭一句就問最近如何。我自然反應地回他們正在找工作，這也是實事，可他們往往一臉不解，一副沒好氣的樣子。我才知道，他們要問的，是與這個同期，有關我雨傘運動的那單官司。這次案件，聽說政府循普通法控訴，罪成的話最高刑期可達七年，說來不輕，那次在警署付保釋金，警方企硬❶要一萬元，平常你要是沒錢，幾百元也放你出去，這次強硬是警方要向社會釋出嚴陣以待絕不手軟的訊息。是這樣嗎？我也不太曉得。最後我和另一位當時運動仍是學生的被告，保釋大金盛惠六千，其他人一律一萬。

成爲被告至今，我也不知道說點什麼好。那天在警署前面對鏡頭，感覺非常陌生。我已經太久沒有在鏡頭前發言了，很不自在。鏡頭有框，你整個人整個思緒都被攝在別人的框架之內，很奇怪。不過這種不適感也不是這次才有之事，反正一直以來都是——除了最初當上學生會會長時，一度沉醉在曝光的銀燈光影之間，後來很快就被那時的副會長岑敖暉指正過來。再後來嗎？我自覺也應該比以往少了。有時候葉泳琳也會提點一下，把我拉回過去。

不知道說什麼的更重要原因，可能是我沒有太去認眞想過，這次被告對我來說有什麼影響。比我付出更多，犧牲更大的人比比皆是，他們有的已受牢獄之災，有的還苦於審判過程之中，大部分都沒有被公眾注視與支持。像我這種人，兩三年前曾經出現過電視之間，說了幾句話，今天就被社會關心，有律師義助，到警署報到也有上百市民支持聲援，

❶ 企硬：堅持。「企」即「站」，站得很硬挺即堅持。

我也不知如何自處。我知道他們不是爲我而來，可能是爲其他人，可能是爲整個雨傘運動，但蒙受其益，總覺不妥。

政府透過法庭審判我們，我們又該如何審判整個不義的體制？無權勢者，唯有透過日常的生命實踐，去拷問整個社會良知。在生存以外的其餘，還有很多事需要做，努力地做。這種信念也不是那麼堅定不移。周保松在中大辦了個「犁典讀書組」，至今差不多已達十五年之長，當中成員不問階級出身，只較道理，平等對待。我蒙受他們之恩，在中後期加入，在與他們的交往間，身體習得了那種人際間互相尊重的氣息波動，成爲記憶，化成我日後待人接物，理解世界所應然的一道標準，讓我總相信，有些事情總還是可以做的。這樣做，也是審判一種。

如果有很多事值得做，把太多時間思考成爲被告後的法律程序及後果，似乎有點不值得。控訴反抗者，就是要讓我們疲於奔命，有所顧忌——如果真要坐牢，那我和葉泳琳所做的努力豈不是要中斷？如果這樣，是不是今天起就該撒手不理？這樣的話，太不值得了。反正政府要告你，總會告你，要打壓你，總要打壓，還是先不要想太多，慢慢地把事做、盡力做就好了。其餘的，往後再算。

這樣的話，在鏡頭面前說，似乎多餘。於是，我也沒有什麼好說的了。這樣想來，算不算「沒有想過被告對我的影響」？我也不知道。上個星期，有位記者問我，所謂不去理會官司而慢慢去做自己該做的事，算不算是逃避一種。被她這樣一問，我的確很認眞想了一想，我也確實從來沒有這樣想過。現在回頭，我想我會答不。

2017.07.22

又好像不完全這樣

翻到自己三月初的筆記，是這樣寫的——「最近喜歡讀報紙的感覺，坐在木頭上，雙腿張開，手拉開報紙，放在髀上。手總會髒，是油墨，摸點別的東西，又黑了。這也像人生，手總會髒，你的我的，都會染汙別人的，便是了。生活太刻板，心力到極限，那三年前的事，一度讓我以爲自己有所責任，要還，將不屬於己事的人脈與名聲，全部還給社會。也不是一度，現在我還有這種感覺，像感冒時的冷汗，忽冷忽熱，滲出來，又很快乾掉，滿身熱熱，的。」

又好像不完全是這樣。權力會讓人腐化，好像也是真的。這幾年來，因時勢之故，自己的樣子出現在電視框裡，有人認識，有人讀你的東西，就總覺得自己是somebody。當我覺得自己是somebody，就覺得有些東西自己好像真的了不起一樣，了不起，就很少能夠靜下心來聆聽別人的說話，觀察人們的舉動，感受身邊的氣息。失去了感受世間波動的能力，總感覺有點不對路。

這些年來，我已經失去了和別人交往的能力，我倒是可以和人們溝通，但我無法讓彼此連結。好些人看我的視角，都是仰望式的，也喜歡冠上大家都喜歡的標籤——曾經的學運分子、曾經參與官學對話的學生、一個記者、一個書社的合作人、滿懷理想諸如此類的。現在還多了個傘運被告者的頭銜。他們不知道，這樣的仰望，實際上把我框定成爲標本一樣。我像一頭小心謹愼的野獸，迴避，顧左右而言他，不想跌進被設好的陷阱。你說是權力讓我腐化，還是人們讓我腐化？可能我本來就是腐敗。我也不知道。當然，我猜實際上更多的人是對我蔑視的，我想，也包括我自己。

如果有人能夠施捨一個平等的眼光，我就心存感激了。還些什麼給社會，社會又給了什麼予我，我現在也盡量不想。我只是想好好地做個人，放下自己，努力學習，從周遭的瑣事日事，從人的波動自然的氣息好好學習。不要以爲自己眞是很了不起，就好了。這是葉泳琳教會我的事。

我喜歡讀報，能夠手執的那種。其實也只是《明報》「星期日生活」，偶爾也包括《香港01》週報的B疊（當然不包括社論之類）。《端傳媒》雖然沒有印紙，但也許都在列中，因爲他們的文字總有點機械世界裡所沒有的有機感。也其實只是種人情味，就好像一泡沸騰的水，在平靜的試管裡，漸趨平和。但要小心不要讓自己失去溫度。不過，溫度什麼的，爲什麼一定不要失去，有時候，我也不知道。

我有位朋友，他做物業管理，港鐵的。他說，那些新建的物業，總不會有大問題，要管理的，不是物業，而是人的情緒，「喂點解今日會無電？」❶、「我唔理啊，你同我搞掂佢」❷，「你搞撚錯啊，我覺得你唔適合番呢份工啊！」❸他說，都司空見慣。做爲一個被發洩的排氣口，成功疏導大家對社會的怨憤，也是功德。這是「物業管理」的眞諦，管理的不是物業，是住在物業裡的人。好像我們的世界，明明是人，非得要安個名分，把人套進去，然後化成非人。

又好像不完全是這樣。他說，新年時有婆婆的電視收不到訊號，致電給他。他說，新年看不到電視，是天大的事。於是，他去了她家，婆婆開心，他也開心。又有時候，有獨居主婦，面有傷痕，是家暴的痕跡，曾經見面，也會打電話給他，一談上小時。他們的情緒，有人排解，他的情緒，又能如何？「我不能這樣下去，變成無感情的人。」用情的人，拯救了無情的人，變成無情的人，是他的故事，也是我們的故事。好像是這樣。

我說，想寫字，但其實都只是讀過了些書，罷了。文字的不同形態、載體、呈現方式，我太缺乏了，也像生活一樣，靈氣、空氣、底氣，也有點不足。其實也許只是除了寫字外，我也不知道自己可以做什麼。我這種人，經受過一些，就給自己很多的責任，以爲自己非得做成這樣，不然有些朋友就無法在我生命中取得力氣。有點把自己看得太高。要慢慢來。因爲逆風之故，要慢慢來。不被吹走，也算係咁❹。

讀起報來，才醒起這是我從小到大第一次這樣持續手持報紙，去讀。那天讀報，讀到橡樹與蘆葦對罵，說誰誰沒有風骨，誰誰又太自以爲是。後來強風一到，橡樹挺直腰板，被連根拔起了，蘆葦順風一彎，風吹過後，順風而存。文章說，外國人總沒有對這種隨風性擺做太大苛責，始終這是技藝一種。我不知道。橡樹可能也別無選擇，因爲他就是橡樹，挺直，讓人好遮蔭，乘涼，倚靠，而活。他眞的別無選擇。至於蘆葦，你又能夠說他眞有選擇嗎？

有時候，眞是別無選擇。我這種人，居然從小到大沒有這樣認眞讀過報。是我之故嗎？可能是，也可能不是。成長路上，遇不到讓我看見世界之人，直至大學。到那個時候，我已被養成某一種人了，我有得選擇嗎？又好像有。我眞的不知道。這是我成長的故事，但仔細想想，好像也是大家的故事。

最近《鏗鏘集》播出了個訪問，談主權移交二十年的。片段播出後，朋友傳來網友的

❶ 喂爲什麼今天會沒電？
❷ 我不管，你給我處理好。
❸ 操你媽的，我覺得你不適合做這份工啊！
❹ 也算還可以吧。

評論，說資料片中的我是個朝氣少年，現在訪問裡的我卻萎靡得像人也站不直，在法院應訊前笑得蒼白，沒叫口號，手也沒抬起作勢。我很謝謝這位朋友的關心，我知道她是誠心誠意地緊張我。我也想了很多。我不知道是我眞的如此，還是導演希望我如此。但到底「如此」是指什麼？如果要叫喊口號，大聲疾呼才是堅強，我想絕大部分人都並不堅強；而如果不想成爲錚錚漢子，不想眼神凌厲逼人就是萎靡，我想絕大部分人都是萎靡的。又好像不是這樣。我想絕大部分人都是默默無聞地這樣堅持下去，然後死掉。最大辭炎炎朝氣勃然的人，其實不一定這樣。也許是吧，誰又說得準。我還是很感激她的關懷。

那天有個人問，那這樣的社會債，要還多久才是。不知道，其實可能不是債，是對自己的期許。當然，我沒有說。而現在的我也很少想這樣的問題了。人愈大，生命摧枯拉朽的力度，好像愈強。也許只是我們，或者我，是枯朽。能夠枯朽，其實也有點意思，因爲能夠趨近泥土，化成養分，運行於知所不知而不知所知的生命管道之間。就如海納百川一樣，化成海。但要小心自己不要化成海，要記得自己是從川而來。不過爲什麼不能海化百川？我也不知道。

不要說話，慢慢地走下去。你們來了，然後都走自己的路，也就好了。

【作者按：此篇文章寫於二〇一七年三月初，後增補於七月初，幾個月間，我的心境已經改變了許多，增訂部分，幾近一半內文。這次修訂，也許是我跟自己的對話。文章寫成時，劉曉波先生尚未被殺，四位議員尚未被DQ❺，生命永遠追不上時代的衰敗。】

❺ Disqualified，取消資格。政府常用不合理的原因取消議員的資格，或者一些參選人的參選資格。

倖存的條件

2017.08.11

寫作對我來說是件非常消耗的事，生命太蒼白，其實談不上創作。每個月為稿題張羅，不想內容重複，又不想文氣類近，而寫作以外為生存籌謀已佔去日常大部分時間，能靜下來的時間不多，每每有下筆不知從何寫起之感。寫作本來該對作者有所滋養，一邊寫一邊安頓自己的靈魂，孕育出更茂盛的生命。但在今天的社會，似乎這些都不太備受重視，很多時候，許些媒體希望作者就某些議題來點快評，或者是寫點相關的文章，就這樣而已。這些都是種消耗，在消費你的果實，至於我們該怎麼成長，其實都無關係。

整個時代氣息都是這樣，合約制成了我們工作的常態，那些人們辛辛苦苦摸索出屬於自己的做事方法，都是最深厚的哲學，這當中要花費的心神與時間，不在合約之內，合約只會標明你要工作的時數及簡單要求，不會提供足夠的保障讓你安心探研。唯有讓你恆常保持不安狀態，你才會警覺，才可以盡可能榨取你的血汗。最近讀書讀到一段有關戰爭的故事，裡面提到通常第一批從戰艦搶灘的兵士，往往最爲危險，因爲灘上沒有己方的大炮與軍火，這些都需要時間布置，而灘上有的只是敵方的埋伏與整裝待發的狙擊手，往往己方將領會對這批士兵說只要再堅持多一會就好了，哪怕只是拖延一點時間就足夠了。當這批士兵聽到如此說話，他們就知道自己是可以被犧牲的，一批又一批。我們的社會不也這樣安慰我們嗎？雖然現在很艱苦，但只要再捱下去就好了，爲了香港的競爭力，爲了發展，一切都會好起來的。

是不是會有好起來的時候？會的。不過如果你成爲搶灘戰役的倖存者，你必然是踩在己方無數犧牲者屍體之上前行。灘上肯定躺著無數己方亡靈的軀殼，只是你選擇看見與不看見。

如果我們的生活是一場戰爭，那無論如何都沒有所謂裝備好自己，讓自己具備競爭力。所有存活下來的人，只有是湊巧被排在足夠安全較後批次上岸的人，或者在槍林彈雨間把命運交予上天而上天又把命撿拾給他的人。每個人都有生存下去的意志，但不是每個人都有生存下去的可能。我們當中，只有很少數是不用衝鋒陷陣的將領，不是他們必定無能躲在後方，他們或許巧計妙施布兵排陣，可是他們就是沒有直面那死亡與深淵現場；可能他們在走到這個軍階之前有，但起碼不是這一次。他們起碼在這次裡頭只是死亡的逃難者。如果做爲倖存者沒有足夠的自省與靜思，我們怎對得住那些已逝的靈魂。每個未死者，都對死者有所虧欠，他們代我們蒙受了本該由所有人承擔的重責。

那爲什麼要戰鬥？那是什麼樣的戰鬥？

最近我寫了好幾篇文章，許多讀者或者身邊的朋友都說有點擔心我的情緒與精神狀態。我很感謝他們的好意，不過這裡引出一個對我來說很有意思的問題。我的而且確是有點低沉，行文話語間沒有那種爆炸力與冠冕堂皇，然而這不是生命的本質與常態嗎？爲什麼生命非得要光明滿志？烏托邦沒有凡人的臉，生命不存在掙扎與糾纏，我爲什麼要非如此不何？我們的生活已經有足夠多的光明，來自政府來自國家來自商家的強光束集照射在每個人身上，讓我們無處可逃，分秒接受光的洗禮，要洗盡生命的一切異思邪想。世界本來無光，黑暗是存在的本質，所有生命都不過是光的恩賜，如果沒有黑暗低吟，生命只會過度曝光而枯萎。枯萎是光的盡枝，而不是黑暗延伸。社會運動往往曉以大義，冠上無數威名光環，有時候我也不知道這是充權還是驅逐排斥。如果生命總夾雜著無數黑暗邪想，繼續談論光明，只會連生命都一併消滅。沒有讓人喘息的黑暗，那世界得有多可怕？

黑暗籠罩社會，就更得需學習與黑暗共存。習慣黑暗，本身就是一種力量，讓我們更能夠看穿強光白茫茫一片背後的陰謀。來自國家的炮聲正隆，如果我們永遠只能反應他們的攻擊，心靈的湖面就只會不斷波動，所映照的就只會是扭曲了的意象，裡面揉合了自我不安的氣息，都是扭曲混濁，無法看清事物的本眞。黑暗有黑暗的混沌，包納一切，在無序的深淵中踐行下去，也是反抗一種。如果這樣理解，也就從來都有無數人在反抗路上踽踽獨行，只是我們選擇看見與不看見。

反抗運動正處於低潮？

我清楚知道我已經是非常幸運的人。因爲湊巧出現過在鏡頭前，像我這樣的人都能夠有平臺可以寫點字，抒發一下自己的思緒，而且在這艱難時候這些平臺裡的人還會關顧人的滋養，理解人生存的條件，對我來說已經很不可思議。生存下來本身就在創造，這的而且確是種消耗，但消耗與創造都是並存，都是一個過程的兩面。環境是壓逼的，籠牢正在收縮，國家機器運轉得愈來愈快，我們的社會愈來愈光明，不需要像我這樣的人添火加柴。比起光的所在，我更喜歡無光的所在，裡面有最幽微的人性。

我就不相信悲劇的總和裡面沒有狹縫。只要有狹縫，我們是不是也能夠盡力生根？水泥地上不見花草，但在裂縫之下，也許隱藏著無數的錯節盤根，盡力生根編成一織網，是不是也能滋養著無數在底層生活的生命，留著各種寶貴的資源養分？有朝一日，若地動山搖，水泥崩裂，我們是不是就可以破土而出？我不敢肯定，但歷史不從來是這樣？雨傘運動溢光迸出，大家都以爲看到光明，但其實這裡面可能有前人幾十年來不見天日的努力不懈，這些苦活永遠是立竿但不會見影，因爲根本無光，無數豎起的竿最終只會化成整排又整排的墓碑，連墓誌銘都沒有。反抗本來就如是，無光是反抗的根本。

我們生於承平時代？

2017.08.20

我們有我們的眞實

我不是一個眞誠的人。起碼不如我所表現出來的眞誠。

＊＊＊

二〇一七年八月十四日，反對新界東北官商鄉黑勾結案繼續審議。我一直沒有留意案件的進度，也不知道當天會宣判。我事前暗忖，也不一定會到高等法院現場聲援。最後我們還是跟著去了。高等法院位於金鐘，從金鐘地鐵站走過去，先要穿過商場，走過架空天橋，天橋兩面都是落地大玻璃，能夠看穿外面的車水馬龍，人來人往。過到天橋以後，我們可以選擇搭扶手電梯穿梭四層到高院大堂，或者升降機。那些在法院工作的人大多都會選擇升降機，幾乎層層停站，扶手電梯通常比較疏落，可以讓你用雙腿選擇自己的速度，快慢隨心。雖然我們總要緩緩向上。

每次這些政治案件審判前，受審者與聲援者都會齊集大堂外面，拉起橫額，叫幾句口號，講幾句宣言。有人會遲到，有人會早到，但只要接近開庭時間，這些舉動就必須要做，不管人到齊了沒有。有些受審者總是遲到，總在這些聲援發言之事剛處理完後就出現。

那天來者眾多，五樓七號庭，庭內早已坐滿，其餘的人要坐在五樓大堂外，也擠滿了人，剛好坐滿大堂座位。法官楊姓振權、潘姓兆初、彭姓偉昌審理，他們多番打斷辯方律師的說話，辯方律師提到刑期覆核不應該如重審一次，推審原訟庭的事實判斷，換句話說，法官不可能把原來說的非暴力說成暴力，沒有做的事說成有做，只能基於原先的事實裁定思量刑期。楊姓振權多次質疑——「即是我們什麼都不可以做？」、「我們如盲人摸象」、「這些都不算暴力？」辯方律師後來引據三百年前的法律論述，以證人民有使用合理武力的權利，楊姓振權厲聲批評現今社會不能相提並論，「哪來專制獨裁國王、邪惡的議員和大臣？」聽說所有的被告、旁聽市民和記者都在竊笑。那天未有時間處理十三名被告的陳情，第二天續審。

＊＊＊

二〇一四年六月十三日，暑天酷熱，那天很多人都在立法會外觀看立法會財委會審議新界東北發展計畫前期撥款的直播，當時的財委會主席是吳姓亮星。我還記得當時他剪去大部分議員的發言時間，停止討論議員們提出的九百多個動議，不容提問，打算將議案付諸表決。現場已經不知是那幾個星期來第幾次集會了，此前兩年，所有溝通渠道，諮詢會、見官會、城規會、去信諸如此類也都做過了，政府還是一意孤行，硬推計畫。政府早就被揭發規劃之先已對新界東北的業權有完整掌握，而新界東北計畫的劃地「恰巧」與四大地產商的業權重疊，時任發展局局長陳姓茂波被踢爆疑在古洞囤地，在新界東北計畫中可坐收一千二百四十五萬元賠償，另外財委會主席吳姓亮星擔任中銀信託董事長，而中銀做爲新界東北發展商的主要往來銀行，同時他又是新鴻基地產屬下數碼通的非執行董事，有利益衝突之嫌。這樣看來，政府並非一意孤行，卻是在發展的康莊大道上有伴無數。

當吳姓亮星打算表決前後，現場一直安坐的示威者按捺不住，嘗試衝入立法會阻止撥款，後來防暴警察出動，胡椒噴霧彌漫現場，警察劃起封鎖線，準備拉人。六月那段時間，社會正熱熾談論公民抗命，和平佔中那邊正在全香港巡迴遊行，宣傳六月二十二日的全港公投，我還記得他們遊行的隊伍在六月十三號當晚剛好走到附近，不過他們最後沒有來到立法會。

最後，現場人們手纏手，安靜坐下來和防暴警察對峙，一小時多後，防暴警察帶走幾百人離開示威區，拘捕了幾十人，那是自戴耀庭提出公民抗命爭取眞普選後社會的第一次集體實踐。後來，新界東北發展計畫前期撥款通過了、後來，二〇一四年六月二十二日的公投有近八十萬人支持爭取公民提名選特首以及傾向廢除四大界別、後來，七月一日五十萬人上街遊行，遊行結束後在終點遮打道有超過三千人留守，五百一十一人被捕、後來，學聯發動罷課，九月二十六日晚衝進公民廣場，引發舉世矚目的雨傘運動。這也許不是後來之事。

＊＊＊

新界東北的發展計畫仍在繼續，沒有後來不後來。二〇一七年八月十五日，反對新界東北官商鄉黑勾結案判刑。那天到庭支援的人比早一天少，還是五樓七號庭，庭外大堂座位不滿。有受審者的陳情書裡提到不公義之事依舊，比如在大陸的「七〇九大抓捕」。楊姓振權多次追問這是什麼，重複自己不明白這是什麼，跟陳情有什麼關係。「七〇九大抓捕」其實是指二〇一五年七月九日中國政府大規模搜捕維權律師及維權人士，楊姓振權聽罷即板著臉說這不關香港事，我們不用處理。又有受審者，在陳情時表明今日社會就如百多年前的皇權社會，人民起來反抗，不是暴動，也有道理，反問楊姓振權有沒有回應。

楊姓振權說他們不需要回應，他們有需要就自然會問，那受審者遂回覆道，「我看你意見之多，也會想知道你這次的意見。」楊姓振權說他們法官不需要回應。

處理完剩下的陳情後，法官宣布休庭四十五分鐘，然後宣判。現場大家也深明肯定要判予入獄，各被告心情看來也算平靜，與家屬親友道別。然後，繼續開庭，法官幾句，宣判予入獄十三個月。庭外大堂旁聽者沉默，然後有哭泣聲，有罵聲，有譁然聲。我念念有詞：「十三個月，十三個月，十三個月……」

沒有人想過會判於如此重的刑期。楊姓振權說要阻嚇後來者行使暴力，但在判刑以後，大家發現他們連判辭也未寫好。我記得在第二晚八月十六日，在立法會外有個聲援政治犯集會，有臺上發言者提到，十三個受刑者中，有位朋友日常照護年邁母親，沒有太多朋友扶持與照顧，在判刑前才草草把錢包與各種財物交給那位發言者。判刑就是這樣一回事，不一定每個人都轟轟烈烈。

* * *

二〇一七年八月十七日，二〇一四年雨傘運動時學生衝入公民廣場案判刑。又是金鐘高等法院，又是五樓七號庭，又是法官楊姓振權、潘姓兆初、彭姓偉昌。此案開庭於下午二時半，我們十二點已到，打算排取進入庭內旁聽席的籌碼。我們趕到去後，派籌的職員搖頭抖肩，示意入庭旁聽的籌碼早已派光，只尚有五樓庭外大堂的籌碼。他們說，平常都沒有人取籌碼，可能今天的案件比較多人關注，很早已有人排隊待取籌碼。

後來我們有事要辦離開金鐘，再回到去時已是兩點。整個地下大堂充滿了黑壓壓的人群，水泄不通，這當中，再次見到黑底綠字 Freedom Now T-shirt，包括我自己。這件衣服，自雨傘運動後，這三年來，我再沒有拿過出來，一次都沒有穿過。判刑前一天，其中一名被告希望我在判刑還押後，在地下大堂面對記者讀出他的聲明。我們想了想，還是希望當年共同經歷雨傘運動的學聯朋友，能夠共同讀出聲明。我在學聯的通訊群組裡說明來意，望大家都能夠穿上學聯 Freedom Now T-shirt，相約明天。響應的朋友七、八個。到了這一天，地下大堂裡，二、三十人穿上黑色的學聯 Freedom Now T-shirt，都是熟悉的臉孔，大家相視，心裡千言萬語。三年來，再沒有試過這樣的一群人共同穿起這黑衣綠字。這衣服意味著太多難以言說的記憶，這天大家選擇再次背上黑色，我想，有各自的答案。

三名被告，最終到達地下大堂外面。所有記者圍著他們拍照，有些則在他們背後，希望拍到他們三人的背影。我們穿上黑色的二、三十來人，要從地下大堂走到外面，攝影記者非常不滿，投訴甚至喝斥我們妨礙他們拍照。他們只想要三個人的背影，而我們要的是共同的背影。我衝開三人背後那些堵路記者的缺口，一手拉一手把大堂內我們的黑色拉出來，與三名被告同在一起。記者有記者要拍攝的眞實，我們有我們的眞實。

口號叫完，感言說畢，我們轉身走到大堂等候升降機，沿途不斷有人大叫「希望在於人民，改變始於抗爭」，每個人聲音都沙沙啞啞。這是學聯三年前政改運動的口號，這次迴盪在高等法院的地下大堂內。這種口號的呼應，話音的情緒，這種氣息，也是三年未見。五樓七號庭開審，庭內庭外都是人，候著楊姓振權、潘姓兆初、彭姓偉昌，候著直播螢幕，等待判決。擾攘一輪，最終被告三人分別被判六七八個月。這次，楊姓潘姓彭姓早已準備好判辭，甚至可以即場派發給予記者。

我們學聯三十來人，齊集在地下大堂，分發其中那名被告的聲明段落，聲明共十五、六段，每人自行認投一段稍後對記者讀出。其餘沒分到的人，也同到地下大堂外面對記者。大堂外，音響不備，唯有人口讀出，靠自己的身體響聲。我們事前也沒有考慮到音響問題，這似乎本來是搞運動的基本。我們二、三十人在大堂外，所有記者所有媒體都把咪高峰❶放到我們面前，旁邊那些反佔領的群眾，音響震天，一邊辱罵，一邊譏諷。我們二、三十人背著黑色，無視那些站在國家一邊的雜音，專心致意在一段一段，一字一句讀出聲明。我是第一個發言的人，發言後我走到後面，看著同伴的背影。國家的雜音愈大愈響，我們這邊的聲音與身影則愈堅定。你說音響機器終會蓋過來自身體的聲音？

聲明讀畢，大伙走到地下底層六樓，即金鐘道旁，那邊是囚車離開的地方。記者們與群眾都守在這個地方，現場群眾一百來人，等待向入獄者致意。三名入獄者分兩輛囚車而出，囚車車窗黑不透光，無法從外面看到裡面，只能靠記者把鏡頭貼在車窗以閃光燈拍攝，後復查看所得照片以確認車內何人。當有囚車駛離，群眾都會和記者湧到車前，然後互相查問車內何人。這個地方可以望去從金鐘那個商場走到高等法院的那條架空天橋，那裡不少遊人隔著落地玻璃遠眺我們這邊的事。不知他們是否知道這裡的事，還是不過好奇。天橋上有人離開，有人停留，有位先生雙手按在玻璃望著我們這邊，站了許久未走。在囚車散去之時我再回望天橋一方，他已經不在。

當囚車駛離時，懲教署職員與警察拉起封鎖線，擋住現場群眾，讓車駛離，然後有人追車，有人衝出馬路，很快又散去。在最後一輛囚車駛離的時候，警察挑釁一名現場民眾，現場人多擠逼，碰撞時有，我們也不斷被警察推打，但警察竟然就此拘捕那名人士，控以襲警。

後來他被送到中區警署，兩名身穿黑底綠字衣服的朋友前去跟進，警察接近凌晨才批准保釋放人。從下午送別囚車離去的五點到凌晨十二時，一直都有近十名聲援者不離不

❶ 咪高峰：麥克風。

棄，守在中區警署，等候放人。

＊＊＊

二〇一八年八月二十日，聲援政治犯遊行。我本來想過不出席。最後我們還是到了。遊行人數眾多，駱驛不絕。每個人心裡似乎都有點東西，很多自製的標語，很少政黨旗幟，很多人。好像好久也未有過如此氣氛的遊行，好像有點東西潛藏在其中。我想，每個人都有自己的答案。

遊行人多，警察不開路。眾人大叫開路，後放行一條行車線。遊人不斷溢出，佔據第二第三條行車線。在交通交匯點，警察不斷指示巴士及的士甚至私家車往遊行隊伍方向行駛，就算明知遊人眾多。這是他們慣常的手法，這樣可以造成公共交通上的市民受困的圖像，挑起雙方爭執的畫面，好讓他們那邊親近的電視臺鏡頭捕捉現場，日以繼夜重播，再配以暗藏殺機的旁白。我們遊行走到幾條馬路交界，有一群朋友拉著橫額，守住這個要塞，不讓警察繼續放車進來。警察一度想拉人，又以揚聲器警告他們不要煽動群眾。又是煽動。然後一些遊行朋友加入他們，一起堵住不讓車通行。警察再想動手，但由於人群太多，而且群眾也自覺把路走到最外的行車線助這群守住外圍的朋友一臂之力。就這樣僵持，警察拍下每個守著要塞朋友的樣貌，直到遊行隊尾到達，這群朋友才隨著隊尾繼續走下去。如果沒有這群朋友，車就會被放行，路面就不再屬於人民，大家就要收縮到行人路上遊行。

我曾經聽過一段說話——「如果天空是黑暗的，那就摸黑生存；如果發出聲音是危險的，那就保持沉默；如果自覺無力發光的，那就蜷伏於牆角。但不要習慣了黑暗就爲黑暗辯護；不要爲自己的苟且而得意；不要嘲諷那些比自己更勇敢熱情的人們。我們可以卑微如塵土，不可扭曲如蛆蟲。」

＊＊＊

這群朋友的臉龐沒有出現在媒體上，二、三十背著黑色的人在國家機器音響之下朗朗鏗鏘讀出聲明的畫面沒有出現在媒體之上，十三名反新界東北官商鄉黑的坐牢者故事被淹沒在三名年輕學生抗爭者的報導之中，那些在生活上踽踽獨行默默實踐與承擔的人在光明正氣的鏡頭以外。

世界有世界的光明，我們有我們的眞實。

2017.09.01

聲音

朋友陸續被判入獄，記者編輯邀訪邀稿，望我能說點什麼。得知牢內有報可讀，有電視可看，我也認眞想過要不要給在囚者說點東西。拖延良久，還是作罷。

判決過後，社會聲音不絕於耳，罵聲怒聲哭聲鼓聲心聲，聲聲入耳。不獨牢外之人，在囚者也透過寫文章、托探訪者傳達口訊來對外聯絡。至今所見，呼籲與砥礪的訊息爲多，且都是向外傳訊之言，不論是牢內對外，還是社會對牢。我們總期望聲音不斷，希望音頻的波動能夠牽引彼此，讓能量波動不息。

但我確實愈來愈不懂說話。我讀政治與行政學系，大學時間幾乎都花在政治理論，也透過念念有詞這些理論語言得以晉升。可是愈走入社會，愈看到人性與社會的錯綜複雜與糾纏不清，就再無法以簡潔乾淨的理論三兩句優雅評論。在理論的世界，一切如展覽室陳列的展品，有條不紊有規可循，高貴得讓人望而卻步，不敢觸碰易碎的藝術品。但醜惡斑駁是生存的底色，無人能夠不沾半滴渾水，我們都在有毒的迷霧裡步步為營，伸手探路前行。既然自己都舉步為艱，身懷罪業，又再無法認可過去習得之語言，那從何說起？

操之過急，怕只會再次走進展覽廳的輪迴。展覽廳陳述的故事也許不假，只是忽略的細節往往比所見到的更多。生命就是充滿各式各樣光怪陸離讓人羞於啓齒的細節，急於表述公衆，恐怕只是貴族的聲音，響聲迴盪世間，也讓自己聽不到心湖幽微的波動。

這些年寫下文字變多，得以重看每一階段記下的文字，眞有種面目全非的感覺。每一次重讀，都會驚訝自己曾經能夠這樣行文，有過這種氣息。你傾注了靈魂，然後文章就成了，再也不能說他是自己的一部分了。簡直像酒精一樣盡情揮發，然後消散於空氣之間，若有還無。我不熟悉你，但好像有點似曾相識，這能叫作知道嗎，這篇文章的主人。文章寫成，如生命長成，又能夠說誰又屬於誰嗎。

別人有別人的話語。我記得自己曾經很喜歡那種帶著文學修辭的文章，我很喜歡那些字裡行間的老氣橫秋，無奈與唏噓之氣穿梭其中，對世態有點抽離而又看穿。我也嘗試過很努力這樣書寫。可是到頭來我發現，自己眞的無論如何也寫不來。很多時候，就只是眞的沒辦法而已。

社會有千百萬種聲音，我們帶著這些聲音走到世間，但靈魂的抖動，又是否能察。再過些時候，我也會坐進牢中。不知道屆時重看此篇，又是什麼感受。

無

2017.11.04

天空原是湛藍，綠草本如茵，太陽溫柔平緩，鳥兒低聲唱和，樹木筆挺，葉子在光的陰影裡淅淅瀝瀝。風至急勁時而緩慢，掃過每個營役的皮囊，空氣裡夾雜著城市的氣息，沙塵廢氣，笑顏淚眼。來自地球的歷史累積我們稱爲資源，用來消耗，來自人們的歷史累積我們稱爲傳統，用來拋棄。人們與自然，先是被區隔，然後步上同樣命運，終歸都會消散於這個世間。

天空本是昏暗，枯草遍地諸野，烏雲朵朵，機器運轉聲聲入耳，小樹及腰，擺擺盪盪，枝椏成爲城市的背景，劃出一道又一道傷口。空調的微風輕拂臉龐，空氣裡夾著陣陣自然的清香，薰衣草香檸檬清香，隨著香精的轉換吹過每個皮囊的肌膚。來自書本裡的記載我們叫作歷史，用來懷緬，來自科技的創新我們稱爲未來，用來推動社會進步。科技是人們光輝，只是過去的科技，終歸要被取代，一旦被取代，就無法再稱得上是科技。所謂追不上時代步伐的人，其實無法再被稱得上是人。

{間奏}

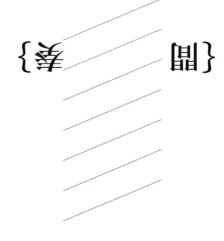

2017.10.04

願你仍在

（翻譯自 Wish You Were Here，原作詞人 Roger Waters, David Gilmour）

肉眼無法判辨地獄與天堂，萬里晴空與烽火連天。鋼鐵生命的堅柔，文明面紗裡的言不由衷。還能怎麼講下去？

大賣場，以物易物。意志換來死亡，殘灰換到生命，熱情換成冷鋒，安逸換為機遇？你是否已經受夠，在戰地上踽踽獨行，寧可在牢籠裡振翅翱翔？

我多麼多麼地渴望你此刻仍在。

我們只是仍然仍然希望，游離這個魚缸的落泊者。年復年，我們在古老而恆久的土地匍匐，算不上前行，除了恐懼，是否一無所有？我多麼多麼渴望你此刻猶在。

So, so you think you can tell
Heaven from hell
Blue skies from pain
Can you tell a green field
From a cold steel rail?
A smile from a veil?
Do you think you can tell?

Did they get you to trade

Your heroes for ghosts?
Hot ashes for trees?
Hot air for a cool breeze?
Cold comfort for change?
And did you exchange
A walk on part in the war
For a lead role in a cage?

How I wish, how I wish you were here
We're just two lost souls
Swimming in a fish bowl
Year after year
Running over the same old ground
And how we found
The same old fears
Wish you were here

書——與——牆

時間也許從不站在我們這邊——而權力永遠站在時間一邊

2017.07.01

I

今年七月一日是香港主權移交二十年。我對這樣宏大的政治議題已經沒有那種興趣了。誰的民族主義，我們的眞普選，一國兩制之類的東西，我們已經重複了很多年。也許只是我在重複，我也不肯定。

我想談談八九六四的廣場之後。

一九八九年中國風起雲湧，六四之後，許多人一度以爲，北京的霧霾，是八九屠城後血色靈魂的化身。然而霧霾終究只是霧霾，靈魂被遺忘以後就歸到不存在的世界，血色終究只是日落的嫣紅，人們還是一樣的生活。沒有政治自由，賺錢的自由就是人們鬱結創傷的補償。九〇年代的中國經濟高歌猛進，他既不完全是「毛澤東時代那個迷信盲從的瘋狂國度，（又）不再是鄧小平執政早期那個熊貓一般的可愛國度，搖身變成了一個由極權政府和失控自由市場組合而成的怪胎」。這是查建英在其一九九五年以英文寫成，最近由牛津大學出版社出版，李家眞翻譯的《中國波普》內的形容。此書描寫「六四」後政治陰影後的中國，怎樣影響到每個文化人的生命，從側面描寫這個半共產中國文化走向商業面向世界的進程，以及對中國社會的影響。沒有了「政府／市場」明確的二分對立，中國就變得難以理解，他無法被套進絕對極權或者自由市場去思考，然而這卻爲他增添了幾分魔幻的魅力。大家都在那條政府與市場之間的界線遊走，想像北京的底線到底在哪，從而思考自己的盈利紅線。在查建英的筆下，那些曾經投身廣場的人，在通過幾年的鬱悶之後，紛紛下海——「嗨，現在我是個生意人啦！」，「黨用不著我們去腐蝕，它早就從心子裡爛掉了。我們所裡那些黨的幹部，還不是忙著爲自個兒掙錢。我要是執迷不悟的話，那可就眞成了傻子。那些雙手沾滿鮮血的流氓，終究會有遭報應的一天。不過，那一天還沒有來的時候，我最好得過且過，給我自個兒攢點兒銀子。我並不喜歡賺錢，我心目中的好日子，無非是下雨天躺在床上，手裡拿本好書。可是，我能有什麼選擇呢？」

雖然政治上堵死了路，但市場開放，總會一步步反過去推動政治改革——這是當時大家心照不宣的想法。這是想法還是自我安慰，我們又怎說得準？在很多年後的今天，很多曾經投身雨傘運動的異議學生、反對分子，紛紛說起要儲存實力，從商的從商，讀書的讀書，要有影響力——「只要當我們一代成長起來，拿下了那些社會重要的位置與資源，就是抗爭之日的重臨。」是這樣嗎？我不知道。他們還會說，要盡可能把道德的失地減少，以便日後得以收復。是這樣嗎？屠城之後的學生，有人不食周粟，但更多人步步高升，成爲商賈巨富、政要中人。時間會站在我們這邊嗎？當我們隨時有人脫隊，誰是我們？道德的墮落是否能走回頭路收復失地？我眞的不知道。

二〇〇七年，政府清拆皇后碼頭，一衆示威人士佔領碼頭，阻撓工程進行，後來時任發展局局長林鄭月娥出席位於碼頭的公衆論壇，一而再重複她熟練的官腔。做爲現場聽衆的梁文道，後來寫了一篇名爲〈時間站在我們這邊——給林鄭月娥的一封公開信〉，他說——「十年後你該退休了，歷史會記住你是第一個『走入群衆』的高官，還是最後一個對保育置若罔聞的高官呢（假如歷史會記住你的話）？」；「再見了，你和你所代表的官僚態度。再見了，殖民地時代的行政手法與諮詢遊戲。再見了，三十多人也及不上一位局長的古物古蹟委員會。再見了，那老舊世代的世界觀與價值觀。時間，始終是站在我們這一邊的。」

十年後的二〇一七，林鄭月娥並沒有退休，兩年前她參與過和佔領學生對話的官民對話，現在甚至將正式成爲香港的官方特首。時間站在我們這邊嗎？我不樂觀。正如後來馬嶽〈時間站在我們這邊嗎〉的一篇回應所述——「現在不在權力的人，到 their time has come 然後掌權時，會不會仍然在『我們這邊』？很多人都曾經『進步』過，但當年的激進學生、異議分子掌握了權力後，不見得決策會更民主、更尊重不同意見、或更關顧弱勢社群……上一代不斷透過建制力量模塑一些符合他們價值標準的社會菁英，這些菁英下一代掌握權力後並不一定帶來社會的進步改革。」

十年前參與那場有關皇后碼頭論壇的「本土行動」朱凱廸，以及三年前參與官民對話的「學聯」羅冠聰，今天的確當上了立法會議員。然而你能說這代表什麼嗎？

「我們當年既沒有想到中國經濟會發展得那麼快，也沒有想到中國政治會進步得這麼慢。」查建英的一位老朋友，如此嘆道，那是一九九五年。時間也許從來不是站在我們這邊，問題只是我們是否願意站在良知的一邊。

II

「香港遍地黃金」——過去有人這樣形容香港；二、三十年過去——「中國商機無限」，是今天人們倒過來會說的話。

一九九二年鄧小平南巡，發表了關於擴大並深化市場改革的號召。這並不是尋常的講話——「皇帝開了金口，中國人總是會側耳傾聽，千百萬人嗅到了風聲，並且採取了相應的行動。」查建英這樣描述。就這樣，「市場開放」一發不可收拾，很多人都躍躍欲試，希望在這片「什麼都沒有發生」的原始大陸，開展各自的偉大事業。

一份又一份策略營銷表，一個明亮寬敞的辦公室，一排排的新簇電腦，一臺又一臺傳眞機……這是智才集團的辦公室，在九十年代的中國，這可以說是北京角落裡的小香港。智才集團是一家香港的大型投資公司，在北京設立公司，爲的就是與中國大陸做生意，而它要想做的，主要是文化生意，牽頭的人，分別是于品海以及陳冠中，前者找來了後者一起打天下。他們放棄了「標準」的海外「搖控」生意模式，即在海外向常駐中國低層員工下達指令；與此相反，于陳二人都親駐大陸辦公室，連住所都安排了在北京。

對當時的人來說，這群香港人來中國做文化的生意，絕對不僅是逐利，還帶來了新的營商手法，新的理念新的制度新的文化品味潮流生活方式態度……大家甚至還在想，如果可能，「這群人沒準會幫著改變中國的顏色」。

「不管是從經濟上看，還是從文化上看，中國都很像七〇年代的香港。」陳冠中二十多年前對查建英說，「所以我可以清楚地看到市場的走向，看到中國將會走向何方。我們胸有成竹，知道什麼事情應該幹，什麼事情行得通。這是個巨大的市場，這時候上這兒來，太讓人興奮了」，「中國可不一樣！在這兒，你花同樣多的錢，能辦成的事情比在香港多得多。而且，你在這兒幹的事情影響更大，意義也更深。」

陳冠中花了兩年的時間開拓與計劃在中國的文化事業後，一九九三年，于品海與陳冠中分道揚鑣。查建英一名北京經濟類報紙的老朋友對她這樣說，「依我看，陳冠中和于品海之間的手法差異，最根本的一點是這樣的，四〇年代，日本鬼子掃蕩中國村莊的時候，總是會先找幾個熟悉當地情況的內應——陳冠中就是這麼幹的。美國人征服外國領土的時候，卻只會派出他們的直升飛機，從天上投下攜帶尖端武器、武裝到牙齒的傘兵——于品海就是這麼幹的。」

于品海與陳冠中的故事，只是千百萬個北望神州的類似故事之一。

III

九〇年代的香港學術界，曾經有個關於「北進想像」的討論，後來被陳清僑編輯成《文化想像與意識形態》一書，由牛津大學出版社於一九九七年出版。這個討論先由「『北進想像』專題小組」於一九九五年的一系列文章打開頭炮，小組成員包括羅永生、葉蔭聰、孔誥烽、盧思騁、譚萬基。在這當中，孔誥烽的〈初探北進殖民主義——從梁鳳儀現象看香港夾縫論〉值得我們拿出來回望。孔誥烽當時批評學界流行的「（香港）夾縫論」，他認爲「夾縫論」構作了一個「資本主義、中西渾雜、兼容並包、安定繁榮、有民主、有自由、有法治、有人權的『香港』自我」；同一時間構作了一個「心胸夾窄、驕傲自大、社會主義的『中原文化』他者」。於是，香港與中原大陸被想像成「後者威脅和壓逼前者的關係」，前者就有需要做出必要反抗。

然而孔誥烽認爲，這種「夾縫想像」非常危險。孔認爲如果僅把過渡時期的香港人描述爲受害者，只有被屈辱的份兒，其實忽略了「近年港商大舉北上，大陸的勞工、天然資源、市場甚至女性全成爲他們的剝削對象」，這些現象下的港人根本並不冤屈。而且這種鏡象下，大陸中原人被想像成只有「壓迫、歧視港人的醜惡面孔，無視了大陸人對港式生活的追求」。「『夾縫論』視香港爲一個絕對的受害者，極容易被有權勢者挪用而成爲壓逼他人的藉口。」

梁鳳儀是九〇年代裡一位在中港臺三地惹起廣泛關注及極大爭論的作者，孔誥烽在文章內透過探討「梁鳳儀現象」去展開他整個批判。梁鳳儀的小說與散文裡，經常形容大陸人爲落後，等待被教化；而香港人則是斯文有禮，懂得現代市場邏輯的教化者，兩者之間通常有不對等的從屬關係。在書寫以外，梁鳳儀的作品得到中國官方的大力加持。孔誥烽發現，梁的小說最初由明窗出版社出版，主要市場在香港，一九九〇年底，梁與一衆與中國政府關係良好的資本家組成勤+緣出版社，積極北進開拓大陸市場。至一九九二年，做爲中共意識形態機器中重要一環的北京人民文學出版社，開始代理梁的小說大陸版。人民文學出版社還爲此進行全國新聞發布會，邀請了魯平及陳佐洱等做主禮嘉賓。梁的小說發行未足一年已售出超過二百萬冊，若把盜版也計算在內，梁小說的流通量可能達千萬之數。

在這當中，中國官方的推動策劃有著重要影響。據孔誥烽的查考，由於梁的小說經常圍繞著商業世界創作，商場市場的角力是當中重要主題，於是被中國官方及文化買辦「吹捧和分類爲財經商業知識的速成祕笈」——比如人民文學出版社長陳早春是這麼說：「〔梁鳳儀的〕『財經小說』，故事多涉及工商業及金融業，這對於改革開放時代想參與經濟活動的大陸讀者，也許具有某於知識方面的借鑑作用。」；中國社會科學院文學院研究所所長張炯這樣說：「〔梁的小說〕對於近來商品經濟，近來改革開放大潮的大陸讀者，無疑相當親切。從中……更會得到許多新鮮的商業知識和生活知識。」

孔誥烽認爲梁鳳儀的小說裡經常出現「愛國」、「愛港」、「愛資本」的元素相互勾結。在梁鳳儀的文學作品中，香港既等於中國，又不等於中國，但香港人與中國人血濃於水，所以即便大陸多麼落後，港人依然有責任改善大陸同胞生活，於是大條道理把港式生活輸進大陸，實質上是毫無保留地北進掘金。「愛國」、「愛港」、「愛資本」，三者齊頭並進，毫無衝突，展現了整個港式資產階級北進慾望與大陸官方資本主義意識形態的合謀。

孔誥烽提醒我們——「當然，北進殖民主義還未眞正成爲霸權，但若果我們不加警惕，不加反省，此論述稱霸天下的日子應該不會太遠。」這是一九九五年。

IV

時移勢易，五十年不變，是誰的不變。北進南下，不變的是壓逼永遠存在。馬照跑，舞照跳，只是市場遊戲剪影的片斷，不是我們日常生活的實況。「主權移交二十年」、「中國共產黨建政六十多年」、「英國開埠香港百多年」、「香港做爲中國神聖領土的自古以來」。權力永遠站在時間一邊。

如果改寫 Ackbar Abbas 那句著名的話，所謂香港，其實是一種對策和實踐，而非法律政治契約或歷史意外。權貴常言不談政治，連「一國兩制」也要談河水不犯井水，不要把香港做爲顛覆大陸的反共基地。然而什麼是政治，誰也說不清。他們說，搞經濟，搞民生，搞文化，不要搞政治。結果辦小販墟市，是聚衆滋事；民間辦學，是違法；獨立音樂演出，警察拘捕……政治處處不是，卻也無處不是。一旦你辦的東西挑戰到政權認受性，提供了讓人們喘息反思建制的空間，在環環衆生的國家機器眼裡，事情就忽然變成是政治了。而搞政治的代價，可以相當大。

宏大的敘事我們已經說了許多，在每天的瑣碎繁事間，到底我們要站在哪一邊？這是二〇一七年。

2017.07.04

平凡地活著，推土機前種花

I

「這些片段平淡、瑣碎。好多次探訪的時候，記者在一旁和長者聊天，我竟在不知不覺中睡著了。甚至有一次，我自己探訪喜歡逛公園的周伯，兩人坐在椅子上坐了很久，他手上的收音機一遍遍播放著粵曲，我也睡著了。」

這寫在香港社區組織協會出版，《活著——十八位長者生活誌》裡的序言之一。社協希望透過出版此書，紀念與長者一起走過廿五年的權益倡議路，向每一位平凡又富有生命力地活著的長者致敬。

上引那段說話，來自此書攝影師林振東。我還記得當時讀到，心裡有種不解，覺得這個人有點奇怪，我像本能反應一樣，臉露質疑的表情。在我的認知經驗裡，採訪需要聆聽，需要讓受訪者說話，記錄他們的想法。睡著了的話，能夠做到什麼？這樣對受訪者來說，是不是有點不尊重。

「或許那溫度，那氣味，令人安心」，林振東接著說。「就這樣，我嘗試盡量用平等、含蓄、安靜的視角，走近每一位長者的生活，展現其中的智慧，捕捉那些平凡而又充滿力量的瞬間。」

我還是有點不解。然後我讀了書裡面幾個故事，作者與攝影師伴著長者走過一天又一天，寫下了他們的日常與過去，筆觸平靜。我覺得有點平凡，讀了讀後，又把書放下。

II

我曾經看過一張照片，鏡頭向上，望著日已落盡，漸入全黑的迷茫夜空。舉頭所見，遮蔽尚還有光天空的兩邊，分別是像推土機怪手的高空升降車，以及碩大老樹伸展出來的枝幹，都被映成黑暗。他們靜默無語，就這樣對峙。

這張相攝於新界東北一條即將被發展的馬路之上。

III

我們熟練一種關於整體的思考。在教科書裡，在電視廣播裡，在評論裡，在日常溝通裡，抽象的概念總常被引用，而我們的生存狀況，總是「無辦法」——雖然我怎樣怎樣高興或者失落，得益或者受害，但「社會」總是如此，「民主」總是這樣，「發展」總是這樣，沒辦法的。可是社會是誰的社會，民主是誰的民主，發展是誰的發展……我們還可以繼續向不同抽象又屬於整體的概念這樣發問。這些概念終歸都關乎於人，但如果個人的故事感受，都是「無辦法」，這又會是誰的無辦法？

周綺薇是一名幼稚園老師，小時候長於深水埗，後來搬出去住了，再回來這個地方傾注心神的時候，是政府宣布收樓清拆，重建興華街、青山道、元州街、昌華街和福榮街的時候。政府喚這個重建項目為編號K20-23。

能夠被定義的概念，都因為無視了具體歷史脈絡與情感。故事永遠無法被定義，而故事之成故事，是否非得是已故之事——「一九七四年，爸媽的第一個女兒——我在明愛醫院出生，重六磅半。過一年，二妹也出世了。我們一家四口從早到晚就在車房生活。我的童年照片，背景離不開輪軚、汽車和街道」，「車房周圍是一幢幢五、六層高的唐樓，街坊多數認識。」

「推著木頭車在街口賣水果的小販明嫂，一邊看檔，一邊看我們和她的兒女在街上玩耍。我拿著不知從何得來的粉筆……」，「我還會用粉筆在行人路上，畫個足有半條街長的跳飛機，由街頭涼茶鋪一直畫到黎叔叔的電器檔。雖然同樣是九格的跳飛機，由於太巨大，要跳上一百步才可到達終點。涼茶叔叔見到我們就頭痛：『小朋友，唔玩跳飛機得唔得？』當然唔得啦，玩累了，小朋友散去，我用三蚊向明嫂買個富有柿，或者到涼茶鋪五蚊喝杯凍火麻仁。涼茶叔叔縱有怨言，如常捧著水桶出來洗地，把粉筆跡沖走。第二天，我們又會再來。」

「那年頭，街道還是屬於大家的。」——周綺薇這樣說。

IV

《推土機前種花》既是，也非一本談社區重建的書。周綺薇記載了她與一眾街坊如何在幾十年間，慢慢於深水埗扎下根，生出彼此交錯的生存故事。如果社區由坐在冷氣房的專業人士規劃，以法律逼走希望留下來的街坊，摧毀了原來經年生成的社區網絡，還能不能叫作社區重建？有什麼能夠被重建？

這個「故事」的序言題爲「情人節的對峙」。二〇一七年二月，政府指街坊犯了法，罪名是「非法霸佔官地」，幾天後就是農曆新年，但街坊們將陸續以被告的身分到法庭應訊。二月十四日，一群叔叔嬸嬸和老人家，還有一班一直幫忙的義工，與政府代表在區議會的會議室見面。政府代表說——「幾十戶居民的賠償要求不能與我們達成一致」，而事實上居民不能搬走有各樣的困難，不只爲了賠償，「譬如花王❶伯伯因爲不識字，遲了回覆政府的信，政府便已急急把他告上法庭。又例如林伯伯因爲板間房的通道被鄰居阻塞，家具搬不出來，政府沒有協助他，反而把他告上法庭。

政府代表一派悠閒，微笑回應：「我保證遲些會約見你們，但法律行動不會停止。」另一位代表以手帕輕抹嘴角，慢條斯理說：「無論你用什麼理由爭辯，法律就是法律！」

僵持、堵塞、政府代表衝向街坊幾乎打人、衝突、警察調停協助，政府代表逃離會議現場……

V

在有關發展重建的討論裡，政府一邊的人總會勸說大家不要只愛懷舊，要向前看，爲著香港整體的利益，騰出土地，不要太過自私，只考慮自己。這樣一來，彷彿談自己對土地的熱愛，對生於所居之地的人的感情，就屬於情緒化，看不到大局。抽象的價值概念重要，而具體實在的故事並不重要。

其實是他們不明白，世界有很多種人際關係相處的方式，有很多生存的狀態，都不能被簡單化約爲金錢數值，理解成簡單一個概念。黎叔叔在元州街打滾五十多年，他經營

❶ 花王：負責園藝花藝的工作者。

的電器鋪靠牆，而他與業主認識多年，因爲他會免費替業主另外幾個的靠牆鋪維修水電，所以他店外後巷的近百呎工場，是不用交租的。他會免費替老人家修理電器，大家都稱他爲街坊社工。

「政府跟黎叔叔和其他租戶談判時，最愛說租戶隨時都可以被業主趕走的，沒有資格要求政府正視他們的損失。黎叔叔他們總覺得有冤無路訴，明明舊區裡的人情和關係，就是可以跟業主做朋友，鋪位一租就幾十年，二、三十呎的小檔口本來是他的謀生根基，足以養活一家大小幾代人。政府卻總是以最不符合舊區運作模式、最簡化的定論，來消滅街坊的聲音。」

「有一次，政府的測量師又慣性地批評黎叔叔的檔口如何如何不值錢，黎叔叔聽不明白，他們不肯解釋，他發火了：『你以爲你們那些專業大晒❷呀？我也是我這一行的專業！我最清楚爲什麼一旦搬走，便做不下去！』」政府的人目瞪口呆，不知如何答話。

雷伯伯生活極簡，不喜雜物纏身，政府的人說他沒有電視機且家具簡陋，懷疑他在重建區外有其他居所，要減去他大半賠償。他對周綺薇說：「萬萬想不到，政府借重建爲名，爲了賺盡一分一毫，便巧立明目，要所有人都依它的標準生活，否則通通成了嫌疑犯。」

「每個人生活的獨特性，都成罪名」，雷伯伯如是道。

VI

街坊們也不是從一開始就信任周綺薇，由於她長大後搬離了深水埗，很多街坊都認不起她。二〇〇五年九月，她拿著自製傳單，逐家逐戶派發，呼籲大家不要簽政府的任何文件，先共同商討對策；十月八日晚，她和來幫忙的義工向一眾街坊解釋政府的重建計畫與方向。來幫忙的義工，「對重建太熟悉了，說到安置賠償政策，越講越快，有些字詞也不容易明白，於是我拿起擴音器，用在學校跟小朋友說話的速度和方法，一句一句向街坊解釋。街坊聽明白了，但臉上還是有點不安的神色。」

「我靈機一觸，再拿起擴音器指向爸爸的車房說：『各位街坊，我是車房老闆的女兒，平時坐在門口的是我爺爺，我在這區長大的。』」街坊此時才放下心頭大石，歡呼起來。一直下來，街坊慢慢從關注個人的搬遷問題，擴大至討論重建對社區的影響，瞭解到自己社區可貴之處。周綺薇說自己還沒有和街坊走在一起之前，是個沒耐性的人，而區內多是中年及老人家，有他們的說話方式，往往把開場白拖很長，重複內容，她便很不耐煩，心裡抱怨他們說話能否更簡潔，更快——「但回心一想，政府不就是因爲不願付出時間，或先假設街坊們什麼也不懂而拒絕找方法跟他們溝通嗎？」

❷ 大晒：就了不起啊。

「只要他們看得出你眞心想聽他們的話，他們就會信任你，便會把對生活的想法慢慢地告訴你。」

「儘管仍是要花時間，但街坊住在區內幾十年，最知道自己的社區需要什麼，街坊懂得的比我多。」

平常拿木頭磚頭到山邊建小屋供奉被遺棄在街頭的神佛的八十多歲婆婆梁葵；當年和另外十位同爲媽姐的金蘭姊妹共同夾錢租了天臺屋做娛樂之用，即便其他姊妹幾近全過世，在臨搬走時還強調「十一個人十一份，我只搬走屬於自己的一份，誰也不得多取」的黃姑娘；「奉獻一生青春給這條街」，哨牙林膠輪公司的哨牙林；愛打機，認爲沒有什麼比把自己興趣化爲職業更幸福，身爲富貴城遊戲機中心老闆的明哥；「不想被家中女人控制」，劉成和醬園的第三代傳人「太子」；「深水埗除咗亞爸亞媽無得賣，乜都有得賣」❸，尼泊爾雜貨店店主Min Limbu……街坊們和義工一起策劃了說故事的嘉年華，畫下街坊的身影與生命依據，配上他們自述的故事文字，以及他們對重建計畫的建議，印成十呎乘九呎的大圖書做街頭展覽。

「我們不是消極地懷舊，而是爭取維持當下仍然充滿生命力的社區。」

接下來他們辦街頭展覽，辦介紹社區文化故事的皮影戲演出，搞社區藝術，每天於周綺薇爸爸車房設宴，邀請當時的發展局局長林鄭月娥，希望她本人能親自來這個地方，瞭解由街坊親口講述的故事。等到邀請局長的第二十四天，林鄭月娥終於來了。她來之前派祕書打電話過來，聲明不會答允街坊的「留底方案」。晚飯間，局長說「項目已經開始了，便不能返轉頭」，所以「街坊一定要走」。

街坊早在幾十年前就在這裡開始了他們的生活，難道他們又能「返轉頭」？他們盡力保留的社區，最終被夷爲平地。而許多老婆婆老公公，因爲失去了賴以爲生的社區網絡，一兩年後相繼去世。

VII

「這些生活的片段有時會讓我想起小津安二郎的電影，雖是兩個國度、兩個時空，但都關乎平凡人的生活。」林振東在《活著——十八位長者生活誌》序言的末段這樣說。

能夠讓身邊的人放鬆，不以整體之名行事，不爲什麼，更複雜、更慢地感受人與人之間的氣息，順著氣息的飄浮，放下我執，進入別人的世界，又算不算在這個功利社會漠視人生存狀況又爭分奪秒的推土機前，種下活著的花？

「小津會說：『電影是以餘味定輸贏。』」在林振東看來，「人生也一樣。」

❸ 深水埗除了阿爸阿媽沒得賣，什麼都有得賣。

平凡有平凡的力量，讓人安心。
我想起怪手與老樹的對峙。

攝影者：柏齊

2017.07.31

烏托邦沒有凡人的臉

亞歷塞維奇筆下記錄著人類最低吟又最劇烈的聲音，每個故事的主人翁都以其生命經歷過最暴烈的事故，我每次讀她的書，都永遠無法一氣呵成，我無法一直持續讀這些故事，我會流淚，我會揪心，我會崩潰，我會窒息，我無法相信，不，只是我無法想像戰爭到底爲什麼能夠殘酷到這樣的地步。那可不只是簡單殺人英勇犧牲的故事，那裡充滿著生存的野性，良知的掙扎，與死亡共舞共存靈魂最深沉始終不見天日的恐懼與矛盾。

在我們的年代，女性永遠都是被慾望的對象，在媒體廣告在地鐵走廊的牆壁之上在各式各樣的日常耳語之間，女性都會經常出現，她們的胴體她們標致的臉蛋旁邊就是所要推銷的商品，她們大抵都一樣，都被認定爲是沒有靈魂的虛擬慾望對象。她們的人生就是附屬品，就是必須依附在一個男人身上，必須生兒育女，才能叫作完成人的一生。甚至在歷史上，都沒有女性的臉。她們所歷經的衛國戰爭，不是偉大理想的犧牲，不是哪場重大戰役推進了國家的勝利，不是巧妙軍事戰術的施布；而是投身戰事時所穿著的漂亮裙子，戰爭中所丟掉的洋娃娃，幾年都沒有過的月經來潮，面對敵軍傷患時要不要救的掙扎，被逼穿上不合女性較爲嬌小體型的軍服，在將近死亡之前與男性兵士的最後交合，軍委會在戰爭中段形勢敗退時才被徵召入伍的屈辱，隊伍中女性的勇氣與被歧視……

歷史是帝皇將相的歷史，也是男性的歷史。她們的歷史是虛構的歷史，不夠偉大，不夠英勇，都是微細而且太多掙扎。戰爭非常簡單——夢想，價値，奉獻，犧牲，榮耀，敵人，我們。就只是這樣。如果不是這樣，還能夠怎樣？所以她們的戰爭都不是戰爭，她們是叛國者，是毀謗偉大社會主義理想的恥辱，是戰場上毫無用處的負累，是包袱，是在戰場上勾引男人的蕩婦，永遠不是英雄，儘管她們在戰場上和男人一樣英勇殺敵，拯救過無數傷患，負責過數千萬人的伙食、炊事與洗衣電報各種後勤。二戰期間，蘇聯發動超過一百萬女性上戰場，在過去所有絕對男性的崗位上都有了女性的臉，狙擊手、砲兵、通信兵、機槍兵、游擊隊員、司機、空軍飛行員、傘兵、醫生、護士、戰地記者……但戰後只要談及戰爭，只要有男性在場，她們總是被要求閉嘴，被要求去準備茶點，被吆喝停止述說虛構的故事。就只是因爲她們是女人。

我還可以說些什麼？

* * *

——作者與審查官對話摘錄

「是的，我們的勝利是來之不易。但您應該多蒐集一些英雄人物的故事，這一類的故事不是很多嗎？但您卻故意去表現戰爭恐怖、齷齪骯髒的一面，見不得人的一面。瞧瞧您寫的，我們的勝利是那麼恐怖……您到底想達到什麼目的呢？」

「寫出眞相。」

「您以爲，眞相就只是生活，只是在街道上，只是在腳底下嗎？對您來說，眞相是如此低俗，如此俗不可耐。不對，眞相應該是我們的夢想，是我們所希望的那樣！」

* * *

我們長於承平時代，生活都有跡可循有譜可依，我們對於突如其來的事故沒有準備，我們要求穩定追求穩定，甚至不惜一切都要坦克碾過後的太平。我們對異於時代旋律的聲音不予傾聽，我們對人的生命可以不屑一顧；生命的經歷成長的故事地區的價值鄰里的關係自然的共存，在發展重建經濟至上的凱歌之中，通通沒有聲音。一切一切。這些都不夠偉大，太過微小，太過上不了場面。

在諾貝爾文學獎致答辭裡，亞歷塞維奇說自己不是獨自站在講臺上的，她的周圍充斥著各種聲音，數以百計的聲音，複數的聲音。透過亞歷塞維奇的文字，我們聆聽到死亡的呼聲，認知到複雜糾結的情感，認識到生命。死亡有死亡的多樣性，聲音有複數的聲音，人有各異的人們，生存有斑駁的靈魂。當一切都被消音後，我們就只有英雄主義、國家光榮。

發展主義，市場的榮光，是我們這個世界響徹天際的聲音。當種種生活方式都被消滅殆盡，當整個城市的運作形態都按同一套邏輯發展，就再無人能夠說話。誰還能夠有故事可講？歷經幾代，後起的生命就會默認了經政商權力碾過後的太平，我們的生命軌跡依其而建，自然會覺得一切異於此刻的都不可思議。在歷史的長河裡，正如八九六四、正如戰爭，也正如許多事一樣，我們都只是沙石，似乎別無選擇。然而如果要說否想現狀就是不可思議，則證明我們的人生只有一種活的模式，那可眞是不可思議。只有站在國家權力一邊的人才會如此說話。沙石有沙石的位置，人有人們的力量，聲音有聲音的波動，我就不相信沙不能截流，石不能成堤，聲不能傳到永恆的彼邦。

我們生於承平時代？

* * *

——作者與審查官對話摘錄

「您通篇寫的都是謊言！這是對解放了半個歐洲的蘇聯紅軍的嚴重誹謗，是對我們游擊隊的惡意汙衊，是對我們人民英雄的無情中傷。您寫的這些故事不是我們所需要的，我們需要的是偉大的故事，是勝利的故事。您根本不愛我們的英雄，不愛我們偉大的思想，不愛馬克思和列寧的思想。」

「沒錯，我不喜歡偉大的思想，我只喜愛小人物。」

* * *

《戰爭沒有女人的臉》是亞歷塞維奇最早期的作品。有別於她後來寫的紀實文學，我們還能夠在這篇作品當中，讀到更多作者的思慮，與那些戰爭故事碰撞的裂紋聲音。亞歷塞維奇，二〇一五年度諾貝爾文學獎得主，一九四八年生，父親是白俄羅斯人，母親爲烏克蘭人，長於蘇聯帝國時期。她說自己成長在一個自小便被教育要死去的國家，被教導死亡，被要求死亡，人存在是爲了奉獻自己，爲了燃燒生命、犧牲自我——「我們在劊子手與受害者之間成長，即使我們的父母生活在恐懼當中，卻沒有向我們透露所有的眞相，更常的是他們什麼都沒說，但是我們的生活中充滿了恐懼的氣息，邪惡不時在窺伺我們。」

亞歷塞維奇的書寫，對我有著無法抗拒的吸引力。讀她的文字，就像被引力一步步拉進苦難的深淵，一直被吞噬，直到無法喘氣，才無法不擱下書本。難道我們還不夠苦難嗎，爲什麼非得讀這樣的書？我也不知道。朱天心形容當代文學的處境爲瓦礫，她說，廢墟畢竟曾經是墟，人們起碼能夠從一些殘存的雕梁畫棟中想像曾經的歷史與文明，以及在其中人的努力。但是瓦礫則什麼都沒有，一無所有。這個比喻，是否也適合今天我們的社會？金壁輝煌的宮殿，光鮮亮麗的大樓，貼服整齊的西裝，裡面都是什麼？人們已經不會再談生存的意義，不會傾注心神到地球另一端戰爭中受苦難的人，談道德變得膚淺可笑，再沒有人談革命，再沒有人願意讀書了，再沒有人講歷史談文化了。是因爲我們都覺得無辦法戰勝那偌大無比、武裝到牙齒的巨獸，所以自甘於站到他們的列隊之中嗎？可能也不是。政治反對者常常喜歡叫喊自己香港自己救，彷彿有過曾經所謂的美好香港，有所謂曾經屬於我們的香港嗎？這樣的香港故事由誰述說？由誰來聲演？一國兩制維持香港繁榮穩定，這樣的講法由九〇年代一直說到現在，香港眞的從來繁榮穩定嗎？那些貧困且漂泊的，難道就不是香港人？我們要自決未來，這些人被包括在裡面嗎？我們的社會一片頹垣敗瓦，你眞能夠從中發現什麼嗎？有。從遠距離觀察然後輕省拋下一句判斷的人，永遠無法聽到裡面充滿受苦難人的講述。他們永遠一無所有。

未經苦難的自由，是否稱得上自由？我們從未瞭解生存的本質，被奴役的束縛，生命的無光，意義的脆弱，大義的虛妄，又何以之於自由？歷史已經過去了，但帶著歷史的人卻留下來了，依舊存在，化作彼此。

「在肉搏戰中殺人時，總會直視著對方的眼睛。這不是投擲炸彈，或者從戰壕裡射擊。」那些經歷戰爭的人這樣告訴我們。負責處理傷患的女兵還會說，她們去抬死人的時候，第一時間必定會先用手閉上死者的眼，因爲他們眼睛「直勾勾地望著自己，太可怕了」。活到今天我們總算進步了，因爲要殺一個人，連直視他們的必要都沒有。

***

——作者與審查官對話摘錄

「看了您這些書後，誰還會去打仗？而且您的書寫貶低了女性，損害了我國女英雄的形象，詆毀她們的榮譽。您把女英雄寫成了跟一個普通人無異，就像雌性動物一樣。要知道，她們在我們國家是神聖的。」

「我們的英雄主義都是經過無菌包裝的，既無生理元素，也無生物元素。你自己其實也不相信吧。經受考驗的，不僅是精神，也有肉體。」

「您是哪裡來的這些想法？這是異端，不是蘇聯人的思想。您這是在嘲笑那些葬在兄弟公墓的英雄。你這些想法在我們這兒可行不通。我們蘇聯女人不是動物。」

＊＊＊

烏托邦的呼喊淹沒大地上一切聲音，新世界沒有平凡人的臉。亞歷塞維奇在鄉下長大，年小的時候小孩子都喜歡在街上嬉戲，但一到傍晚，疲倦的村婦就會聚集在各家門口的長凳上，她們當中，沒有人有丈夫、父親或者兄弟，她說記不起戰後村子裡有任何男人。二次世界大戰期間，一九四一年德國開始進軍蘇聯，德國稱之爲「東方戰線」，蘇聯稱之爲「偉大的衛國戰爭」，戰事至一九四五年德軍投降止。戰爭中蘇聯軍隊死亡人數起碼六百八十萬，另外數百萬蘇聯兒童死亡。《我還是想你，媽媽》一書要談的，就是那些孩童的自白。

我曾經爲此書寫過書話，以拼貼方法把書內受訪者的聲音再度裁剪編整，盡可能引用受訪者的自白，在選段裁拼之間有我的思想話語，其實用意是像導演自述，有點像導演與故事間的交錯對話，是爲引介，事實上也是對亞歷塞維奇以及其書寫下的受訪者一種致意。但朋友說引用的篇幅太多，相信感興趣的讀者會想看多些我的分析。他們還說，可以好好想想題旨寫法，具體點說，就是考慮到讀者如何理解及接收，所以希望引用篇幅盡量從簡。

其實讀者會如何接收本來的文章？我想這個正是問題要害。我們太習慣聆聽分析的話語，我們需要提煉出理論，扼要的點明，直接不迂迴。我們從小到大，有聽過眞正的故事嗎？教科書寫香港地少人多，香港從漁村發展成國際大都會，一國兩制欣欣向榮，如此這般，人們生存的條件如何，每個人怎麼掙扎求存？史書記載黃帝堯舜夏商周，秦漢魏晉南北朝，隋唐五代十國宋，元明清民國共和；朝代更替之間，人們怎樣生活？國之邊陲，朝代更迭具有眞實意義嗎？世界上眞有能被分析的人生嗎？一個人裡到底存在多少人格？更何況參與過那場戰爭上過戰場的人？我憑什麼分析他們的靈魂？坦白說，除了直接引用那些苦難的靈魂吶喊，我不知道還有什麼可以代他們說。

世間的一切分析，都在抹殺有血有肉的靈魂。

世界教我們向上流，我們的視野永遠向上望。我們總愛宏大之物——理論，歷史，國家，未來——這些都是教育之事，然而我們也許失去了對生命的觸覺，感官全關——風之聲，鳥之叫，細胞之抖動，靈魂的叩問，生命的共鳴。這些本來就互爲彼此，本來就不能夠被簡單分析調度，本來就需要我們窮畢生年華歷盡體悟，曲折離奇光怪陸離。然而這些都不在我們的世界之間了。我們的視野被改造了，當蒸氣機開動的一刻，當殖民者的船到達新世界的海岸，當奇珍各異的動植物被權力看到的一刻，我們的世界就被改造了，連帶我們的視野都被轉化了。世界依然，但我們看到的世界不一樣，然後世界也實際上不一樣了。

是我們的讀者無法直面苦難的赤裸，誤以為經過編裁的引用就是作者的便宜，還是我們自己已經不再相信受苦難人講述的力量？我也不知道。朋友不過是善意提醒，我還是很感謝他們，容我借題發揮一下。

＊＊＊

尼娜·舒恩托，當時六歲。現在是廚師。

「戰爭前我們跟爸爸一起生活，媽媽死了。爸爸上前線後，我們就跟著姨媽，爸爸剛把我們送到她家不久後，她的眼睛就不小心戳到樹枝，眼睛刺穿了，血液受到感染，沒幾天就過世了。」

「結果只剩下我和弟弟，而弟弟年紀還很小，我們一起去尋找游擊隊，不知為什麼我們就是覺得爸爸會在那裡。我記得有一次狂風暴雨，我們躲在一個草垛裡過夜，我們扒開乾草，挖了一個坑，藏到了裡面。像我們這樣的孩子，當時很多，大家都在尋找自己的父母。即便他們知道父母已經被打死了，仍然會告訴我們，他們在尋找爸爸和媽媽，或是在尋找自己的親人。」

「走啊，走啊，我們到了一個村子，有一戶人家開著窗，我們看到烙好的馬鈴薯餡餅。我們走上前，弟弟聞到餡餅的香味，腿軟倒地。我走進這戶人家，想幫弟弟要一塊餡餅吃，因爲他餓得站不起來了。我拉不動他，力氣不夠。房子裡沒有半個人，我忍不住撕了塊餡餅。我們坐著等主人回來，不想吃完就溜走。主人回來了，她一個人住，她沒放我們走，她說：『現在你們就是我的孩子。』」

「她剛說完這句話，我和弟弟就在桌子旁睡著了。我們住得很好，我們有了家。」

「可是很快的，這個村子也被燒毀了。所有人都被燒死了，包括我們的新阿姨，而我們倖存了下來。因爲一大清早我們就去採果子了。我們坐在小山丘上，看到了大火，於是一切再明白不過。我們不知道何去何從，怎樣才能再找到一個阿姨？我們只喜歡這個阿姨。我們甚至已經商量好，要叫這個阿姨媽媽。她這麼善良，總是在晚上親吻我們。」

「戰爭給我留下了什麼？我只知道沒有人是陌生人，因爲我和弟弟就是在陌生人之中成長的，陌生人救了我們。對我們來說，他們怎能算陌生人呢？所有人都是自己的親人。雖然經常失望，但我還是懷著這樣的感情生活著。和平時代的生活，又是另一回事。」

＊＊＊

這眞是另一回事嗎？

「我們是戰爭最後的見證人。我們的時代就要結束了，我們應該要說出這些……我們的話，也將成爲最後的證詞。」

2017.10.06

無處可逃之地

我也不清楚，奈特最終有沒有去找那「林中女士」。

「他現在是我們社會的一分子了」，地方檢察官說。被捕後兩年的服務勞役，奈特按時報到，接受酒精及藥物檢測，做好感化院要求的一切——「他沒有犯過一次過錯，他完成了所有的要求事項，表現無可挑剔。」但在牢役後感化刑滿之際，奈特問作者，「我是不是瘋了？」二十七年來，奈特躲在森林，在附近北湖的渡假屋行竊過千次，沒有與任何一個人對話，也沒有任何追捕者發現過他，除了不慎暴露行蹤與一名登山者打了一聲「嗨」以外。在森林的這二十七年，他從沒懷疑過自己是不是瘋了。

＊＊＊

我是在《森林裡的陌生人：獨居山林二十七年的最後隱士》（*The Stranger in the Woods: The Extraordinary Story of the Last True Hermit*）讀到這個故事。一九八六年，二十歲的克里斯多福．奈特（Christopher Knight）開展了他第一次，也是唯一一次的公路之旅。他支了那所安裝家居及汽車警報工作的最後一次薪水，沒有通知老闆後就辭職，連工具也沒有歸還，獨自開了好多天車。沿途他靠速食果腹，住廉價汽車旅館，大部分時間都在州際公路上的金屬殼與玻璃窗內奔馳，然後掉頭一路向北，在車上廣播得知雷根當上總統，車諾比核災爆發。「開車予人消遙自在」。一個念頭開始萌生。車駛回到他的家鄉緬因州，奈特選擇了一條從他家經過的路，沒有停下來，家的影子在倒後鏡中緩緩消失，「我猜我只是想看最後一眼，說聲再見。」一路向北，一路向北，切小路，再小的路，深入荒野，直到車子快沒油，進入了緬因州的偏遠森林。最後他停車，車鑰放在中控制臺上，拋下這輛由哥哥貸保的車，步入森林。他有帳篷和背包，沒有指南針和地圖，沒有特定目標，沒有東南西北。

「車子對我來說已經沒有用了。」直至今天那輛車還擱在路上，但一半已被森林吞沒，畢竟已經超過二十七年，那串鑰匙也就擱在車上某個地方，不過都也無法找到了，就算找到，車子都再無法驅動，原本的文明變成了荒野。

奈特說，他也不知道自己離去的原因，他想過很多次，但這仍然「是個謎」。

* * *

歷史上，國家力量無法觸及之邊陲我們稱爲蠻荒之地，是文明開化所不及的落後之地。這些土地上的人通常離群索居，沒有固定居所，遊牧與狩獵，缺乏農業技術，也就沒有因農業生產而需要的管理、層級、也不會發展出因交換作物而起的商業、明文規條這類文明雛形，沒有文字與歷史，比不及位處國家中心繁華之城鎮。這些蠻夷，最終會嚮往文明的驕傲，從邊陲走到中心，從山區走到平原，踏上進步富強之路。

詹姆斯．斯科特（James C. Scott）在《不受統治的藝術》（*The Art of Not Being Governed*）裡卻說道，人們其實是爲了逃離國家，才從文明的中心走到邊陲，深入山區。帶來文明的階級與科層組織同樣帶來了國家，國家帶來了軍隊、統治、賦稅、規限、掠奪、戰爭與奴役。山路的蜿蜒曲折與地貌難辨，成了權力掌控以外的藏身之所；無文字的口耳相傳，乃是從國家紀錄的資料庫裡遁身之術；遊牧與採集狩獵，緣由定居農業的枷鎖之間掙脫而出。

他們說，蠻夷是對文明的主動抵抗，沉睡最深的地區是自由最好的庇護所。

* * *

身上就幾件衣服，少許食物和基本露營設備，「我身上就這些東西，」奈特說：「沒有別的了。」他說自己沒有想太多，也沒有刻意做出什麼決定，這件事本身也沒有什麼奧妙或深意，就像動物一樣有回到自己地盤的直覺。貼著山脊，越過沼澤，到另一邊山脊，周圍不是乾土就是溼地。他知道自己在哪裡，也不知道自己在哪裡。

緬因州的荒野迷人，遼闊壯麗，但物產不豐，森林裡也沒有果樹。他遇到兩座湖，一大一小，岸邊散落著小木屋，顯然是供人們夏季渡假之用，這段時間暫無人在內，可讓他在裡面輕鬆果腹。但這裡不夠隱祕，人們始終會回來。於是他又走了。他用偷來的鏟子在河岸挖了個洞，再用廢棄木材加固牆壁和天花板，但住起來像個洞穴，又溼又冷。後來這個洞穴終究被獵鹿人發現，更成爲熱門景點，當地人會來這裡尋找隱士傳奇的答案。再後來他才發現，以直線距離計算的話，這裡離他本來的家，才不到三十哩。不過奈特早已另覓新地。

幾個月內，奈特換了至少六個地方，他鋪設帆布，過濾雨水，穿越森林而不留半點痕跡。最後他發現了一片林木糾結、巨岩遍布的樹林，既沒有小徑通過，對登山者來說也太窒礙難行，後來他又發現了那塊有隱祕入口的象石，便住了下來。

但是他無法一直依靠採摘人家庭院的蔬果維生，緬因州的夏天短促離料，像個點頭而走的賓客。每年接下來的八個月，庭院的玉米田都會休耕。他也不願意自己生產食物，或者也無法生產食物，總之他決定用偷的。湖邊渡假小屋只有基本的防護設備，窗戶時常沒關，森林是他最好的掩護，一年四季都在的居民不多，就算計及附近鎮上人口也不過千多人而已，到了渡假淡季，這一帶就會人跡杳然。

＊＊＊

一千次竊案。「每個人都有行爲模式」，奈特潛伏森林邊緣，仔細觀察北湖家庭的起居生活，一天三餐，停車場，空地，來去賓客，都不放過，從中判斷合適的出手時機。不過他終歸也不是他們的一分子。

理想的時機是閒日的深夜，最好下雨，愈大愈好，這樣惡劣的天氣就沒有人會走到森林，而且也無法留下奈特的足跡。如果下雪，奈特就不會出手，白色的腳印太過顯眼。有段時間，他都選擇月圓之夜行事，這樣他可以省卻照明，但往後幾年，警察加強了搜補，他便決定隱身於夜，以黑暗爲掩護，這時他已熟悉了附近的地形，頻繁轉換自己的活動路線，更改成形的行爲模式，除了每次行動前修整鬍子並換上乾淨衣服，這樣即便遇上了人也不會起疑。

「我喜歡待在黑暗裡，把自己藏起來是我的本能。」他偷食物，偷衣服、工具、書籍、偶爾也會偷床墊以做更替。有段時間，有些無人的小屋在門口留下了紙筆，要求隱士列出採購清單，還有人把一袋書掛在門把上。奈特生怕這是陷阱，也忌諱留下不滅的文字痕跡。後來小屋的這個做法慢慢褪色。

有些屋主覺得，反正他也不過是來偷些日用品食物之類的，貴重物品他也不偷，而且奈特每次行事乾淨俐落，臨走的時候會把門、把窗戶關上，彷彿無人來過，除了屋內少了一點東西，這樣的話，讓隱士傳說繼續下去，也不是壞事。也有屋主氣得七孔冒煙──「他摧毀了我夏日渡假的美夢！讓我每次都提心吊膽！」不管怎樣，奈特就是躲過了無數次的追捕搜捕，「我們找了又找，還是沒發現隱士的蹤跡或營地」，休斯警官說。有居民甚至一連十幾個夜晚抱著槍枝守候，也是無果。

天空破曉，把偷回來的東西搬進營地，奈特終於可以放鬆，每次行竊帶回來的東西大約夠他撐上兩個星期左右。「之後是一段長時間的太平生活，不對，不是太平。這個詞太感情用事了。應該是平靜。」

* * *

二十七年。

被捕後，緬因州聘請了心理學家來評估奈特的心理狀況，他被診斷為「心智健全」，同時提供了另外三種診斷——自閉症、憂鬱症、人格分裂。

奈特說，他在森林中最珍重的經驗，往往與恐懼分不開——萬物凋零，一片靜寂，空氣停滯，蟲鳥歸眠，一切封鎖在冰凍之間。「我最想念的是平靜。」沉默的孤獨，讓他失去世間一切身分，「那裡無觀眾，毋須表演，無有自由。」

唯有聽到山雀的叫聲，他才知道冬天將盡，突破重圍。年歲對他再無意義，積雪融化，花朵綻放，昆蟲鳴叫，野鹿繁殖，幾分鐘或者幾年過去了。季節變化與月缺陰晴才是真實的，時針分針都是虛幻。

「經過慘烈的冬天，我腦裡只有一件事，我還活著。」

＊＊＊

「當我提起『林中女士』的時候，你認為我說的是什麼？」

＊＊＊

出獄後，奈特的大哥給了他一份工作。他大哥從事廢金屬回收的生意，把老舊的汽車與拖拉機引擎搬到家裡讓奈特拆解。此時的家，已經不在森林裡面了。每週一，家人會開車載他去法院報到，從未缺席，從未遲到，嚴格遵守一切規矩。

「我適應得不太好」。他出獄了，重獲自由了。他說自己像一塊方形木頭，可是遇到的每個人都在敲打他，硬要把他套進圓形的洞裡。社會不像森林，無法靜靜予他藏身之所，不用交代，不用僞裝。

＊＊＊

「是死亡。」

奈特說，在林中某個嚴冬看過她。當時他存糧見底，瓦斯也用完，寒氣入骨。她穿著連帽毛衣，抬起眉毛，掀起連帽問他要跟她走還是留下來。一個念頭開始萌生。奈特說等到嚴冬再臨，那一天他計劃穿很少的衣服，再次走進森林，一路走，再一路走，然後坐下來，把自己交給大自然。

「勢必要放手，不然會很慘。」

* * *

信天翁懸在半空，驚濤駭浪下的珊瑚礁迷宮，潮汐的哀鳴傳不到沙之彼岸，一切湖水慘綠，沉潛海底無人知曉。脈搏的起伏，生命的挫敗，「下次丁香花再開的時候」。

千百萬年來，人類如動物一樣存活，然後發生了一些事，解放了我們的創造力——我們學懂了說話。於是我們發展出複雜繁重的語言系統，我們嘗試用連串密集的辭藻描述平靜的優雅，用書寫的文字講述身體躍動的節拍。萬物有靈純屬子虛烏有，因爲感受不一無法以互通的媒介分享。生命氣息的虛浮有力陰柔剛勁純屬虛玄，因爲無法被科學通律牢牢捕捉。

我們現在是他們的一分子了。

2017.10.23

然後我就閉上雙眼

有人說，「如果人生終究無法逃離戰場，那就沉住一道氣前行。」

***

大地搖晃的振波傳不到幾千公里以外的彼岸，時間的秒針搖晃不到翌日的正午。都市的節奏沒有停下來，人們還是如常的睡眼惺忪，摸黑起床，拖著長長的身軀運轉，也不知那是影子還是肉身。鳥兒窸窸窣窣叫嚷，在還沾著露水的樹枝椏上跳來跳去，水珠就這樣掉到樹下某個路經的陌生人身上，那人輕輕拍肩，又趕上他路去，彷彿大家都不認識彼此，生命軌跡沒有過一剎那交疊。明明都在這個城市裡頭。

寒風將至未至，界乎寒涼與微熱，來自北方乾燥陸地的離岸風吹不過波濤駭浪的大海。岸邊人把灘上撿回來的石頭甩手飛開，石頭正如時間，帶著離心力旋轉射出，輕碰海面又再飛彈幾下，終歸如錨一樣沉潛不見。破曉已過，晴空將至，夜的聲音終將落幕，白天生活的人，不會知曉夜行者的話語密碼，也正如夜行者，不會知道白晝人們行進的隊形。

亞歷塞維奇說，她是帶著千百萬種聲音走到這個世間。這話像回音，不定期就會浮現於我腦海。世間有各種波動，聲音是波動其中一種展示形態。血液流動有節拍，氣息吞吐有鬆弛，眼神閃爍有光暗，各種展示的總和，化成每個血肉之軀，把生命力波動出去，遇上波幅接近的人，產生共鳴，震盪著這個世界。什麼是創作？人們以不同的方式與形態將生命呈現，把思想和靈魂從軀體囚牢裡掙脫出來，期望迴盪世間？但想要掙脫出來的，到底又是什麼，又爲了什麼？想要呈現的，其實又是自己的什麼部分？渴求人們理解？

* * *

那個時候，其實也沒有想過太多，就總覺得需要做下去。不知道哪來的歷史感，覺得就繫於一戰了，就這樣自己投進那個漩渦之中。要說歷史，其實不知一二，都是習得回來的述說，其實都沒有深刻親至的共感。不過那個年紀，如果不是這樣，也都不會這樣做了。是嗎？不對。其實只是那些律則，規定我們脫穎而出，能夠被看見的，就只是我們這類人了。那些濃厚感情親同共感的波動，無法被有理有節的導管捉住，太危險了。就像隨時溢出的蒸氣，他們最終會在氣孔掙脫出來，但終究會化為輕煙，消散融和於大家之間。不對。他們改變了空氣中的溼度，只是我們都穿得太過厚重，衣不稱身，絲毫無法覺察他們的存在，或者，嫌他們把毛衣弄得溼溼重重，負苛太大了。不對。是誰給我們穿的衣？

連我自己都不明白。

＊＊＊

我最近念茲在茲的，是自我與自我的以死相搏。我們如何看待世界，感知世界，是有其身體記憶的。身體記憶受社會牢牢規訓，從父母、到學校，到社會各式各樣，社會每樣存在之物都有警示之意，提醒你不要偏離慣道——人們身上所穿之衣，髮型，打扮，汽車、高架道路、廣告、高樓，推土機，通通都屬一種既有的社會形態，每種大小不同的事物，都一如路牌，在指導你正常的軌跡，在告訴你正常人該如何生活，社會該如何安排，而亦因此，每個人都在監視每個人。如果社會並不如此，如果社會常見影像是粗衣麻布、簡樸梳裝，農田，自行車，倚田而建的村屋、海洋，艇戶船家，蔚藍的海洋，漁船……我們的社會常態就會有所不同。我們如何去感受世界，深受社會的烙印。換句話說，不如對抗洪流的比喻意象，其實今天社會的邏輯已經刻入身體肌理，而非外在物，我們知性上所明白所反抗的，正已入己身，我懷疑現代社會我們生活各種的無力，苦悶與不適感，其實正源於此。我們對世界不適，是因爲我們的靈魂想自由，但身體卻有著社會無孔不入的記憶，不斷掙扎。

有些人能夠改造，或者摧毀身體，讓靈魂自由；有些屈服社會對身體的政治控制，瓦解自由靈魂。這樣無論如何，倒下的總是自己。能夠使兩者趨向和諧，總不在多。也許並不是兩者，根本不存在簡單的對立，現代社會教訓太習慣讓我們透過二元來思考，世間本來就是複雜的，也許並沒有如此清楚，也許還是感受重要，拿捏世間種種。「也許」是我這段日子常用之詞，因爲世間沒有律令，你無法簡單判斷一個人。可恨之人總是可愛，而再可愛之人也總有可惡的地方。這也不代表我們無法判斷是非，只是我們得明白人間種種，走到深處拷問人性。每個社會都有自己特定的問題，但也許有些社會形態較爲自由，可逃逸的空間更廣，國家觸手能及之地較少。如果我們想活得自由，得要從已被破壞的往昔找到突破的缺口，因爲被淘汰之事，總不是自然，總是權力有意爲之，最所懼怕而非得消滅的。消失的生命形態，空白的歷史，也許是活出自由的思想關鍵。

＊＊＊

毀山滅林的大計每天持續。

生活在城市裡的我們，就如活在夾縫間，情緒流竄而無出口，舉頭一望，四目皆參天大樓，只剩瓶口天空。大自然是城市人慣常的逃逸之地，廣闊的原野，自我變得渺小，感覺似乎就有點放得開。

但我們還是像一個城市人一樣觀照世間。大衛・喬治・哈思克（David George Haskell）曾著書《森林祕境：生物學家的自然觀察年誌》（*The Forest Unseen: A Year's Watch in Nature*），挑了一塊面積僅一平方公尺的老生林進行觀察，爲時一年，寫下田野觀察。他稱這片地爲曼荼羅（Mandala），曼荼羅意譯爲「壇」，是原印度教當中，爲修行所需要而建立的一個小土臺，修道者的精神意念彼此扶持形成一種保護圈，抵抗外在負面力量，讓修道的過程得以進行。

這本書與其說是一本科普作品，更像一本紀實文學——地衣經歷千萬年，雖死猶生地與自然共處；無肺蠑螈跟演化之神做出契約，在進化過程間放棄肺部，換取更靈敏的獵食舌頭；短命春花的短命，在於千百年看不見的地下盤根錯節……哈思克以其生物學家的眼光，寫下我們肉眼所看不到的生命流動，讓我們換一個視野，感受大自然的哲學，理解生命的殘酷與優雅。

方寸之間，萬物奧義。最近他的 *The Songs of Trees: Stories From Nature's Great*

*Connectors*在臺灣出了中譯本，名爲《樹之歌：生物學家對宇宙萬物的哲學思索》。我想，所謂樹之歌，其實也是以各種感官，感受來自各種生命的波動。

我們總是在「處於」的狀態，處於各種人際關係網，各種文化，各種權力，各種波動之間，沒有全然純粹自我。哈思克在《樹之歌》裡頭，講到日常意象下的樹，只是各種關係的視覺展現。如果沒有樹木先祖世世代代的遷徙與適應，如果沒有氣候幾千年來的不斷變化，如果沒有細菌蟲鳥野獸的共生與競爭，就沒有今天所見的各種樹木形態。哈思克寫的是平白描述，但其實想告訴我們，萬物總是處於瞬息萬變的浮動關係網路，眞正的知識其實是理解「關係」。

「每一棵樹都有生命，都會說話。吉貝樹代表的是所有植物的生命。你所聽到的也絕不只是『一棵』樹的聲音，因爲沒有一棵樹是單獨活著的。我們的夢境會連結到花草樹木的根，也會連結到我們的祖先那兒。」

「傳教士教我們讀經、寫字，於是我們就不再對樹木感興趣了。從前，我們要靠聆聽森林的聲音，才能打獵或找到動物。但現在這些東西大多都被我們遺忘了。」

「吉貝樹單獨聳立在衆樹之間，禁得起風吹雨打。它把風聚集在它寬闊的枝椏間，讓風力往下走。當吉貝樹被砍掉，我們就失去這種力量。在森林裡，沒有油井和工廠的地方，生物會聚集在吉貝樹那兒，受它庇護。美洲豹會把食物放在吉貝樹的枝幹間。蛇和烏龜會在樹下柔軟的土壤裡產卵。貘會用鼻子嗅聞土壤的氣味，尋找腐爛的水果。蝸牛、馬陸和蝙蝠會聚集在樹幹上，或板根的凹處。」

＊＊＊

這段時間，我常常在寫作的過程裡，把一些自己的暗面，或者無法舒展的細節，安插揉進了字裡行間，這樣做是爲了什麼？可能是期望有人發現這些密碼，然後讀懂。

也不知道爲什麼愈講愈遠，在借題發揮了，眞是抱歉。話愈說愈說，就愈來愈抽象難明，把事情弄複雜了。我也不知道，就好像有種在浪濤裡，把話一路說下去沉下去，像錨一樣，人就比較穩住坦然。創作於我，可能是這種意思。

「樹木有音樂。河流有生命、會唱歌。我們的歌都是從它們那裡學來的。當我們說樹木會唱歌時，人們都把我們當成瘋子，但瘋的不是我們，而是那些輕視我們的人。我們的信念是：要讓人們知道樹木、河流有音樂、會唱歌，也有生命；我們要把所謂『國家公園』變成活生生的森林；要讓我們的土地處處園圃，長滿會開花、會唱歌的樹。這片土地不是所謂的『空地』，我們和森林裡的數百萬生物共同生活了很長一段時間，熟悉樹木的歌聲。但政府所制定的《空地與殖民法》（*Law of Empty Lands and Colonization*）卻說這是一塊無人之地。」

＊＊＊

漩渦的離心力拉扯每個身處其中的人。有人始終想留在漩渦之中，有些人能夠駕馭水流之力，順心浮游，但有更多的人就只是不甘心而已，想要留在漩渦之中，在湍流拍打的焦頭爛額與瀕死反抗之間，只要他們走出漩渦，沉潛無動的海底會淹死每一個人。

在遙遠但古老恆久的土地上，有一片乾涸龜裂的河床，懸擱著一條小木船，上面的那個人，還一直執著船槳划動，輕聲哼著船歌，搖搖晃晃的。他也許知道，底下的不是海洋。但這又何拘？有些東西碎開了，碎成這片土地的肌理，以六十分鐘做爲單位，持續斷裂，裂到海洋的彼岸。如果最終海水能夠透過這些裂縫一直湧進來，底下不知會否再次成河成洋。直到那天，船上的人，或者會放下船槳，在敞洋之上，再也不需要划船了。一切呼喚回憶與號召未來的船歌，都會化成海浪的每聲拍打叫喊。浪濤洶湧，夜幕低垂，所有人都沒入於黑暗，沒有人知道，來自彼岸的海水，有沒有乘著漂流而至的陸上人。

＊＊＊

幾千年來，人們追求永恆，有人相信儀式與葬禮，有人相信聲音的呼召，有人相信文字的流傳，有人相信圖像的刻畫，有人相信身體的舞動，有更多的人相信永恆的虛僞，相信苦難長河的無盡。不管你咒罵還是凌駕，它都不像那些會隨時倒下的人們，世間機器始終持續消耗每個在在靈魂，從沒止息。

有人說，「生命最重要的事，不過是理解與被理解。」

＊＊＊

岸邊的拍浪沒有大海凶濤，一聲近一聲遠，一來一去，不知不覺。然後我就閉上雙眼。

2018.01.25

現代的棲地

也不是說，你想成爲飛鳥，就可以成爲飛鳥。四面牆壁的牢籠已經築成，無光，無味，無空氣的流動。不能飛的鳥，無法見光的鳥，能否算是鳥？許多人，生下本來就是鳥，應該是鳥。

關於解魅

現代社會，步向未來。今天我們的世界已經解魅了，再無神聖可言，只有俗世。俗世間，理性主宰一切，不過理性並沒有普及到每個人身上，因爲理性與習俗一樣，都透過社會教化而至，只是位處社教體系頂端的，不再是神明或者其傳道者，而是國家及其權貴。至於底下的賤民，是尙未開化的野蠻人，不夠文明，無法以國家整體之視野去思考。國家是什麼？是帶來科技發展，社會進步的機器，分配正義的仲裁者，界分所謂公民與子民，公共與私人，理性與情緒。

如果沒有國家，人性本惡又自私自利，就會聯群結黨，抹除異己，爲利益而團結的黨羽又會因新的利益而再度分裂，於是戰事不斷，週之復始，眞是人類文明的災難。於是，國家應當出現，人們應該投身這臺機器裡頭，機器運轉所絞出來的殘餘，就是現代的果實。可是在國家裡頭，我們又被區隔爲原住民、本地人、外省人、殖民者、被殖民者、買辦、苦勞、草根、有裕階層，似乎都是相互排除，利益衝突，甚至有更複合的身分，更糾纏的撕殺，不過我們都是機器的屬民，都是國家的公民。

萬物不再有靈，不過人卻是萬物之靈。人定勝天，開山塡海，以國家的力量，沒有什麼不可能，配上人們創造的科學。科學似乎是無可質疑，雖然有人說過，科學的本質就是可被否證，但似乎沒人這樣想，她是我們最後的依靠。實驗裡的被觀察物，電視新聞裡的人民，摩天大樓望下去的流動人群？科學，社會科學。社會也是門科學，有假設，有因有果，可以被預測、操弄，只要權力的誘因稍稍扭動，結果是否也會不同？也是數字，一堆又一堆。

關於發展

「歷史告訴我們」，人類從原始社會，經歷奴隸社會、封建社會、走到今天的資本主義社會。二十世紀有人爭論，更先進更進步的下一階段，叫作社會主義，最終達至共產主義社會。人類有發展的歷程，單一的線性，一個階段一個階段。一九八九年，柏林圍牆倒塌，又有人說，這是歷史的終結了，資本主義全面告捷，沒有更高階的社會了，大家都要學習走向資本主義。什麼叫資本主義？也無人清楚，但總而言之，那就叫自由，美麗的自由。市場化，人類本來自私逐利，只要每個人爲了一己私利，在自由市場的競爭之下，就能限制每個人，又能創造出最多的財富，最繁榮的自由，成就社會最大公益。

走向自由，解除一切限制，邁向歷史的終結，學習科學，超英趕美！歐美是歷史的先聲，是文明的最高形態，那裡的人說著個人自由的語言——個體爲先，理性思考，每個人都擁有著什麼，唯有透過彼此同意，透過合約，明文黑字，才可以擁有或者失去什麼。沒有什麼東西，是共同所擁有的，再沒有什麼祖傳至今先驗的共同了。

土地不屬於任何人，也意味著屬於任何人。「屬於」即是什麼？即是每個人都透過勞動，都可以圈地，積累起來，就成爲財富。之後無地可圈，也無辦法了吧？「自然」成爲了一個完全的客體外在物了，自然如此。似乎我們不是生於自然之間，我們創造了城市，創造了大自然，我們要走進大自然。在此之前，也許根本沒有什麼叫作自然。自然本來就自然而然。無政府、無國家、無所謂烏托邦。

我們創造出來的世界，叫自由至死的世界，市場至上，歡愉至死，無規管、無監測、無所謂管控制宰，到了最後，是否也類似無政府、無國家、無所謂烏托邦的美麗新世界？

關於滯後

因爲殖民者的恩賜，她爲我們帶來了文明，帶來了現代化。歐洲的殖民者先鋒，帶來了體制，帶來了漠視人情與脈絡的官僚。這樣消除了一切人爲的因素，可以很有效率，更快的以幾種方程式，解決社會的一切問題。我們稱之爲，「公平」？現代化之地，鋼筋水泥，玻璃幕牆，正如官僚體制的規條矩陣，裡面沒有情緒。

「帶來現代」。被殖民者本來就是被動落後的滯後物，「尚未」成長而走上資本主義文明的階梯，他們需要透過一切程序，經受一些教化，才得以成爲「當下」時間結構裡稱職的文明人類。

有些人說不，要求民族獨立。不過這些獨立論者也認爲，人民如家畜野蠻落後，尚未成爲眞正的文明人，所以需要有組織的政黨，取代敗壞的殖民者，去領導人民走向未來，走向比資本主義更高大更遠的未來？我們叫這作革命，還是不過是種權力頂端的換人？歷史才剛剛開始。於是，一直領導，帶領人們，走了不知幾多遠里路，死了幾多人，失去了幾多自由，然後有人說，這是大國特色的國際新秩序。

未來何在？如果時間的結構不是這樣？如果現代性不只一種，而有多種現代性？如果我們不是遲延的滯後？如果毋須任何人帶領任何人？如果歷史時間不是線性階段，如果歐洲不是思想的中心，如果滯後本來是種機遇？歷史沒有發展的階段，只有權力軍隊利益侵佔世上每分土地的每分每秒？

造反有理！

「人們創造自己的歷史，但是他們並不是隨心所欲地創造……一切已死的先輩們的傳統，像夢魘一樣糾纏著活人的頭腦。當人們好像只是在忙於……創造前所未聞的事物時……他們戰戰兢兢地請出亡靈來給予他們以幫助，借用他們的名字、戰鬥口號和衣服，以便穿著這種久受崇敬的服裝，用這種借來的語言，演出世界歷史的新場面。」

關於（前）現代

一切看不上眼的都屬前現代，需要被時代所淘汰之物。只是無論如何，現代業已降臨，他帶來的災害與問題，我們還是要處理，於是我們要求正義。但什麼叫作正義？如果我們無法動用那些由「現代」所帶來的詞彙——公民、身分、個體、民主自由、社會福祉，我們還有什麼用來支撐起所謂正義的言說？歷史的終結，其實不如那些人所說的資本主義告捷論一般，可能是我們其實從來沒有過歷史，無法眞正明白那些前人們的故事。想想，歷史從來是由上層的人所寫，而絕大部分的人，都不是權勢者，他們不擅書寫，只留下形式的習俗、故事口耳相傳，也就失傳。他們不如歷史上有權勢的人一樣，留有後世得以閱讀觀察研究的奢華物、陪葬品。底層的人、活在邊陲的人沒有經得起年月腐蝕的證物，一切都風化分解成爲塵土。他們的視野從來不是歷史一部分。當時人，後來者，所能重新書寫的，都是附帶權力的文字與世界，也是種律令，告訴我們世界該當如何。歷史是不是只是權力者片面的謊言？這樣的歷史，是否能叫歷史？

那些書寫者蒙受了現代國家的好處，同情理解現代化的興起。我們讀到的，所引用的，都是權力的話語。如果說我們是浪漫化了「前現代」（姑且這樣叫）的世界，會不會反過來說，我們浪漫化了現代國家的美好？因爲蒙受現代國家興起伴隨而來的暴力與傷痛的人，從來都無法出現於大部分歷史及政治理論上。

但是，「前現代」國家時期在地人們的具體生活如何，卻是在思想上呈現眞空的，這個思想眞空，讓許多當代反抗的想像得以生根。這裡我也強調只是「想像」，畢竟一切都難以證明。但想像前現代，與肯認現代，難道不同樣是「流於浪漫」？我們能夠肯認現代，也當然可以否想現代。

那怎麼辦？誰也沒有具體答案，如果有，那早已成事。因爲許多本來的思想資源與現實支撐，都被消滅了。但是，一些初步想法——實踐，以相信人際關係的方向來實踐，向自然學習（剛才才說過本來也許無所謂自然與都市之分？），因爲自然其實就是一種複雜的網絡關係。盡量抗拒國家所創造出來的體制，以關係做爲生存的基礎，放棄線性單一的思考模式？這些反抗的思想，是否多多少少都帶有無政府的想像，或者說，離開政府的陰影？

關於歷史的詭計

「如果說知識的目的不是挑空了的爲了知識而知識，而是爲了在世界史的範圍內，從多元歷史經驗的視角，解釋各地面對的不同問題與處境，在相互參照、比較之中，慢慢提煉出具有世界史意義的知識命題，那麼，可以說當前所有聲稱具有普遍主義的理論命題，都不成熟，以歐美經驗爲參照體系的理論，能夠充分解釋歐美自身歷史就不錯了，哪裡能夠解釋其他地區的歷史狀況？反過來說，對於歐美以外地區的解釋必須奠基在其自身歷史發展的經驗、軌跡當中，不能夠簡化地、錯誤地以歐美經驗來丈量、解釋自身。這也是庶民研究（Subaltern Studies）歷史學家迪佩什．查卡拉巴提（Dipesh Chakrabarty）稱之爲『將歐洲地方化』（provincializing Europe）的思想方案。」

歐美歷史只是其中一種的歷史經驗，她（們）發展的軌跡與其他國家與地區的經驗大爲不同，也因此歐美只能是「一種」參照，參照框架需要多元打開，以亞洲，以全世界相互參照。

陳光興在《後殖民與歷史的詭計，迪佩什．查卡拉巴提讀本》（從西天到中土：印度當代新思潮讀本書系）的序言裡提出，關起門以本土主義的自閉方式所產生的國粹主義，無法看清楚已經捲入現代的自我，只能沉溺在光輝的過去讓自己繼續感覺良好而已；打開門只以歐美為超趕的參照方式，已然失效。我們必須在民族國家內部的本土主義（nativism）與歐美中心的世界主義（cosmopolitanism）二者之外，尋找多元複合的參照體系。

這樣是否太過落後？

2018.01.29

城門開！

阮義忠在《人與土地》這本書裡頭，收錄了他在一九七四到一九八六年的攝影，都是臺灣農村畫面，分成「成長、勞動、信仰、歸宿」四個主題，共八十四幅照片，每張附以他後來爲之而寫的短文，講及他當時拍攝的背景，感悟，或是由今回望所憶及的思緒。書中行文帶著成長的嘆息，流露出對生命的無奈，也充滿著對人類文明發展／破壞的種種質疑，佐以那些黑白的照片，那些影像的元素、視角、焦點，阮義忠似乎想透過這樣的一本攝影文集，記住一個消逝的年代，也包括那個消逝了的自己——「人類在土地上重複著『生、老、病、死』的輪回，累積著『貪、嗔、癡、慢、疑』的業力、卻一同注目著顛倒的人生，毫無感覺。」

這讓我想起北島的《城門開》。北島在序裡面寫到，他的故鄉北京已面目全非了，久別重逢，在自己的故鄉裡居然成爲了異鄉人，他說要透過文字，重建一座城市，重建那個已然逝去北京故鄉，去拯救那些氣味、召回消失的聲音和光線，一切枯木逢春，時間倒流，被拆除的四合院、胡同、寺廟恢復原貌，瓦頂排浪般湧向低低的天際線，鴿哨響徹深院藍天，城門開，孩子熟知四季，居民胸有方向感。

我們都希望重建那個心靈的廢墟，拯救那個既倒的記憶。只是，在我們成長的年代，連記憶本身都站不住腳。廢墟之爲廢墟，裡面起碼有破敗廢碎的雕梁畫棟，故事需要依付在可見可觸的實體，或者實踐，才能夠代代承傳下去，從這裡面想像文明。我們沒有經年不變的梁柱，也未看過留有歲月痕跡的事物，也一直失傳種種傳統習俗。只憑記憶本身，當人死了，那就隨死者化爲塵，入土爲安。墟裡面有人，人之間有交流，交流裡面有情感，起碼那曾經是墟。當代社會裡面有人，人之間沒有交流，接觸之間不帶情感，這難道能叫得上是墟？難道不更像一部無間運轉的機器？

這個城市處處重建，難道這又稱得上是重新建造？舊城被推土機拆毀，唐樓裡的人也跟著被趕走，那個祖傳的時鐘，那些幾代的傢具，那條兒時遊樂的街巷，那些依著城市面貌而生的關係，也一併被抹除。轉彎沒角的舊樓換成光鮮亮麗的拔地玻璃幕牆，街道上叫賣的小販換成商場裡制服整潔的連鎖店員工，在地街巷化成架空天橋。這個城市「重」建了什麼，或者叫「從」「新」建造更爲恰巧。而恰恰在我們這個年代，沒有什麼捱得過幾個年頭，工作換了幾個、朋友換了幾堆、街邊那個食店的員工每月不同，連店鋪也易手頻繁，身邊的衣著各樣用品，每幾年就更新一次，發布最新版本、廚具以低價重購做爲原則，餐具換成即棄……在變化爲常的年代，我們的城市、我們的生命再沒有依據，沒有據點。我們還能夠說，重建那個已然逝去的世界嗎？哪一年，或者哪一個月，的城市？

人與土地也不再是可以扣連的概念。我成長的年代，甚至能否叫作沒有土地？當每一分土地都蓋上樓房，當人們佔據了所有地方，都鋪上水泥，都總有各式各樣的結構在其之上，我們如何能夠理解，什麼叫作土地？人不是與土地扣連，正如從來沒有城門，也就沒有開與不開。我們無法拯救什麼，因爲要拯救的那些什麼，從來都沒有出現過在我們生命裡頭。

是否如是？在明亮整潔井井有條的世界裡，總有被清洗過的蛛絲馬跡，人們總無辦法消滅一切曾經的歷史，只不過，我們需要花更大的氣力，更多的心神去發掘被埋葬的過去。那不會被清楚標明，也不存在所有既有的檔案裡頭，那不是人們的興趣所在，無人會願意把之組織整理。資訊被放到網上，就只是方便管理者管理，而我們又方便連上。所有方便所得之物，都在告訴我們身處的社會乃是不可避免。那些導向其他社會形態的思想或歷史印證，要不是被刻意隱藏，就是被處理得看來從不存在。

在《人與土地》裡面，阮義忠提到他最挫折的攝影經驗，在於臺東縣鄉利稻村的一趟。當時他在臺灣全島走，唯獨利稻村的布族居民不願被拍，對相機仍有恐懼，總之他一舉起相機，無論大人小孩紛紛躲閃，咒罵連連。布族居民認爲，攝影會把人的靈魂攝走。阮義忠在書裡寫道，「都二十世紀末了照相之術發明之初的迷信還在存，可見那村落當時有多封閉。」

相機攝取靈魂，眞箇落後迷信？照相術發明至今接近二百年，我們觀照世界之視野已被徹底改變。相機鏡頭取代了我們觀照的雙眼，咔嚓一聲，多維世界被濃縮成平面影像一張，無味無聲。沒有被相機記錄下來的也不曾存在過，唯有透過相片把日常的周遭化成客體，才是件像樣的事。我們愈來愈像相機的鏡頭，觀照其外，那些抽象的、歷史的、內在的，都不在觀照的參照體系裡頭。如果說人的靈魂到最後，總要回顧己身，觀照最深心底層的自我，那麼今天我們的靈魂，是不是已被那個相機的鏡頭攝走了？

最近有位朋友問道，做爲九〇後，成長裡頭有什麼感覺，是否幸福。XX後這樣的名詞，好像自從用過了在「八〇後」身上，其實就沒怎樣再流行。似乎在曾經的某個時候，某個年代的年輕人，名爲八〇後，與一直以來香港的其他世代，有著很不一樣的看法、價值觀、對世界的追求，而這些一切一切，都與社會本身的體制結構格格不入。那些當權的人們無法理解，爲了方便之故，就把許多他們所無法思考的，統稱爲八〇後。那些被以年代界分的人所承載的價值，又或者反過來說，那些被安放價值之於身的人，到今天都被處理了嗎？他們，或者是那些價值的體現，都被納入到社會裡頭嗎？今天所謂的XX後，九〇後，零零後，似乎除了做爲年齡的指涉外，再沒有別的意思了。那是因爲，這個社會再不需要理解或者思考外於主流的意識了嗎？已經再無需要多立一個九〇後、〇〇後了，因爲他們與八〇後一樣，都是無法被處理之物，所以不論如何，只消以青年之名，就能夠一網打盡。我們今天又有了新的代名詞了，叫作港獨，一切不合意之間，統稱爲港獨，是龐然大罪。

讓我們回到不那麼遠，不用談到什麼代際、什麼統獨。在我成長的這個年頭，還眞不能用幸福與否來論及。沮喪，無力，無奈，是我成長的注腳。我總覺得，似乎這個社會一切的曾經輝煌，曾經有點意思的實踐、體制、土地，也正在步入崩塌的年代。我們無法承著前人種下的養分成長，但你又不能夠說毫無土壤，只是愈來愈貧瘠。我們能夠見證著一個又一個時代的板塊坍塌，見證著許多人胼手胝足的掙扎與堅持，然後就是各自無還手之力的單打獨鬥。比如說，許多農夫仍在努力實踐，也有新的年輕人嘗試投身，他們還能找到不多的一些老農來指導學習，吸取經驗，但還有多少老農，還有多少土地留作耕作？許多有性有格的舊式唐樓，實用，因地制宜，在建造的時候好通風，能引日照，但在今天壓迫性的市場制宰下，許多都被劏成幾間又幾間的劏房❶，無風無光——「八十呎的房，

❶ 劏房指把一個單位分割裝修成多個最細的房間，每個房間內有勉強稱得上廚廁的空間，環境狹小、惡劣。

人們都搶著來租，我難道不做嗎，租又收得更多。」又比如說，民間團體，各個政黨，每個都在衆籌，群衆的錢包能支持得多少，而支持這些價值的群衆擴張數量，追得上變得更加犬儒冷漠的人們增長嗎？就好比一個又一個的平臺基石，你一隻腳踏上去，下一個十秒就已然倒塌，成爲廢墟了。如果那還能夠叫作墟。

「我年輕的時候用了九牛之虎之力，也無法改變社會的一分一毫！」「這個地方是有問題的，樓價已經升到瘋狂的地步。」「不要緊，要有希望，年輕人最緊要有希望。」「這個地方連死人都無葬身之地，是否過分？」「要相信國家，相信祖國，在習近平的領導之下，香港一定會更好。」「就算樓價再高，就算物價再貴，就算如此，我們還是可以回大陸生活，港珠澳大灣區一小時生活圈，那個時候我們還能來回中港兩地，正如今天乘車到九龍港島工作一樣。將來香港會是富人的世界。」「八十呎的房，人們都搶著來租，我難道不做嗎，租又收得更多。」「那個拍檔厲害，早上和老闆飲茶吹水，一買一賣一轉手，又賺幾百幾千萬。全個區有幾十個鋪幾十個單位，連銀行都搶著借錢給他，不夠？再借多一點！」「有錢人和無錢人的世界，是兩個世界，隨便一下都掐死你，人命值幾多錢？」「只要在他們身旁，從他們手裡漏了個橙出來，也夠我食了。」

「好，如果有機會，我再跟你講！」

在那個覺得還有城門的年代，在那個人還留在土地的年代，在那個還能夠想像城牆，還能透過想像重建的一個城市的年代，至少我們有這樣信心的年代，或者可以宣之於口的年代！

城門開！

2018.02.25

拒絕馴養

我只懂得寫抽象的文字，正在慢慢學習寫描述、寫情節、寫故事。除了我在其他文字裡重複到自己也不好意思，規條矩陣社會體制對我的成長剝離以外，還有一層才剛發現的意思。原來我非常恐懼別人的目光，那個如掃描器穿透的審視眼光。我始終無法放下，自己是個「有點什麼」的人。被繫在那個歷史事件上，自己彷彿成爲歷史一樣，可是人是活的，又何必總被歷史所困，何必總是自以爲是。我們不必都總是什麼，對嗎？

人的成長，總是在背叛馴養。馴養是社會機器對人的馴養，剝奪人們天然的自由與野性，使人們變得順服，爲社會，或者在今天就是爲那個虛無的數字符號，賣命，共渡困難。我們甚至會一度以爲，這就是我們自己想成爲的人。有時我回望自己青春時期的文字，眞有種慘不忍睹的感覺，不是思想幼嫩或文字功力不足，而是，自己居然一度想成爲那個文質彬彬，追求理性拒絕情緒，說話有條理，講邏輯，講推論的人。這些都是什麼人？

都是某種成功專業人士的模樣。

＊＊＊

舞者啊，身體扭啊飄啊，然後也就消失沒入人群裡。忽然又冒出一個人頭，身體開始隨著節拍在跳動，快的慢的，手拉到額上，右腳曲起，腳尖懸空，頭一甩，又沒入人群裡。

＊＊＊

我記起兒時五、六歲左右吧？那個時候的遊樂場好大好大，好像怎麼走也走不完。那個時候，還有一個攀爬的鋼繩陣，同齡的遊樂園朋友，都不敢爬到那像巴黎鐵塔的頂尖，那個時候還不知危險，總覺得自己最高了，然後守著那個頂尖，不開放讓別人上來。我還清楚記得，那個繩陣有五六層樓高，只是最近來回到同地，仔細想想，想起那時頂上的風光，對照一下尚存的舊建築物，才知道那絕不可能有五、六層樓高，那可能只是青春的幻覺，不，連青春都說不上。

我曾經聽過一段說話：中產階級的生活，總是面對著一個觀衆群。仔細說下去，人們總是希望在那個觀衆群面前，表現得無可非議，總是小心翼翼在刻劃自己的圖騰，總是希望就算觀衆未必認同，也無法說些什麼，也非得要看到他。只不過，總是在爲他人而演出，而自己從來未成爲過自己的觀衆，倒有點說不過去。意義不會自己走出來，你得去實踐，才能在過程裡發現意義。

* * *

什麼才算是教育？我們對教育，無非就是正經八卦坐在四面牆壁的課室之內，老師站在講堂上，俯視每個學生，然後頭頭是道地在說書。在我們的教育體制裡，講求的是系統且理論化的學識，世界的資料。對於這些資訊，如何切實改變與影響我們每天的日常生活，其實我們都是沒有感覺的。比如說我自己中學時的歷史教學，隨了記一堆死記硬背的資料外，就是一些應試技巧。例如假若考題出來，你發現自己熟悉程度不足，那麼對於那個題目，你就選你背誦要點較多的立場，正方反方亦可，你的立場可以按著老師派發下來的扼要重點多寡而定。我們對歷史毫無感情，不會爲了大屠殺而流淚，不會爲文化大革命而感傷，是因爲，在教學的過程裡頭，我們沒有故事，沒有親身的感悟。

我還記得那個時候，許多同學都對歷史科很吃不消，因爲大家對歷史無感，不感興趣，而且很多很多的筆記派下來，幾天下來就是一個測驗，要背誦大量而且只由扼要重點組成的資料，我們其實對歷史怎樣發生，沒有一個脈絡式的理解。但是，許多同學卻是熱切在這個老師名下修讀歷史，因爲這名老師的這種教學方法，在往績來說教出最多考獲最高級別成績的學生。這種教育，算是教育，卻教出了我們什麼呢？

《遊走於體制內外》這本書由張秋玉及許寶強合編，記錄了嶺南大學文化研究碩士課程（Master of Cultural Studies）於二〇一三年舉行的兩場研討會，兩場研討會的題目分別爲「民間辦學與體制邊緣的碩士課程」和「身體、情感與技藝的教育」。

整本書的主題，圍繞在教育。體制內的教育，可否不如我剛才所說那樣？而體制外的教育，又是什麼一回事，《遊》一書裡有著各種不同實踐者的分享。

＊＊＊

我們的教育在教我們向上流，整個社會都講求流動性，其實說穿了，也是向上的流動。我們的眼睛總是向上望，卻望不到在地生活的人。在這樣的指標下，什麼叫向上流動？不外乎是白領，管理層，不用親力親爲的人們，甚至可以統稱爲非體力勞動工作者。

正如《遊》一書裡面的分享者游靜說，這樣的教育過程也教育了我們一種等級制度，一種價值的順序。那些「理性」和「分析」的語言才是頂端至爲重要，這些就是白領們日常使用的語言，至於位處底層的，就是那些要用身體勞動的工作，即是說，技藝是不被重視，甚至被賤視的。

爲了向上，我們容許了許多的競爭，排斥，甚至是消滅與屠宰。再舉我中學讀歷史科的經驗爲例，我們讀的都是什麼歷史，都是帝王將相史，宏大的歷史。在大時代裡人們的日常生活故事，不在我們視野裡頭，不在我們學科之內，所以納粹大屠殺只是一個令人震驚的死亡數字，那些集中營倖存者的事後反思，那些生命的掙扎——比如說，集中營倖存者曾經爲了存活下去而希望父親快點死去，那就不用再與自己爭奪連每日一餐也不足的糧食——這些掙扎在我讀歷史科的時候，是從來沒有想象過的。

我記得那個時候，老師曾經放過一套講及屠殺災難的電影，那個時候我和另一位朋友正在討論別的笑話，沒有放過精神到電影裡頭，老師聽到我的竊笑，說這是很令人難過的事，著我們不要笑。那個時候我就很不明所以，直到許多年以後的今天，我才明白我的不明所以在於什麼。在整個教學過程裡頭，其實本來就沒有感情存在，其實我們對待歷史，也只是像砌積木一樣把已有的資料砌成一篇論文，其實什麼立場根本不重要。老師只是放個不到十分鐘的電影，然後刹有介事叫我們嚴肅看待歷史的傷痛，難道這不是一道虛僞嗎？明明這位老師在整個歷史的教學裡，沒有對待歷史應有的歷史感，不過是一堆又一堆的資料，與一堆又一堆的學生成績。

如果歷史教育裡，在宏大敘事以外有凡人的生命故事，我們的視野又會不會有點不一樣？臺灣作者吳明益有篇名爲〈我所不能瞭解的事〉，裡頭這樣寫道：

就像真正的文學既是描寫「崇高」的英雄事蹟，也是屬於平凡人的。我們的教科書明明是以「語文學」為教學基礎，卻要自欺說是「文學教育」。我在多次的演講提到這個看法，光讀教科書裡的文章你將無法知道文學裡犯禁、黑暗得深不見底、對生命挑釁，乃至於人類深層裡動物性的部分。你無法看到自己可能也存在的病態、脆弱、黑暗，以及並不那麼道德乾淨的部分。而只學會回答「正確」答案，或許讓我們都變成一個無法承認有許多事是我們所不解的人。

難道不是這樣嗎？我們爲什麼非得都要看那些「非凡人物」的事？

我想，大部分的人都是普通人吧？就算考上A中裡的百分之九十九都還是普通人吧？學校為什麼不是教我們怎麼做普通人？為什麼老是教我們要做有用、做大事、厲害、不平凡的人呢？爸媽、老師、還有那些政治人物、偶像歌手，哪一個算得上是「不平凡」的人呢？都是一些連平凡人都做不好的平凡人。他們跟我們說行行出狀元，也許沒什麼大錯，可賣雞排的也不是每一家都好吃，大部分賣雞排的都只是普通的賣雞排的。所謂A段班跟B段班，不過就是上班、當工程師、醫生的平凡人，和當汽車工人、賣雞排、做水泥匠的平凡人的差別而已。一個不曉得自己平凡處的人，只可能成為「好像」不平凡的人，至少我是這樣想的。

為什麼不老老實實跟我們說，這間教室裡的五十個人，以後將會是社會上五十個普通人？而且可能還是一個賣不好吃雞排的老板、專門做逃稅顧問的會計師，或者是每天混日子等退休的老師？為什麼要騙我們「成就不平凡的一生」？一群平凡的人想教我們變成「不平凡」的人，想想就好笑。

到頭來，念了十幾年的書，我好像連怎樣應付煩躁、疲倦、無聊以及好好睡個覺都沒學到。

也許三十年來，歷經各式各樣的教改，這個國家的教育本質仍然沒有變過。那就是不懂得教育既是為了教出專業人才，也是在為平凡人生活做的準備。

* * *

我們的教育不重技藝，還會帶來另外的問題。技藝是只能透過體驗與感知的工藝，不是能夠在幾句幾堂之內習得。如果我們教育的偏見長久下去，教出來的就只會是隨便很容易就能夠評論的人，而無法教出帶有好奇心，好學的人們。一如《遊》書中分享者陳惠芳所說，工藝沒有理論，一切要通過身體去領會，再去生產，比如說，農夫說「鋤吧，舉起鋤頭往地鋤就行！」就算農夫示範一次，我們也許要鋤過好幾個年頭，才懂得就樣發力，怎樣鋤得好。正如造鞋師傅在工作室示範過各種步驟：量度、畫紙樣、花紋……然後說「就這樣跟著做吧」，我們也會發現所謂工多藝熟的分別。透過身體不斷去重複相關動作，通過時間累積和創造而成的知識，存在於身體本身，融入到身體裡。

我讀過一本小川紳介的書，他是個日本拍紀錄片的導演，他覺得拍紀錄片如果不跟那些受訪者一同生活，有些細微但重要的事就永遠不會明白，拍出來的片就不會好。於是他和整個攝製隊去到受訪社群的地方一同生活。他們隨他們生活，務農，反抗成田機場的建造。小川務農的時候，發現蜻蜓永遠都無法像他之前拍到那些農夫的影像一樣，落在自己插秧時曲起的背上。直到與農夫生活了許多年以後，他才明白，原來那是因爲老農的功架好，腳步穩，蜻蜓才會以爲那個背部是自然之物，可以安心停留。

這樣的技藝，讓我們成為不一樣的人，亦容許了反抗的可能。許寶強在《遊》一書裡說到，我們這個社會許多的不滿、苦悶、抑鬱與犬儒，興許都是因為我們教育不著重技藝而至。人本來有各種潛能，但在教育體制裡我們都被去勢，讓我們成為沒有技能的人，無法掌握自己的生命。「掌握」不是一種「我懂得」的狀態，而是一種透過實踐，去感悟到那件事本身的一種「感覺」。比如說，當我們想調節自己的生活居所，我們其實是沒有辦法的，只能透過「消費」去「購買」別人的服務，但你如果認識上一輩的老人們，他們或多或少都懂得一點五金、木工的事，因為那個時候他們在學校以外有另類的教育／學習／實驗場所，比如說有農地，有土地，於是他們可以嘗試，可以向長輩學習搭一家木屋，去建一個農場的基本棚架。比如他們多少都會認識耕作的技術，因為那個時候還有田，他們可以在大食品供應商以外，找到自己的生產與生活節奏。在這個年代，我們成為沒有技藝的人們，成長即是剝離每人各異的才華與潛能創意。當我們走到社會，發現社會不像學校許諾我們那樣美好的時候，已經恨錯難返了，我們沒有條件過另外一種的生活，我們的生活已經深深地嵌入到社會這個機器裡頭了。所以說，在學校教育裡排拒工藝，除了是知識偏見，更是種政治陰謀，讓我們失去了反抗，失去了過別的生活的可能，只能夠依賴那個由大財團壟斷了的世界，我們不斷去「外判」自己的生活，去「購買」由他們提供的服務，然後世界就變得愈來愈一樣，也愈來愈好操控了。

這種情況，加上宏大敘事的教育，就讓事情變得更糟。宏大敘事的教育讓我們只認到那些在國家掌權者的故事，而其實我們絕大部分人都不是國家權力者，於是我們就以為，非得像國家權力者一樣行事，那些事才能算有意義。結果就是，所有事就變得沒意義，至少是我們以為如此。而既然許多事都沒意義，那我們乾脆不做好了。

這樣的教育，實際上讓我們失去「看見」的可能，斷絕了「行動」的熱情，斬去了反抗的「技藝基礎」。

工藝本身就有種多元的價值。比如陳惠芳所說，她有個學生學懂了造鞋後，就造了一雙鞋給母親，一隻是三十五號，一隻是三十八號鞋。因為那個學生的母親雙腳大小不一，在這個工廠式社會裡就被視為不正常，市面上就不會提供像這種「不正常人」的鞋，但因為工藝本身其實就是度身訂造，於是這裡就為另類，為多元，為一個包容差異的社會提供了基礎。

我聽一個朋友說，以前其實沒有所謂設計師這樣的職業，因為以前的設計師，其實就是工匠、手工藝師。每個做工藝的人，同時都是自己作品的設計師，從概念到動手，都是同一個人。一個人懂得工藝，又怎會不懂得設計。設計師是在今天工廠生產消費社會裡頭，一群被脫離了實際生產的人。又或者說，今天的生產者，實際上被名為勞動力分工的要求而剝奪了自己設計與審美的能力。這兩者，本來是二為一的。

工藝教育本身，也就讓人透過長時間的感受，體悟，去達到一種「有feel」（《遊》一書分享者楊秀卓語）的狀態。「有feel」其實是很重要的，因爲有feel，我們才對事物有感覺、有情感，有感覺才會想瞭解更多，才會想創造，才會有行動的熱情與關懷。我們不是行走的軀殼，對任何事物都沒感覺，然後在教室裡頭坐個三十到四十五分鐘、或者在社會裡頭行走個三十到四十年，然後默默無聲地離去。

***

我生命其中一個深刻的印象，是當泥水工人的父親，在我青春時期努力打機不眠不休時，語重心長地跟我說要讀書，千萬不要成爲像他這樣的工人，太辛苦了。我之後當然沒有理會他，繼續不眠不休地打機，但是他那種對自己工作的拒絕，希望自己兒子遠離這種勞動的神態，深深烙在我腦海裡。直到許多年後的今天，我也遇上過許多做爲三行工人的父親，不論是帶著憤怒，還是帶著無奈，依然是喋喋不休，叫我們不要自己動手做工，但是，教育不應該讓人遠離人，看不起人的。每個行業都有自己的手藝，也有自己的邏輯，世界本來就有各異的邏輯，也因此有各種不同的人們。如果教育斬斷了我們對人的關懷與好奇，讓我們都變成只崇拜某一種成功人士的人，那豈不怪哉？

我們常提的「社會流動性」，能否也包括「向下流動」？如果向下並不意味著敗壞，只不過是另一種觀看的視野？向下流動其實意味著一種反抗的視界，一種對等級序別的社會的挑戰，一種身至而實踐的生命嘗試，去感受與創造另類的世界，去明白我們其實有許多事，不親至親嘗其實無法明白，也無法輕易談說其成敗得失。正如吳明益在〈我〉一文結尾所說：

下週我得提醒學生們（以及自己），我們不輕易評斷他人的人生，也許沒有參透其中奧義的一天，但不妨帶著那些「我所不能瞭解的事」走下去。感知自身的成長，無形中的變化，並且尋找機會用自己的微薄之力去反對那些筆直的道路、那些富麗的城堡、那些只希望我們一生待在荒島的腳鐐手銬。

在所謂無力的年代，在所謂什麼都無效的年代，我們能夠做的也許不過如是。可能有些事，我們眞的無法侃侃而談，那些東西並沒有用。

＊＊＊

這個也許是我不願意再當記者的一個原因，是因爲我們採訪許多的人，其實我們自己都不明所以，許多在實踐的關鍵細節上，我們其實永遠不會明白，然後卻要像讀明白了一樣，把事情又再表現一次給讀者。經過這樣幾重閱讀後，我們還能夠說自己在報導事實嗎？事實上，在媒體工業裡頭，流水作業居多，生產一篇文章可能只有幾天到一個星期（已經算長了），但這點時間，自己又怎會明白一個自己不認識的領域？又怎能透過寥寥幾千字（在一個一千字已被說是長文的年代裡），去總結人的生命？我們又憑什麼這樣做呢？我們呈現的，最多只能是種外觀式的事情片斷。

教育的重點，是要讓我們明白，許多事不做下去，我們自己是不會明白。我們其實要找一些面向，一些東西，自己投注心神下去，才可以說出什麼好壞。我自己寫文章談書，其實不能叫書評，因爲我們又如何能夠去評一本書寫得好或壞呢，我們可以去說自己的意見不一樣，但要說評一本書，自己也許得要像作者一樣，對那個議題有過認識（可能其實許多作者也不認識自己所書寫的議題），嘗試過去採訪去理解去研究，才能說怎樣寫這個議題才好。我寫的許多文章，都是寫這本書讓我，聯想到什麼別的事情，甚至可以叫借題發揮。

但我閱讀他人對事物的閱讀（即書本），這樣難道又沒有資訊的流失？難道又不是一種輕易的評論或書寫？那麼，其實書寫的本質與文字的意義又在於什麼？其實我也不知道，不過我只懂這些，那就唯有透過漫長的嘗試與實踐，去找出意義來。我也不知道。可能許多人其實都在不知道的過程裡一樣默默地做。我也不知道。

2018.03.21

無有細節的年代

最近在臉書上看了一條由專頁「世界波」推薦，由日本電視臺NHK三年前刊出的紀錄片，他們嘗試去研究被譽爲世界最強中場大腦的西班牙足球員沙維（Xavi），去分析爲什麼他有過人的球場觀察力，往往能夠傳出絕妙的傳球，如手術刀般劏開對方的布防。

在足球場上，除雙方守門員外兩隊在場上合共有二十人，雙方會透過球隊整體的協作，走位互相配合，互轉攻防。在球員密布的球場上，再超卓的腳下功夫也未必能突破對方的防線，傳球是比賽的基本，透過不斷地傳球，不斷地走位，拉開對方的防守，然後把球傳到被騰出的空位，射手接應埋門一蹴而就。在此，中場球員肩負重任，因爲球隊轉守爲攻往往繫於其腳下，一個優秀的中場，要有好的閱讀球賽能力，他需要瞭解己方球員的跑動方向，走動意圖，亦要讀出對方防守球員的陣勢，預視其行動，才能看穿未來的發展，把球傳到己方跑動球員下一／幾步所將到達的空間，完成攻勢。換言之，他要掌握球場上各方的一舉一動，運用這些場上所得的訊息，在瞬間做出傳球判斷。

ＮＨＫ電視臺的研究實驗是這樣的，他們讓沙維戴著微形攝錄機比賽，把他在比賽中第一身視野的影像都記錄下來，賽後工作人員請沙維重看一次錄像，然後在某刻關掉影像，請沙維畫出場上二十人的具體位置。結果，另一位參與相同實驗的西班牙球員只能還原球場上六位球員的位置，甚至連自己的位置都畫錯，而沙維卻準確畫出球場上十六名球員的位置，ＮＨＫ節目組將之命名爲「空間認識能力」，即將肉眼所見信息轉化爲俯瞰信息的能力。節目組成員問他是怎樣訓練出這種能力，沙維說自己也不知道，只是說絕大部分都是從小在球隊巴塞隆拿的訓練所得——我們總是被灌輸用腦去理解比賽。

這讓我聯想起自己最近的思考。在ＮＨＫ節目組的紀錄裡，沙維在比賽的時候，頭總在左晃右晃，他其實是在觀察，去瞭解球場上球員的位置與動作，從各自的走動裡預判整體球場上下一步的形勢，然後判斷出各種不同的傳球選擇。這些臨場習慣（晃頭觀察）與反應（傳出致命傳球），其實經過無數次的訓練，內化了各種組合出現時可做出的傳球選擇。在日本漫畫《青之蘆葦》裡，作者小林有吾突出了這種狀況——漫畫主角青井他擁有這種過人的能力，能夠記住球場上每一個球員的位置，但是他並無意識，在教練的訓練與教導下，他逐漸掌握了這種能力，開始能夠透過語言去說出這些腦海裡所感知而至的信息，繼而在球場上思考，做出逆轉形勢的傳球與判決。

「感知」是種奇妙的能力。那是一種感受周邊氣息而至的模糊意識。但那又不是透過無端的直覺而來，而是透過長期且反覆的訓練而習慣的潛意識，便於我們做出瞬間的判斷。當我們能夠預判，在現實來臨之前我們就得出短暫的空間去就將至的情況做出干擾。事實上，自由其實就是這個意思，在動態的現實裡做出干擾。在球場上，這個自由就是每次雙方陣勢變動前的幾秒，在社會裡，可能就是生命變化前的短期瞬間或時間。

這種感知是有所條件的。我們要有感知訓練的道場，同樣也需要接應感知的同伴。感知的訓練道場，其實就是我們的日常。北島在《城門開》說希望透過文字寫出自己兒時所經歷過的北京，去重建這個已被摧毀的城市。重建需要有既倒或者已倒的廢墟，因爲我們需要先經歷，或者有所想像，才能重建，而在我成長的年頭，大部分的過去都已被抹除了，在現代化的大潮下，所有東西都變得一式一樣了——同樣的連鎖店，大商場，大品牌商品……我們還可以怎樣重建？

於收錄在《古老的敵意》裡〈我的記憶之城〉一文，北島說我們生活在一個沒有細節的時代。他說他在大學教散文寫作，讓學生寫自己的童年，發現幾乎沒人會寫細節。因爲「意識形態化、商業化和娛樂化正從人們的生活中刪除細節，沒有細節就沒有記憶，而細節是非常個人化的，是與人的感官緊密相連的。正是屬於個人的可感性細節，才會構成我們的歷史質感」。北島他說寫作就是喚醒記憶的過程，但如果我們本來就沒有記憶？當我們成長的世界裡，連上一代都不講自己的故事，當所有餐具都變成一式一樣的一次性塑膠餐具，當所有的商品都歸於同幾個品牌同一個商業邏輯，當街道都變成倒模❶的企理❷整潔管理有致？

如果這樣，則其實沒有細節，我們沒辦法從生活日常裡學懂觀察，去訓練人的感知，去想像去創造生命的可能。因為我們連生活的肌理與脈搏的躍動都無法感知，遑論去理解他者，去結伴同行反抗不正常裡的日常。

散文作者，退休教師盧瑋鑾（筆名「小思」）擅於寫細節，學問的、生活的、市景的、人際的，各種的細節。她在《曲水回眸》一書內提及，她這種觀察的訓練來自小時候爸爸的訓練。小思生於一九三九年，她說小時候爸爸常帶她「行街」。行街不是走大商場購物的那種。四、五〇年代的香港，街道還非常興盛，街上有各種各異的販夫走卒，磨刀的，小吃的，生活雜貨的，賣菜的，各種各樣。小思說她爸爸事事好奇，喜歡以不同角度觀事，總愛叫她一起看，當年沒錢娛樂，爸爸五點半下班的時候，便帶她行街消遣。爸爸在街上總愛停下來看些什麼，有時幾分鐘也不走開，愛看行人動態，街上店鋪攤檔，他看什麼小思便看什麼，慢慢就學到觀察。

「舉個例子，爸爸和我都喜歡看粵語片，當時灣仔駱克道有兩間放粵語片的劇院，國民和環球，門前擺滿零食攤檔，售賣俗稱『咸酸涇』的零食，如醋浸沙梨、酸木瓜、椰子酸薑等，也有些只賣新鮮沙梨的檔。多數人付錢取貨，轉身便走，爸爸卻往往站著不走，看小販拿著刀快刀批削沙梨，削、削削削，不消一分鐘，沙梨的皮全削去了，眞是刀法如神！也會看燒臘工人怎樣飛快轉著鐵叉燒鴨。跟爸爸行街，我看不到不爲人留意的庶民智慧、謀生技能，也學到了聚焦的觀察方法。」

這種就是感知力的訓練！當香港變得千地同貌時，何以訓練？無法「感知」，也就無法「預判」，也就無法「突破」。在球場上就是突破防線，在文學上就是突破規條的枷鎖，在思想上在政治上就是突破強權的打壓……我們還可以一直數下去。換句話說，沒有細節的地景，就無法鍛鍊感知力，其實就是我們不自由的條件。

無有細節的年代，城門要開。

也不是完全沒有細節。細節之爲細節，則不是那種輕易可見的東西。再倒模的機器，運轉起來還總是有分別，也會有損耗的。損耗的不一，也總就是細節。感知力訓練的道場即（具有細節的）日常，但日常卻無不證自明的政治正確。在非正常的環境，一個非正常（無細節）的日常，會磨滅人的感知力。北島、小思、小林有吾、NHK電視臺，沙維、巴塞

❶ 倒模：一模一樣。

❷ 企理：有條有理、看得順眼。

隆拿（我們還可以細數下去）透過他們各自的方法，重現／建了他們可視的細節，讓我在日漸一統的年代裡，重新理解了他們的細節。但再好的中場球員，如果沒有能夠理解那種想法、把握各自所創造出來細節的接應球員，是無法配合而轉化成入球的。如果社會裡還有各異的人在畫出各異的細節，我們也要把握這些心意，創造出屬於我們的細節。

＊＊＊

「感知」只是改變的起點。感知力不應反過來變成自己的束縛，不是因爲感知到各種各樣，所以顧左右而忘己。感知應該是種解放的能力，一旦感知，就能預測，也就有了提前的空檔思考自己下一步的行動，怎麼去配合或者扭轉局面。我們要先在那個場域，繼而才去轉化這個場域。感知有高低，怎樣的轉化，就是風格一種，個殊各異的風格。

朋友關偉雄曾經提過，「其實人每日的感知『觀看』，就是個直到睡眠才（有機會）停止的長鏡頭；偏偏今日的感知都是碎片的。忽爾明白長鏡頭與生命狀態的一點幽微關係。」我們今天的感知，除了沒細節，甚至也是碎片的。他這句眞箇意味深長。這也許，也許我才再明白多點，我那位朋友選擇長眠的原因。原因可能在於重拾「生命的質感」。嘛，誰又知道呢。

2018.06.15

要不然彼岸的花爲什麼在對我微笑

人與人之間的關係很奇妙，都是靠那無形不著痕跡的牽引而走到一起，一旦牽引驟然鬆脫，就什麼都沒有留下，什麼都沒有發生了。什麼都沒有發生，可能也是人際間的本質，本來就無一物，本來大家就根本不會遇上，就只不過是因爲那種偶然，大家才在幽微處相遇，點頭，然後又再道別。在悠悠世間，長長人世，分離就是我們的日常。無聲的分離，當大家意會而不言傳的連結再無人問津，我們也應知道，事情就該這樣完結。就該這樣完結。

人有許多副臉孔，花有許多片花瓣，生命有許多種生命。在某個適合的場地，在某個溫柔的季節，在某片適合的土壤。生命會開出不一種的花，結出不一種的果實。有些階段，有些呈現，或者有些相遇，也許只會出現在某個特定的時空，當時移且勢易，曾經的潤物細無聲，就眞會無聲地消逝去。如果你相信潤物細無聲，就不該相信消逝，因爲那些曾經，會化成當下的土壤，孕育你在難過的日子、枯燥的氣候，走下去的動力。

從哪裡開始，也是那裡終結。我們曾經面帶微笑，毫無計畫地走過那戰戰兢兢的路。我們手拿麵包，餵養過那些和我們一樣饑餓的河鵝，也走過那荒敗的木橋，一度以爲去到橋之彼岸。那段只有微笑而無聲的旅途，那個片刻。啄木鳥的啄樹聲，柴火被燒到撕裂的回響，無星的暗夜，代替了一切不該有的語言。長夜將盡，黎明會來。在晨光第一道到臨之前，森林裡就再沒有人，在行走人們的身影後，就只有燒完的灰燼，被擾亂了的枯葉，而那條歸途，卻有漫漫長路。

或者一切不過是某個腦袋裡意識的作用。

＊＊＊

我聽過人說，大意類似是文學才是眞實，他比一切非虛構都更眞實，可是他是虛構的。也許人生都是吧，我們所看到的眞實，其實不過是一堆肉體與物體的流動，在這些外殼裡，有最眞實的各種各樣意識在流，在抽頭，在發芽，在交纏，在凋零……我們所見到的眞實，不過都是表象，都無法捕捉到這些最眞實的意識流動。但這些意識卻是無人知曉，甚至連意識的容器都無法瞭解，他的宿主到底是什麼模樣。如果其實無人知道，我們又何以談得上，那是最眞實的世界。如果那是虛構的，那就是虛構吧，管他的，誰又眞會介懷呢。風不會，樹不會，蟲不會，鳥不會，泥土不會，眞菌不會，水不會，眞的不用太過介懷，每個人的腦袋裡面，都有片小天空，都有想飛的慾望，都有脫離肉身籠牢的念頭。人都是種奇怪的生物，無論怎麼想飛，都總會換上另一副面目，繼續把自己監禁在面具的底下，繼續生活於連自己都無法理解的世界裡頭。無法理解的世界，與無法理解的意識，都一樣是無法理解，都一樣無解，對吧，難道不是嗎？

於是人還是努力在活著。我想，或者大家都希望會有個盡頭，我們最終皆得自由，我們最終得到的，並不是飛的自由，而是登上摩天大樓的天臺，一躍而下的自由。那零點幾到幾秒在半空俯衝的時間，大抵是很多人夢寐以求的事，可是那幾秒過後，他們就變成無聲，然後就會有許多責備它們的聲音出現了。想起來，那些空中跳傘的人，所追求的，不都是一樣嗎？只不過有些人有背降傘，有些人，就眞是無裝備一躍而下，僅此而已。明明大家想要的都一樣。

明明大家想要的都一樣。難道不是嗎？

又不過是某個腦袋裡某種意識的作用。猛然甩頭，把各種混亂的意識都甩得一乾二淨，然後若無其事地又繼續生活下去，若無其事地捉住那早已風化成粉的牽引，若無其事地重搭那鏽蝕的連結，若無其事地若無其事下去。

這個世界肯定出了什麼問題，要不然彼岸的花為什麼在對我微笑。

＊＊＊

猶太人大屠殺紀念館座落山上，二戰期間納粹德軍殺害了六百多萬猶太人，已收集到姓名和身分的有四百多萬，還有一百多萬死難者無名無姓沒有確認。館內有一處國際義人區，爲了紀念那些在大屠殺期間援救猶太人的非猶太人。裡面展示的義人有二萬多人，當中有些已是人所共知，他們的話被刻在柱子和石頭之上，比如說德國牧師馬丁．尼莫拉（Martin Niemöller）那段著名的話：「當初他們屠殺工會人士，我沒有說話，因爲我不是工會人士；後來他們屠殺猶太人，我還是沒有說話，因爲我不是猶太人；再接下來，他們殺天主教徒，我仍然保持沉默，因爲我是基督教徒。最後他們要殺我了，已經沒有人爲我說話了，因爲能夠說話的人都被他們殺光了。」

余華在這段描述文字之後，立即補上了另一段話，他說也有一個不知名的人的話也刻在那裡，一個來自波蘭的人的話，觸動了他。那是一名波蘭農民，他把一個猶太人藏在家中的地窖裡，直到二戰結束，這個猶太人才走出地窖。以色列所謂建國以後，他被視爲英雄，被請到耶路撒冷，人們問他爲什麼要冒著生命危險去救一個猶太人，他說：「我不知道猶太人是什麼，我只知道人是什麼。」

馬丁．尼莫拉知道，當身邊的人都死光後，他就什麼都不是，他知道人是什麼嗎？那位波蘭農民，知道那個會行走的肉身，都需要進食，都有生存下去的慾望，他知道人是什麼嗎？

＊＊＊

在荒蕪的鄉間穿起一條筆直的鐵路，有時一天一次，有時幾次，會駛來一列呼嘯而過，呼呼作響，呼著尾煙的火車。小孩三兩個，就坐在這裡靜待，等待那迎面而來的火車。當地面開始震動，坐著歪睡的小孩都會馬上動身，他們知道要來了，然後就會追著火車一路跑呀一路跑，直到跟不上火車駛離的速度，在肉體的跑動中看著火車離他們而去。曾經有段時間，火車是未來主人翁對未來美好憧憬的象徵。我們終於到了一個時代，一個再不會見到火車的時代，電氣取代了火氣，電子取代了機械。但列車還是那樣的列車。無論再多的列車駛過，都再無法激起人們心中的激動。我們不再是眼看列車疾走的伴跑少年，我們在水泥月臺，安靜列隊，等待列車到來，魚貫走進車廂之間，然後車門隨警號聲關上，我們成爲了列車上的乘客。列車運行不息，正如我們一樣，在大時大節，班次還有特別安排。

我想起余華在《我只知道人是什麼》提到的另一個片段，他說這個片段是他兒子告訴他的，來自日本的某個動畫，我想再改寫一下。有個人在經受過社會的各種制度摧殘，在遭受過來自世間改種聲音的治療後，終於忍受不了，千辛萬苦，爬到上高樓大廈的天臺，思前想後，掙扎了一陣好不容易鼓起勇氣想跳下去了。就在這一個時刻，他看到了對面天臺，同樣有個人站在邊緣準備落下。然後他們對望了一下，就彼此回身，決定不跳了。

他們知道人是什麼嗎？

沒有一種生活是可惜的。在中國解放前有句老說話——十年修成一個舉人，十年修不成一個江湖。江湖少不免要動武，更甚的還要動刀動槍，那可不是說笑的。要是一天不再有任何人落下，不再有無日無之的列車，不再有等待火車的少年，不再有猶太人、農民、牧師、基督徒、天主教徒、共產黨人，不再有納粹、不再有跳傘的人，不再有各種的生命，不再有各樣的花瓣，不再有不著邊際的牽引⋯⋯那我們可真要是修成一個江湖了，這算不算得上是解放了呢。

我還真是不相信。

{間奏}

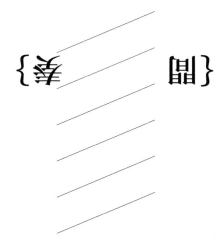

2018.04.16

每枝微小的蠟燭

（翻譯自Each Small Candle，原作詞人Roger Waters）

行刑者無法嚇退我
也非肉身最後之秋
也非狙擊槍彈
也非牆上之影
也非夜幕低垂
也非傷痛黯淡無光
而是
盲目的冷漠無情
在這個絕情無感的世界

燃盡的彈殼
遍布阿爾巴尼亞的農場
老舊的蘇俄頭巾
裹著初生的哭泣嬰孩
在年邁婦人懷中
有位另一邊的兵士
有過奉獻的心臟與國家的驕傲
現有瓦解的軍階與傾頹的狙擊槍
他跪倒　在她的身旁

他給她水
替她包紮傷口
安撫那驚恐的孩提
肉體的接觸
赦免了彼此的死亡
滅絕了意識的鴻溝
他決定返回中國破敗老家
歸程路上
那撒馬利亞塞爾維亞族人轉身
向他……揮手道別

每枝微小的蠟燭
點亮黑暗的角落
每枝微小的蠟燭
確實點亮黑暗的角落
黑暗的角落
終被每枝微小的蠟燭點亮
當苦難之輪不再運行
當烙鐵不再燒得燙紅

當孩童做回孩童
當惡貫不再滿盈
當時代祝福世人
當科學謙卑包納
當自然法則不再屠殺
然後當數以十億的蠟燭點燃起
每個人類心靈暗面的角落

每枝微小的蠟燭
每點微弱的燭光
亮起人類心靈暗面的角落
照耀黑暗的某一角落

Not the torturer will scare me
Nor the body's final fall
Nor the barrels of death's rifles
Nor the shadows on the wall
Nor the night when to the ground

The last dim star of pain, is hurled
But the blind indifference
Of a merciless, unfeeling world

Lying in the burnt out shell
Of some Albanian farm
An old Babushka
Holds a crying baby in her arms
A soldier from the other side
A man of heart and pride
Breaks ranks, lays down his rifle
To kneel by her side

He gives her water
Binds her wounds
And calms the crying child
A touch gives absolution then
Across the great divide

He picks his way back through the broken
China of her life
And there at the curb
The samaritan Serb turns and waves ... goodbye

And each small candle
Lights a corner of the dark
Each small candle
Lights a corner of the dark
Each small candle lights a corner of the dark
When the wheel of pain stops turning
And the branding iron stops burning
When the children can be children
When the desperados weaken
When the tide rolls into greet them
And the natural law of science
Greets the humble and the mighty
And the billion candles burning
Lights the dark side of every human mind

Each small candle
Each small candle (repeated)
Each small candles lights the dark side of every human
mind
And each small candle
Lights a corner of the dark

碎——念

2018.07.25

文字如同詩又畫
有自己的形態與生命
令人難以理解的文字叫文字
條文規定的律例都也叫作文字
有時候文字像風，輕輕一吹又搖曳
不清不楚像影搖又曳
但你永遠會知道
那是風的感覺，影的陰霾
合約條款是文字，文字是工作責任與薪資
文字累了
化成一泡攤在地上的積水

踏上去，就化了
化開的水終會回歸平靜
然後一次又一次，一步又一步
被拖鞋皮鞋高跟鞋波鞋❶踏上去
都是一樣的化又開
留下誰都不知各職業的殘留物
最後水會化成氣
留下誰都不願意留下的
成爲地表上無法辨識的塵埃

❶ 波鞋：球鞋。

2018.08.08

不屬於誰的話

還記得當時那位朋友離開了我們之後，我曾經寫過這樣的話。

「人間種種，怎說得清。他用自己的生命，嘗試打開我們的眼界。他得到解脫了，而我們仍然在混濁的世間苟活。他把生命的重擔都交給了在世的每每各位。如果沒有像他這種人，在泥濘苟且的我們又怎麼想到要飛。權力改寫了世間一切的格式，使得本來能夠運用自然恩賜的人無法讀到世界，把大自然拱手相讓予權力掛帥的我們摧毀一切。在在各位生命之痛，是與世間一切的互通，某些東西出了問題，它們在向我們求救，而我們卻把一切都壓下去——科技，改造，操弄——最後再無法感受到自身之痛，都死了。這一切重要嗎？也許吧。」

是這樣嗎？也許那些對他離去的詮釋，那些繼承他意志的說話，只是自己對自己所說的話，是叫自己繼續堅持下去的激勵。到底他是爲了什麼離開，似乎無人知曉，那又爲什麼要代他說話？他眞的得到解脫了嗎？眞好，他得到了解脫？得到解脫的其實又是不是自己——呼，他離去了，而我們活著，眞好？

最近有朋友談到自己的虛空，生命的重擔與唏噓，有朋友輕省地說大家已經中年危機了。這眞是中年危機嗎？難道這不是整個現代世界的危機？一切堅固的都煙消雲散了，虛擬取代了實體，持續換成潮流，生命化爲即棄，靈魂可以套現，市場會吸納消化一切不利消息，這難道不是當代生存的意義問題？難道不過是許多人以工作掩埋青春，消解意義，持續地短期消費，週期反彈暴飲暴食，人到中年，才發現生命意義的問題終究無處可逃？那些被形容爲過早逝去的靈魂，難道不是他們勇於面對世界？

那些呼籲情緒病者要勇於面對的人，難道他們還不夠勇於面對嗎？那些因爲社會上死了又一個人，而說要安慰身邊情緒不穩的人，告訴我，你憑什麼一副踩在社會機器齒輪之上之態，去叫那些在齒輪之間的人要安好？難道你們不知道，你也在那個齒輪裡面嗎？所以我說，那些死去的人，眞是得到解脫嗎？當我們這樣說時，誰又眞正得到解脫？

你們眞是常常想起他？你們爲什麼想起他啊？

或許你眞的位處齒輪之上？當齒輪轉動時，你們還能站得穩嗎？

我是爲了什麼，寫下這樣的文字？我也不知道。對於老是碎碎念的自己，其實也感到不好意思。噢，我好像又自以爲是代逝者說了些不屬他們的話，眞是不好意思。

2018.08.23

徒勞的重複

最近因爲媒體拒絕的關係，不再定期供稿寫作了，藉著這個契機，我也想停一停了。因爲也到了一個地步，我覺得無法再寫出什麼來了，基本上是在重複自己。我也曾經寫過，哈維爾說人有第二口氣。第一口氣，是我們在大約二十來歲之時，有了對世界初步的認識，開始用自己的眼光去看待世界，然後以差不多十年內的時間，從各個方面釋放這種對世界的初體驗。然後到了某個關口，他們發現自己窮盡了自身描述世界的語言及表達方式，要思考如何走下去。他可以選擇搜索枯腸另外展現自我的方式，去繼續在社會中佔一席位，但這基本上是在重複自己。如果不是，他就要放棄一切，告別諸衆，從過去釋放自己，艱苦困難地重新開始，是爲第二口氣。

朋友提到他也察覺我的問題意識與掙扎始終如一，我想也是的，不過這又有什麼辦法呢？畢竟我生命裡的日常，就是這些東西，我可以盡量減低這些情緒對我文字的掌控，但想要完全摒棄，卻也是不可能之事。我也不想寫得過於控訴，不過情緒就是這樣，也就只好順著走。有時候透過文字的發洩，自己似乎也得到一點放鬆。在斷斷續續之間，我在文字裡面安插了許多符碼，就我自己感覺起來，似乎到今天都未有人讀到，讀明白。也就像許多人所看到的我一樣，就只是大家想看到的我而已。情緒無辦法長久支撐下去，而賣文又是我維生的途徑，所以我選擇了寫點關於書的話，我寫的又不算是書評，因爲我總覺得自己也沒什麼把握評人家的文章，所以我寫的，叫作書話對吧，就是那種拼拼湊湊，寫點書的內容，又寫點寫下文章那個節點時自己的情緒，那就成一篇文章，好賣錢了。有時候，我覺得靈魂是要養的，他總不能一味地運轉化成氣，但畢竟我能拿出來餵養他的不多，只好靠寫寫書，多點引書的內容，讓靈魂減少登場的時間，爲他可以再次休息，買點時間。書之所以在我的文章裡重要，在於拖延時間，回想過來，讀書在於人的生命，可能都是一樣吧，讓我們可以暫時歇息，躲到書裡所創造的幻想世界裡頭。

我沒有視覺、嗅覺、聽覺、觸覺，各種各樣感覺的敏銳，我唯一能夠享受及投身到創作的，就只有文字。其實這樣的分類也有點奇怪，恰恰是沒有上面所提及的各種感覺，文章才沒辦法寫得更細，更好，更觸動到人。一味地情緒發射，少不免連自己也傷到。我不想持續定期地寫下去，不是爲了什麼的第二口氣，也許只是有點累了，畢竟一直用差不多的方法做同樣的事，也確實有點厭惡。讀書和寫字，應該都是讓人換一種狀態，過一種別的生活吧。我還是想試試別的展現自己的方法，我有想過演戲也許我會享受吧（那還眞是個毫無概念的幻想而已，有誰會要毫無經驗又自怨自艾的人嗎？），嘗試待入且當眞地過那個角色的生活。

寫作者其中一個動力，即使算不上最主要，也肯定是想表現出自己的與衆不同吧，相對於別的職業來說，至少是想證明一種微小的堅持，大概是說自己還不至完全進入那個體制吧。早幾天在序言書室，讓我找到「五南出版社」已絕版的《我爲何寫作》，喬治・奧威爾（George Orwell）說到，作家這種自我中心想表展自己的特質，並非極端自私，只是別種職業的人普遍過了三十歲以後，他們就放棄了自己的野心，捨棄了身爲個人的價值，而變得只爲他人而活，靠辛勤工作來麻痺自己。寫文章的人，只不過是在堅持自己想要過的人生，想關顧到自己的命。

我之前寫文章，想做到的大約是一種意識的流動吧，有些畫面、有些聲音，又有點書裡面的故事，又有點（也許過多）自己的情緒在裡頭，穿插又交疊。我想表現的，是一種不循規蹈矩的思考，也許就是人的某個瞬間，就是由無數的片斷交織而成，好像沒由來的連繫，卻又會讓你感到某種氣息，一種生命的氣息。我不知道自己有沒有成功，但我想做的也許是這樣吧？希望讀者讀我的文字，並不是硬生生聽我講，而是給出一種感覺，一種非語言非知性上的（文章裡面當然會有），而是一種感性上的感覺，先讓大家進入狀態，再去讀裡頭的訊息。因爲啊，我覺得這個社會教導我們太習慣沒有感覺了，沒感覺，許多東西都只是看完就算了，所以我才會太有感覺（情緒）（也許過多了吧），才會喋喋不休，重複又重複。所以我還是很想我的讀者們（如果眞有的話），在讀我的文章時，可以先放空身邊手邊腦袋邊那個喋喋不休的聲音，讓精神隨著我的文字一直漂流。如果能夠讓讀者們可以有種——「啊，原來還有人跟自己一樣」的感覺，能夠在抽象的精神世界裡得到一種安慰，那就眞是太好了。世界總不是那種一板一眼的議論分析對吧。

但我確實也累了（我好像已經說了許多許多遍了），所以這篇我也算是心很平靜地寫下來了。換種方法吧，也許，最近我也嘗試找點別的方法來重新面對生活，不知道會有什麼更有趣的事在後頭。川端康成的《雪國》寫得悲涼又悽美，裡面重複了許多次「徒勞」這個詞，不過當我們覺得一件事徒勞，當這個念頭走出來後，反而我們又會欣賞這件事的純粹，然後彷彿一切又變得不徒勞，甚至有點可愛了。這裡我想引用葉渭渠譯川端康成的文字，寫得太美了，自己也不好意思換個方法講出來——「當他無意識地用這個手指在窗玻璃上划道時，不知怎的，上面竟清晰地映出一隻女人的眼睛。他大吃一驚，幾乎喊出聲來。大概是他的心飛向了遠方的緣故。他定神看時，什麼也沒有。映在玻璃窗上的，是對座那個女人的形象。外面昏暗下來，車廂裡的燈亮了。這樣，窗玻璃就成了一面鏡子。然而，由於放了暖氣，玻璃上蒙了一層水蒸氣，在他用手指揩亮玻璃之前，那面鏡子其實並不存在。」是呢，當我們用手指揩亮玻璃之前，大概那面鏡子都不存在吧。我想我們的生命裡，許多錯綜複雜無解的失落，都是這樣吧。但雖然鏡子不存在，可他又是眞實存在，鏡外暮色還是在列車高速奔馳的情況下，與車廂內因暖氣而成的水蒸氣消融成一道又一道光影暗流。

這次寫下對自己過去接近一年寫作的「解讀」，或者是我已經放棄了，放棄了那種渴望有人明白，渴望有人看穿的期待了。這樣去講，去解析自己的寫作，其實也是另一種封印的方法，把過去的文字以這樣的幾句幾段去鎖定了。或者是這樣吧，我希望我的文字，可以先躲回自己的心靈裡，先試點別的方法吧，先到其他的領域裡去掙扎吧。掙扎的方式，也是呈現的一種對吧。

或者我以爲這篇已經算是有點新意了，但當我回去對照一次自己所寫過的舊文，原來這篇寫下來眞又是類似的事，類似的話。我也確實過了那個哈維爾稱之爲「英雄時期」了，可以釋放這種對世界初體驗的一切都耗掉了，一切都釋放耗盡了。這種以爲自己有新意的重複，或者也算是對某個階段自己的一種告別式。

你可以擁有一切你想要的
你可以漂泊、可以逐夢、可以水上浮游

一切你想要的

你可以擁有一切你眼見的
販售你的靈魂、換來絕對掌控
這是你想要的？

你可以在這夜忘掉自己
望望你空虛的軀殼，無所遁形
轉過身，又是一天

可是重複又有什麼不好呢？其實我也想不通，但就連我自己感覺也不太好。但我從別人的重複裡，卻出奇地可以得到一種安慰，一種靜謐。我很喜歡讀臺灣一所叫「邊譜」的獨立書店（店主好像對這個詞語比較感冒，但姑且先這樣叫吧）在自家臉書上的「阿四週記」，他每週的文章，談得很雜，但裡面總有許多對於書店經營狀況的悲傷與難過，但是他還是繼續寫下去，主要還是繼續做自己認爲該堅持的事下去。在他的文字裡重複又重複（是我自己讀到啦，作者不一定是這樣意思）的是失落與反思，對於許多人們與社會的問題意識的某種質疑。他的文章與問題意識算是重複嗎？我也不好說，只是我每週見到他的文字，就總有種安心的感覺——啊，他還在呢，沒有放棄。如果沒有人在不斷地重複，我還可以依靠什麼呢。

許多時候生命的堅持，其實不那麼轟烈的，那些對堅持的挑戰，往往在於日常生活中每個微小到不行的決定裡頭。亦因為過於微小，別人不那麼容易看見，所以許多人都可以在做出很多妥協後，仍能在外看起來起碼還算是一個堅持鬥士。但這樣其實也許並沒有什麼不好，因為如果人們連這樣的裝模作樣都沒有了，那麼世界還是真有點荒謬過頭呢。

如果我展露了我的暗面
你還會抱緊我嗎
如果我打開心扉
曝露我的脆弱
你會怎樣做
你會把這些故事賣給流浪漢嗎
你會把一切都帶走
然後留我獨自承擔嗎

然後報以肯定的微笑
然後對身邊人竊竊私語
你會叫我執拾包袱
還是會帶我回家

雖然我明知要承受赤裸的感覺
雖然我明知要扯下緊閉的窗簾
我手中的刀還在顫抖
我準備下決定了但電話響起
我還是沒有膽量去做最後了結

本來是想做個了斷，寫篇告別文章，但是寫著寫著，又寫了許多東西，結果又寫下自己本來想封印的事，結果又再重複一次，結果又居然對自己說，重複到底有什麼問題。結果居然還是這樣。苟延殘喘，都不知已經換了多少口氣了。我想我還是會繼續寫的，要換點新意思對吧。

2018.09.14

靈魂的法則

血色的靈魂，無數的靈魂在爭相逃離那狹小的出口。那些靈魂只有臉，血紅的臉，紫黑的眼，血盆大口，沒有身軀，不斷浮游。他們脫離了肉身的詛咒，與曾經的肉身分離，留在現實與眞理的無限間隙。做爲容器的肉身還在動，裡面注入了人造的慾望——傲慢、貪婪、色慾、嫉妒、暴食、憤怒、怠惰。人類本該有的這些慾望，與靈魂一併留在間隙。現在我們所見的，全部都是不該見的人造物。我們已經尋不回本眞的靈魂了，但是我們一樣活下來。

生命不斷被解構，又再重組。到底我們該用什麼，去塡充空虛與，饑餓的洶湧怒濤？我們還該在血色的靈魂大海出航，尋找更多呼嘯嗎？我們能夠付出的，是那麼有限，卻欲求更多的無限。連無限都想要有更多。我們該買新的電話？我們該買新的結他？我們該買更強力的寶馬？

我們該日接夜工作？我們該日接夜廝殺？讓燈光亮著吧？投下炸彈？東征西討？製造瘟疫？製造饑荒？別怕，那不過是盤生意，只是數字，螢幕上一個又一個紅點。我們埋葬骸骨，我們摧毀家園？然後每日接一日，告訴家裡的孩童——我回來了？

花圈可以致敬，可以取代死者的肉身？你厭惡了嗎？於是你酗酒？於是你變得不理世事，歲月靜好？你以爲你不吃肉，你以爲不眠不休地，圈養人類、圈養狗、圈養貓、用現金圈養一切，就可以安睡無憂？你用現金砌成圍籬，埋下記憶，囤積人類應有的情感，就以爲可以放鬆？你就算一生茹素，卻永遠在殺生。我們已經沒有回頭路。

無數的肉體從一個肉身裡掙扎，拚命想撐破皮囊，都已經血肉模糊，化成啡黑啞綠不斷溶掉的模樣。把這個軀體當作一個皮囊，裡面能塞下多少被剝奪的靈魂被吞噬的肉體，就塞進多少。看吧，看看裡面一個個被消化掉的能量體，我們就是透過消化別人的生命，從別人的生命故事裡支取生命的能量。明白了嗎？每個生命本來都有自己的記憶與遺憾，每個生命本來盛載的信息，我們都已經遺忘了對吧，我們可以怎麼回答？

門已經打開，裡面眨開一隻眼，一圈又一圈的黑白灰，伸出無數由影子疊成的觸手，把一切都吞噬拉進門內。天空是紫紅色的，人們爭相用手機拍下黑暗盛放的一刻——眞是壯觀呢。每個都在見證自己的葬禮。來吧，每個靈魂墮入這個巨大城市的矩陣，最後可以鍊成什麼？不要緊，又是一次循環。其實你早已知道的，對吧。

地景每一次變化，都有新的靈魂夭折。我們並非眞的知道，卻以爲自己知道。他們得到了力量，影子觸手持續吞噬，無臉的人偶持續勞動，恢復城市面貌，抗拒半刻拖延，讓門得以一直開，扯入更多。如果你想知道門後面的世界，撕破那輪迴之眼？你看到驚慄骸骨？你聽見炮彈落下之聲？你有否想過我們爲什麼流離失所？當美麗新世界在豔陽天下展開？爲什麼漫天飛雪，密雲忽然蓋頂？戰爭已成灰燼，但傷痛延綿無盡？我們該如何走到那應許之地？我們該如何築起那最終的門？在懷疑與信任裡，在虛擬與呈現的混沌裡？最後我們成爲了門。成爲門，至少又接近了門後的世界，一點？記住還會盛放的花，記住還能滋潤人心的微風？

倚在扶手，抖震的你，漸失笑容的你？你明白嗎？獨站在街，不安於室的你，邁向衰敗的你？你明白嗎？不要成爲門的一部分，不要埋葬了希望，不要未曾動身就已放棄？衣衫襤褸寂寞的你？你會瞭解嗎？耳邊貼門，想傾聽門另一邊的你？你會瞭解嗎？你會搬走那塊磐石，打開那扇門嗎？我也知道這是無望的幻想，如你所見，門太堅硬門太重，門也太高，所以我們始終無法推開打破也無法跨越？永遠聽從命令在路上的你？你願意試一下嗎？門後面的人，你願意試一下嗎？不要說根本不存希望？

「距離日落只有一小時，我們得走。」「夜裡摸黑前行眞好嗎？」「比留在這裡好。」「準備好了嗎？」「無所謂準備好。」「再見。」「再見。」「等我回來，」「終有一天。」

我曾經有本黑色的日記，裡面記下日常的思緒或者不成詩的文字。現在我的行裝只有牙刷與梳。我是一隻狗的時候，他們有時會給我一根骨頭，不知是我的還是別的。我被訓練成蜷縮身體就能入睡、我被訓練成毋須開眼就能咬下對方的筋骨、我被訓練成在逆風之下掩藏氣息的流動，不用思考就能在適當的時候發動致命一擊。然後，我開始被容許有自己的風格，我被套上領帶，我可以像人一樣與他們握手，只要露出貪婪的眼神，只要報以饑渴的笑容。我以爲我成了像他們一樣的人，然而我始終是頭狗。當他們轉身背向我的時候，我就會把刀捅入他們的皮囊，讓那些被吞噬的靈魂得以解放。那些靈魂還留有可以回歸的肉身嗎？我不知道。

我得承認有時覺得自己不過是頭會走動的工具，或者你還是可以叫我做頭狗。所以我要振作，搖頭晃身撇走一身的枷鎖，要不是這樣，我始終只能在門的一面，永遠走不出這血色的靈魂迷霧。你還是可以演著無事發生，但我已經不行了。每個人都可以被犧牲，爲什麼你不？於是你以爲太陽底下每個人都只是，而且只能是頭會殺人的狗，而你也不例外？都已經沒有太陽了，我說過天空已經剩下血色的紫紅。我還是要試，去尋回我那失去的靈魂。是有靈魂的狗，還是只有人類肉身的一頭狗，都無所謂。反正沒有人該活在悲哀的地獄？反正沒有人該永遠服從指令？反正沒有人該被繫上手銬與腳鐐？反正沒有人該被射殺在地上？我想我永遠都不會知道，不過我已經沒辦法了。

在風裡

2019.01.16

如果能夠談笑風生，漫淡任意飛，如春風拂撫又不著斧鑿痕跡？如果這樣太過輕柔不著地？如果每次總有個想像的模型而爲，其實於自己無益，精神長期緊張，少了輕盈，或許都不是好事。至少是對自己來說，要能夠順著心走。我讀別人寫的文章時，總會覺得別人爲什麼可以寫到某一個狀態，思想爲什麼可以走到某一個形態，然後就也會覺得自己爲什麼不。始終少不免這樣，每每就壓下了自己。何必比較。

我記得讀小學時，每到音樂課，我們也要排隊，從忘記了位於幾樓的課室走到地下的音樂室上課。隊伍是一條，從矮到高排，前面是女生，然後才是男生，老師在隊頭帶領。我那個時候個子比較小，所以排到男生隊伍的前排，也就是整條隊伍的中段，按理在前頭的老師不太會注意到我。那陣子我忘了自己在哪裡看過 Michael Jackson 的歌舞表演片段，感覺很深，也很享受。自己從來沒有學習過舞蹈，也無接觸過，不過看到他的表演身體就會想動，於是在上學的時候腦裡會想起Michael Jackson的表演影像，耳邊會泛起他的聲線與音樂，身體不知不覺就想動起來，但由於是在學校裡，似乎總要按捺自己。也不知怎的，可能是壓抑太久，那次排隊到音樂室期間，身體就眞跳起來，其實都是很生硬，又想模仿但身體又不靈光的那種彆扭，有些同學看在眼內，也沒太大反應，但那次老師居然留意到我。那個老師是位也算慈祥的中年女士，一直都算照顧及喜歡我，她看到我的舞動後，在整班同學面前大喊：「鍾耀華你在做什麼，跳什麼，你以爲自己是Michael Jackson嗎？」然後在忍笑。這樣一來，整條隊伍的同學都向我望過來。前排的女生，和後排的男生。我壓力好大，好尷尬，臉也通紅，燙得發滾，覺得自己好醜。本來那些看到我舞動而沒甚反應的同學，也慢慢大笑起來。從此以後，我就不敢動自己的身體，不敢，也不願意，也不想舞動自己的身體。每次身體想動，我都覺得好奇怪，有種無形的壓力，往往都會把身體裡那些想活動的能量硬生生壓下去，直到那些想動的身體一動不動。於是我無法理解什麼是節拍，什麼是節奏，對那些滿有能量總是手舞足蹈的身體，總會有種無形的抗拒感。

我帶過一位朋友到過南生圍，那次風吹草動，我們走小路，去到一個遠離大路的破敗石室，他居然說好舒服，然後舞動起來，閉上眼，和風在一起擺，和鳥一起飛，融入了整個環境，那已殘年的石屋，居然好像活過來了，有了自己的氣魄。那日天灰茫茫，我呆站原地，就這樣望得出神，好羨慕，忽然那莫名的奇怪感覺又出來，硬是把自己從那種感覺抽出來，再次把自己成爲周遭的外在物。類似的感覺到現在亦未止息，反覆冒出。我想跳躍，也想翱翔，不想有軌跡。這種無名的煞停狀態，像病毒慢慢感染到生命的其他部分，我對那些充滿能量會跳會叫的文字，老是有種不安感，也老是希望自己寫的文字安安端端，企企理理，就算有某種情緒在裡頭，也總會在最後要傾瀉而出之前就被我強行勒住，不得逾越某個想像正常的界線，不得成狂。可我卻又掙扎其中。

其實人有千萬種人，身體裡也總有千萬個自己，無論多平凡的軀體，總有自己的哭泣。無論你寫成怎樣，你就是你，而你也不就僅僅是你所認識的你，是什麼也好。有人說我們要知道自己的定位，才可以走下去，可是如果連自己可以是什麼都未試過，又怎樣走下去呢？我們可以靜，可以動，可以是光，可以是影，可以是常亦可以是狂，也可以什麼都有一點，如果沒有動又怎知靜，如果沒有影又何來知道光，如果平常即爲狂？如果人可以簡單點活著，可以順著自己的動勢而生，那就沒有那麼多不當而成之惡。如果可以這樣，我或者就知道什麼是享受，感受生命最原始的節拍躍動，重生又死滅。如果找到享受而又值得爲之奮鬥的事，那就足夠了吧，頭腦聰明不聰明，是否比誰更好又更差，在世間有什麼位置，又有什麼所謂，能夠心滿意足走下去就走下去吧，笑容永遠是最好的證明。想要跟自己說，不要做個拘束的人，我是怎樣的生成，有我的無辦法，明白了這個形態的自己，瞭解到現實的限制後，剩下來就是生長的空間，生成怎樣都好。被逆來干擾的生命，都有生命的美，都可以繁茂生長，沒有人值得被指點說三道四。順著自己的心，我想總會找到自己的命。

2019.03.26

落在他肩上

一隻鳥落在肩上
重，半條臂快要掉落
用另一隻手抬起
抬不起懸下的心

樹被故人砍伐
花是蜜蜂的墳
夕陽落下的餘暉
午夜夢迴前的最後一道光

落下

天空之上再無懸浮
文明太沉重
鳥飛走了
在第一塊枯葉落下前

案

2017.12.25

見證的責任

白俄女記者亞歷塞維奇的文章多寫蘇聯人的苦難，題材遍及戰爭、核災、女性、帝國瓦解，談的都是在帝國盛世，人們在歷史巨輪無情輾過下的掙扎。她的文章透過多次採訪受訪者，再彙編成文，以受訪者的自白呈現。這樣的做法，我認為有種傳播上的意思，即對既有述事的一種異議，也是對於世界上的分析與整合的，一種抗拒。人們的思想，經受成長的背景、政治的變動、身邊關係的撕裂與整合、自我的背叛與重逢、意識的崩潰與徹底瓦解而成，換句話，其實都是在脈絡之間，總是在「處於」的狀態。當我們嘗試代言，嘗試歸納、總結他者的人生，其實就是把其所經歷的從脈絡裡抽取出來，當生命被提取，就如植物從土壤裡被拔除，生命就只能是一種展示，再無法成長，我們也永遠無法理解靈魂如何生成，只有業已死亡的標本圖騰，在世間許許傳頌。總結人的生命，是去其勢，取其命，一種罪行。

我對她的文章，或者說，其筆下那些自白的靈魂，總是有種著迷。在這些年來，我發覺自己愈來愈不懂得在公共場合發言。公共場合似乎有種隱埋的規則，當你違反那種法則，你就該抵受相應的壓力。我們在鏡頭前所聽到的，似乎都是有結構的演講辭，有背景的鋪陳，形勢的整理，格式的順序，有最後的總結。我愈來愈發現，我再無法用這樣的方式，去講述一個故事。我們的社會千絲萬縷，生命在其中，總是局部，局部的人，何以說出全局？生命的苦難，又該如何安放在格式之間。也許這只是我個人的經驗。對我來說，我所經受的演說機會，其實多多少少都與狹義的政治有關。當我在那些場合，似乎都容不下形勢分析、前景展望、當下取向與行動，以外，的東西。如果這是政治，如果這是社會通行的法則，那不是我所能投入其中的邏輯。

後來我談書，寫書裡面的故事，嘗試用別的方法，去呈現我心目中所期待，人的生命。在這個角度來說，創作是對狹義政治的，一種反抗。因爲創作不追隨一種既定的言說模式，不認可演講的主流力量，他顛覆視野，用各異的方法，去理解我們所身處的世界。但是創作也是政治的，因爲他介入了我們生命的場域，改變了生命的維度，從中灌注了各自的靈魂，讓言說的格式，有所不同。當言說的格式改變了，我們可以看到的風景會變得更廣闊，當有不同的格式被呈現眼前，我們就能選擇，自己過活的可能，遂而自由。

我是被香港教育養成的人，教育制度的格式，內化成爲我的生命，我的肉身，就是那些規條的現實體現。正如儲存硬體一樣，當我們被格式化，就會失去一切記憶。一個格式，只能容下一類記憶。我費了很大的勁，才能從肉身的牢籠裡面，稍爲挪動一下。文學是我其中一個，很重要的支持。因爲透過文學，我才能夠超越肉身的限制，去經受各種不同的世界，去扮演不同的角色。至於爲什麼是文學，可能只是因爲，在我們的教育制度，以至在我們的世界裡，文字是霸權的象形通律，文字所到之處，總是附帶著權力的指令，而教育制度希望培養的，正是霸權的承繼者，所以，在社會的驅動下，我掌握了文字的運用，同時繼承了文字的權力視野。文字成爲了我所能運用，甚至是唯一，的工具。當我嘗試掙脫，反抗，文字就是我唯一的武器。其實到頭來，文學也只是創作一種，創作最終所追求的，是對宰制的超越。超越一種理所當然，排拒一切的言說模式。所以音樂、舞蹈、繪畫、勞動、各式各樣我知或未所知的表述方式，都是一種對權力的反抗，都是共通。當某種表述方式成爲唯一，或凌駕於其他，又會成爲新的宰制。

我以前還以爲，那些謙說自己只會做一件事，所以投身的人，眞是謙虛而已。

在亞歷塞維奇筆下的人，他們的自白裡頭，經常出現「見證」這個詞語。這個字詞，我本來並不明白，爲什麼會在他們的生命裡，佔這麼重的分量。

在我所住的村落裡，還有很強的傳統習俗，逢年過節，人們總是回到村裡，齊集於村口，然後有人就在祠堂裡，在村落大廚房裡，燒柴的燒柴，備料的備料，翻動雙手伸展般寬闊的鐵鑊裡的餸料❶，煮成一鍋盤菜，然後分成各個小盤，共慶節日。村裡的人說，現在開始愈來愈多人在外買盤（菜）回來，而非自煮了，因爲懂這門手藝的人，死一個少一個。放眼在廚房裡，辛勞的都是那些上六、七十歲的老人，當他們都過身了，手藝再無人繼承，繼承的是否就是只有土地發展後的錢財利益？我們是否就只能夠承繼，權力所祝福的一切？

在這幾年，我們見證了香港許多的失落，各種的消失，價值再堅持不下，我們珍而重之的都逝去了。當我們經歷過這一切，我們就是見證者，如果我們不做爲證人，以各種不同的言說風格與工具，把見證承傳下去，這些曾經存在過的事，就會成爲歷史，當無人再談，歷史就會成爲無人得知的過去，談不上歷史。這就是我們的眞實。見證者有見證的責任，只要有見證存在，在主宰世間的現實裡，就還有一絲的不現實，不現實的事，本來就是現實一種。

今天是我們二〇一四年佔領運動案件預審的日子。三年有多了，我一直都還不是很著意，直到二〇一八年伊始，我才眞正覺得，風要來了。我會在想，當眞要坐牢，會不會太長，會不會太悶，太苦。我想起在某時某刻自己曾寫過的話——「在歷史的長河裡，正如八九六四、正如戰爭，也正如許多事一樣，我們都只是沙石，似乎別無選擇。然而如果

❶ 餸菜的材料，餸菜指下飯的菜。

要說否想現狀就是不可思議，則證明我們的人生只有一種活的模式，那可眞是不可思議。只有站在國家權力一邊的人才會如此說話。沙石有沙石的位置，人有人們的力量，聲音有聲音的波動，我就不相信沙不能截流，石不能成堤，聲不能傳到永恆的彼邦。」

既然投身了佔領運動，就無怨無悔，歷史給了我們見證的位置，我們就有見證的責任，在此揚起榮光的幽暗，當那擾人礙眼破壞物。政治做爲一種志業，就像緩慢而費勁地穿透那硬木板，總是費時失事，不求效率。但是，遲延滯後，也許才是今天渴求速度的世界裡，至爲關鍵之事。因爲遲延容許猶豫，我們才得以思考；因爲滯後，我們才能整裝鍛鍊，堅韌不拔。坐牢不是被動之災，而是不甘爲奴，做爲反抗者我們的選擇！

值不值得之類的，從來不是眞正問題。

＊＊＊

我們世界充滿各種聲音？當石頭被掉進鏡湖，當水紋波動，當漣漪傳開，當因石頭而躍起的水花再次沒入湖裡，當這一切其實沒有引起任何一聲音響？當一切在無人知曉的暗夜裡行進，當閃電沒有光，當雷沒有響，當血不再流，當思念不再有回應，當呼喚不再有回應，當我們不再回應，自己的靈魂？

如果我們的世界有愛，如果我們的世界有恨，如果我們的世界有唏噓，有失落，有難過，有苦澀，有無法言說的時候。如果我們只能夠活一次？

生命，成長，盛放，枯萎，凋零，落泥，我們，你們，外人，難民，眞假，逃亡者，背叛者，毒品，強姦，搶劫，殺人放火，是否就如此這般？我們相信一切，一切來自媒體的話，一切我們身未至眼未見的事——反正我們這樣長大——書本上的文字、權威所講的話、城市的傳說、古老的格言、永恆的神話，正如今天我們，寫在獅子山下的自強精神？重拾香港光輝，從被殖民者歧視到往他方開廠嫖賭飲吹成爲土大爺，從一代又一代人勞碌半生五勞七傷到終老一刻始終抬不起頭，從崇拜英文高人一等到鼓吹普通話錢途無限，從毀家滅村開發新市鎮到敗田壞土中港融合，請你告訴我，哪種光輝？

或者一切無光，一切暗淡，一切無用，一切不在歷史留痕，或者你看到我們看不到的事，或者你明白靈魂終有一天磨損，或者你已經離開戰難的大地，追求籠牢安穩之境？

恐懼，恐懼一切！如果沒有恐懼，生命就會安逸至死；猶豫，猶豫一切！如果我們毫不猶豫，生命就會暢行無阻直達終點；質疑，質疑一切！如果不再質疑，集體屠宰前就再沒有哀號！逆強風而行的飛鳥，能量很快就會消耗殆盡，但他們始終是風中之鳥！願你同在，在尚未認識之地，在共同的世界，在歷史的延綿，在苦難的長河！

2018.11.16

在最暗的夜，無人看到你是否站直（此是雨傘運動案件開庭前文章）

你好，好久沒見了，最近過得好嗎。在那一邊，你盡了自己的力，成為自己想成為的人嗎？總有時會想起你，不管你還是否記得，那時候離別的眼神。有時帶著遺憾錯過了，或者對你來說也是更好的選擇，不用背負太多。畢竟這個地方，正如來自成都的大象先生新專輯標題一樣，「魚塘裡的魚總是成片死亡」，卻沒有太多人問為什麼。陳健民在他告別中大的最後一課講到，「前路茫茫，在最黑的環境，我們才看到星。」馬建曾經在一個訪問裡說過，「只要你站直了，政治就是影，如影隨形。」如果把這兩個比喻放在一起來講，在最黑暗的時候，人們站不站直，其實都沒人看到，也就沒有太大分別了。政治連影都不是，他充斥著每一個角落，他是一股股黑暗裡的暗流，人在裡頭就只能夠被吞沒。星是遙遠之物，星照不到多少身在暗夜籠罩裡的影子。眞是這樣嗎？

我和陳健民沒有很多直接的交流，但他在中大時所做的事，對我也有很深遠的影響。

我剛上大學的那一年，陳健民和其他師生與員工，籌辦了第一次的博群大講堂，那次請了臺灣雲門舞集的林懷民來做分享，是在崇基學院一個劇場似的地方辦的。其實做為一個新生，對世界對大學之事還是懵懵懂懂，只是看這個活動好像宣傳得很厲害，不如就去看看。那次林懷民在正經八卦的劇場裡談，燈光暗黃，講許多他辦雲門舞集的事，我其實什麼都聽不明白，因為舞集、臺灣什麼之類的，我都不太瞭解，我只是知道，原來有人會這樣溫文有理地說話，原來人是會這樣嚴肅認眞地在聽講者談話，原來思考的人樣子長這樣。最後留在我印象裡最深的，其實是那個講題──「在水泥地上種花」，我其實也不太想得明這句的意思，只是覺得，啊，這句說話好像挺有意思，說出來好像好有文化的感覺。

後來我陸續去了博群大講堂的講座，然後有了個博群花節，那是在崇基未圓湖搞的文藝活動，在一個下午裡，未圓湖被布置得優雅別致，紫紅色的燈光打在湖上，人浮在湖的倒影上，有歌唱表演，有讀詩，有分享。我不讀詩，記得當時博群的籌委們找了中大的吐露詩社，在典雅悠長的中式配樂下讀詩，詩是什麼我不記得了，內容是什麼我都不記得了，但那個時候我有種莫名奇妙的觸動，原來這就是詩嗎？原來大學是這樣的嗎？怎麼在我的生命裡都從未有過這樣的身體感受，這樣的情感呢？我還記得當時的我以為大學原來就是這個樣子，我以為大學應該是這樣，也一定會是這個樣子。

大一升大二那年的暑假，因為自己生命出了點狀況，想換個地方活一陣。記得當時好像是四、五月？正常來說很多大學提供的外地暑期實習計畫早已完成報名甚至已選好人，所以我也幾近打定輪數❶，也許暑假就呆滯在港吧。在我頹然迷惘的一個下午，拖著剛醒的精神與肉身步出宿舍，準備去乘那每天吃力爬上中大山上的校巴時，我看到貼在校巴站的宣傳。那宣傳破破舊舊的，應該是經過了早一晚風雨的吹打，看起來有點落寞。這宣傳單張肯定是不合法的，因爲正常來說宣傳單張有特定的張貼位置，必須貼在校巴站旁轉角那無人注意的告示版上。這個宣傳貼到了在候車站的柱子上，肯定是不合法的，不過說是不合法，其實絕大部分的活動宣傳，只要籌辦者有心的話，都必定這樣隨處貼的，反正中大幅員廣闊，誰又會知道是誰貼呢，被問起，不就說自己也不知道，可能是別的同學取了宣傳單亂貼就好了？不這樣做，事又怎能成呢，誰又會看見呢？我就是這樣看見了博群大中華實習計畫，那計畫可以讓同學選到中國大陸不同的公民機構實習。啊，居然還有實習計畫未截止報名，那就試試囉。後來我才知道，原來博群的大中華實習計畫是首次開展，也因此事不太順，進展得比較緩慢，才可以等到像我這樣茫然落泊的人。

那個負責面試我的朋友，我不記得是阿池、還是德安、還是妙賢、還是PC？都忘了。只知道他們好像說想要有心有想法的人。啊，倒底怎樣才叫有想法？我只不過是想換個地方生活，吸別的空氣而已。最後我湊合了些理由，都是那些什麼想過另一種生命，試別的可能性之類的話，胡混過去。我本來是想選到內蒙古的，是什麼機構我不太清楚其實也不太理會，只是常常聽說內蒙古的星空與原野好正，嘛，也配合我那個想流浪的肉身與靈魂對嗎？不過博群負責的職員對我說，他覺得我適合去廣東多一點。天啊，廣東？不就離香港不遠嗎？那我離開了什麼啊！最後也還是算了，不去這個，我還有什麼地方可以去？於是我就接受了。

我是到廣東從化的一個山村的，甫到村地就很吸引我了，是在廣東市中心要換乘兩次車，走彎彎曲曲的山路大約差不多兩、三小時的路程，是不那麼容易到達的地方啊，我就是喜歡這樣。村口有兩個祠堂，分屬二姓，其中一姓的祠堂較大，有中庭，有廚房。負責帶我們實習的機構L在大陸有不同的試點，這是其一，平常他們有什麼活動會帶城市人上來的話，用餐吃飯分享就是在這個祠堂裡。這村滿是古舊的矮樓，用黃泥磚砌成，從村中心幅射出去就是山路與田。機構L組織起村民，提議他們用這些丟荒了的黃泥磚屋辦起旅館來，同時著手讓村民轉爲有機耕作，也讓他們自己帶從城裡來的生態團到農田體驗，希望村民成爲自己地方的領隊介紹。事大概這樣吧。我是和兩位中大同學去的，機構L負責人H是位大姑娘，她要我們感受一兩星期後交出個實習計畫，計劃一下可以在這裡做些什麼。據機構的計畫，他們的目標是復修祠堂以及解決風水池淤塞的問題。由於農村沒有專項公司承辦項目的，因此這些項目就落在駐村的負責人身上，順理成章的，我們實習生被報以很大的期望。

我覺得啊，我們只是剛上大學的小伙子，相比當地的村民，我們到底可以在一兩個星期裡知道這條村落的什麼，又計劃到什麼，怎麼去承接工程呢？我們的實習期只有一個半月左右，可以做什麼呢？爲什麼不是機構的負責人帶著我們？機構負責人H在首個星期帶我們拜訪不同的村民，村裡大部分只剩下女性，男的都出去城打工，剩下妻小和老人家，他們都很好客，只要你來，他們都問你是否吃飯，然後就眞煮你一頓飯。有時候，我也會忘記自己到底答應了哪一家吃飯，結果讓人家抱怨呢。怎料好像是第一個星期後吧，H就眞的撒手不管了，我自是很不滿，然後我就不理她的要求，就自己去跟村民玩啊，著他們帶我遊山玩水，其實是希望慢慢和大家熟絡起來，才能有下一步對吧。另一位同去的實習同學叫芷欣，她多多少少也許是這樣想吧，雖然也許還是有點不滿我的浮躁，但還是和我一起這樣辦。我們和另外的一位同學之間有些紛歧，那位同學覺得我們就該自己去做點事啊，她覺得我們掉下了她一個，讓她自己一人在異地無所依靠，剩一人之力又無法行太多之事，很不滿我們。（現在想回來，也覺得不好意思。）我也沒辦法啊，事情就這樣了。後來H見我和芷欣沒有交實習計畫又愛理不理甚至有點蔑視，她沒有直接責備我們，我也仗著她奈我不何。於是H每次和我們見面都板起臉來，往後是直接的不滿無話，放任著我們了。

這段時間啊，有些村民找了鄰村的師傅來用木柱和磚搭建新屋，需要人手在屋頂疊瓦片，我和芷欣就去幫忙，我覺得很好玩，從來都未試過這樣。起床後就總是村裡四處逛，誰家要幫忙就幫忙，反正村內無事做，反正村內全都是我未試過的事，反正這樣的勞動我覺得好簡單直接舒服，都未在香港試過這樣，反正啊勞動完後村民肯定很高興又會請吃飯請喝酒，那就都去啊。那個時候好像不會覺得累一樣，又正值農忙時候，村內缺人手，於是啊早上去疊瓦，中午去拔花生，下午去割禾，割完禾就打禾，他們見我什麼都答應，你們也知道農村的消息很快流傳開去，又於是家家戶戶都知道了我是個好勞動力，都找我幫手，幾乎村內會跟機構L交往的家戶我都幫忙過了（有些村民對外來機構還是有點抗拒）。那時候我怎會想到什麼建立關係來工作之類，就只覺得好玩啊，爽啊，那就去啊。他們見這個後生又肯做，又講粗口就覺得好玩，很快就混熟起來了。那條村也是講粵語的，他們對於我同講粵語很感親切，同講粵語粗口則更是又驚又喜。怎麼說是喜呢，是因為他們其實都講粗口，男女老幼幾乎每一句就有粗口（我也不知道為什麼，不過我一聽到就覺得好自在），只不過面對大學生，他們總覺得這樣沒禮貌，就忍著啊，那些之前來實習的大學生都好斯文，又聽不明粵語都是操國語的，所以就有點生疏。起初村裡那些阿姨不小心說漏了嘴講了一句半句粗口還是會笑起來說不好意思，後來他們都直接講「同你一齊搞到我都成日講粗口」，然後就掩嘴大笑。我連午睡，都寧願直接到他們家客廳上的木凳上睡，反正自己一個睡，都很悶，有時飲下酒講下粗口過左個曬熱頭❷又去落下田，都幾開心。

後來啊，我和芷欣做了些村裡的手繪地圖，因爲我們通山走的關係，都大約知道哪些地方怎麼走，有什麼好玩的地方。後來啊，我們搞了些電影放映會，在祠堂門口放，起初人不多，但原來只要用大喇叭大聲放BEYOND的歌，全村就會知你有電影放，都會出來。後來我們又參考了那時在香港社區藝術組織「活化廳」的「流動酒水車」活動，問機構L要了點錢，在村裡搞了個酒水車。我們事前對村裡的人說了這樣的活動，計劃活動那晚借手推的泥斗車，上面放了些汽水，整條村走一次，最後會走回士多❸，士多會有些我們用農民種的番薯做的糖水、啤酒免費給大家喝。活動那晚起初啊沒有人隨隊，也沒有人願意喝些汽水，只有幾個我和芷欣玩熟的小孩一起玩，邊走邊大叫「有野飲啊」❹，都沒人搭理。後來走到士多終點，原來大家都在士多等，有些人甚至自己再煮起糖水來，有些和我們玩去的青年就自說「你呢啲邊夠飲／好飲嫁，等我泡製啲奶茶啦！」❺，之後的事居然是大家自己來，一起來了個像小嘉年華的晚上。

在實習完結的最後一天，我們得和機構L和大姑娘H報告這次的實習，本想H會嗤之以鼻，怎料她最後竟語重心長地對我和芷欣說——「本來我也很看不起你們的，但後來有次我們要辦活動要問村社長借鎖匙，平常我們找他借匙他總是推搪或者不放心上，怎料你們隨口問一句他就立刻拿出匙來借了，讓我想了許多，自己是不是平常和村民交流過於事務性呢？也許和村民們共同生活玩下玩下，其實要做的事就自然會辦到了。你們讓我學到了許多。」我記得當時我很震撼，第一是她直接對我們說出她的眞實想法，很坦然地說出了「看不起」我們。但更重要的是，她主動講到我們讓她學到了許多。到底學到什麼啊？她幾乎與村民都認識，我們可是由她介紹認識村民啊！她其實又怎會不知道編織社區關係這些事呢，她其實是客氣才這樣說，也想鼓勵我們。對於她這樣的用心，我才明白人的氣度是可以怎樣，該怎麼做事，怎麼對人。眞是慚愧。

回港後，我反而眞覺得生活，原來眞可有別的模樣，另一種想像——不管是勞動生命、不管是那種明知生態種植艱難都想試一下的堅持、不管是那種知道自己其實很無能、不管是那種對人的心、不管是那種順著去走就好了的感覺，其實都是那次農村實習帶給我的。那些原先吹噓的實習原因，到頭來居然成眞了。不知怎的，就眞的讓我有種想試一下別的生活，試一下做點自己覺得該做的事的勇氣，然後就糊裡糊塗選了學生會，然後就是然後了。芷欣後來也走了去關心農業，還眞在香港當起農夫來，全職務農。有時候望到老

❷ 過左個曬熱頭：過了烈日當空。
❸ Store 音譯，即雜貨店。
❹ 有東西喝啊。
❺ 你這些哪夠喝／好喝的啊，讓我泡製奶茶吧！

朋友芷欣，原來都投身了自己所相信的事業，都在努力奮鬥下去，堅持至今，就會稍稍釋然——啊，也是有人這樣呢，大家都走了很不容易的路。我也確實沒有想過，一個旅程，可以改變這麼多，生命的影響真是奇妙，一下觸動後，就嘭嘭嘭嘭，走了好遠。如果沒有陳健民和他的伙伴們辦這個博群計畫，我也不會受益於這些重要的生命經驗。

那一年是二〇一二年，歐洲足球國家盃年。農村的夜烏燈黑火，伸手幾乎不見五指，星卻如銀河沙數，我常常在凌晨的星空下摸黑走到村民家中一齊睇波❻。農村多狗，吠到我半死，後來村民跟我講，只要你不害怕挺起胸膛走過去，狗就不會咬人。我知道這不是真的，狗還是會咬人，但也沒什麼所謂了。

❻ 睇波：看球。

2018.12.14

不信經歷過自由的我們，會甘心做籠中鳥（傘運案審結後發言全文）

我想其實眞正的審訊並不是在法庭內，眞正審訊其實是在歷史的長河中，是在大家每一位的日常生活和生命的實踐中。你試想像一下，法庭說了這麼多天，什麼公民抗命、馬丁路德金如何如何、不同的案例，這些能否捕捉我們當天參與雨傘運動時的心情？大家回想一下，九二六、九二七的時候，大家怎樣和警察對峙，怎樣抵禦警察的襲擊？大家記不記得，九二八的時候，衝到金鐘時，你那份緊張、對香港的關心、害怕和朋友失聯的狀況？在法庭中，能否捕捉到這些？捕不捕捉到你的流血、汗水和眼淚？捕不捕捉到，在這麼長的運動中，大家如何互相砥礪，互相支持？旁邊的營（如何）成爲了你的朋友，他們的故事，你的故事？你怎樣在每天日常生活中花時間走到運動的現場？怎樣冒著生活的壓力，都覺得要繼續參與運動？

我想很多這些片段，你的無奈、你的失望、你的堅持，其實是不能被法庭捕捉到的。

法庭不是一個……如果我們要講真相，這些就是真相。法庭捕捉不到這些真相的。

因此我覺得，無論結果如何，判多少也好，怎樣審訊也好，它都不能夠審訊我們。真正能夠審訊這場運動、審訊我們的，是我們自己每一個人。

在你日常生活的實踐中，如果你堅持，記得那種感覺，繼續在日常生活中做你能力範圍內做到的事，你就是判了這場運動無罪。你在做的事，就是你對於香港、對於這場運動的一個肯定。

我覺得，人們經常說這是「九子案」、「九子案」，這是很奇怪的。我當然不是說我們沒有參與這場運動，但是你想像一下，一個運動之所以能夠產生，或者當你去成就一件事時，其實不會是幾個好像很出名的人去做〔就成事了〕，其實沒有很多不同人的參與，包括在鏡頭前面聽著這段說話的你們，那件事是不會成的。

因此，這不是「九子案」，這是一個雨傘運動的案件，也是我們一生人的一個課題，是在望著這鏡頭的大家的一件案件。我覺得無論是否被告也好，無論有否來到這現場也好，其實只要大家繼續在自己的崗位努力的話，我們就是一起在路上走著。

最近香港，這幾年發生了很多事情，大家可能會覺得，會說「香港很沒希望、很差」，我不會否認香港現在真的有很多問題，但這並不是「香港的問題」，這是我們自己在我們生命中的一個課題。

我始終不相信，經歷過自由的我們，在我們心底最幽微的地方，是會甘心做一隻籠中鳥。我眞的不相信。

因此，你說現在是社運低潮、反抗無用，諸如此類……不知道呢，我覺得其實很多人正在做事情，只不過不是每次做事都像〔現在一樣〕九個人站在鏡頭面前說話。因爲，我們眞的要做的事，不是一個話語，眞正的運動不是一場話語的爭奪，不是一場話語比賽，而其實是我們的實踐，實踐才是運動，而實踐往往未必能夠被話語捕捉得到。

因此，我相信，我也看到，其實，我知道在鏡頭前聽著的各位，始終不會甘心做一隻籠中鳥。

2019.04.10

傘運案庭上最後陳述

沒有什麼需要陳情。

現在控告的，並不是D7，或者D1，2，3，4，5，6，8，9。

今日在這裡控告的，其實是所有用不同辦法參與過或者沒參與過雨傘運動的朋友，是控告所有對香港珍而重之的人。亦此，法官你需要知道的，並不是D7的背景及參與運動的原由，你要知道的，其實是每一個參與運動，願意花上他的時間、心力，他的過去與未來，把自己的生命投放在香港的市民，到底爲何他們依然堅持在香港不放棄的原因——哪怕這只是熒熒曳光。

如果法官閣下你要知道這些，你是沒有辦法透過一份書面陳詞，幾封信件，又或者幾段慷慨激昂的說話可以得知。

我們得毀掉被條文、被權力、被體制所形塑的自己，我們要走進一個充滿未知、一個在歷史與當下糾纏不清、一個在個人努力與萬千偶然混雜複合的世界，去關心我們的世界，而非僅僅關心自己的位置。雨傘運動，或者許多運動，其實本身無非就是這麼一回事。

我們要知道政治經濟裡的權力勾結合謀，找出著力點，鍥而不捨地敲打。在這過程裡無聖人可追隨、領道。我們會迷惘，曾經一路很努力建築的自我會坍塌，會趨近滅亡，但始終會重生。唯有如此相信。不論你是法官、律師、老師、牧師、記者、懲教處職員、議員、學生、助理、支持者反對者、各行各業，在這些身分之前，我們首先是一個人。如果這是一個人。如果我們是一個人。亦此，沒有什麼需要陳情，我們，包括在座的各位，是有責任走出法庭／議事庭／媒體／一切中介去親自理解世界，體悟世情。這全都不是這個法庭可以告知。

【作者按：雨傘運動案（佔中九子案）於二〇一九年四月二十四日判刑，戴耀廷、陳健民被判囚十六個月，即時入獄；朱耀明被判囚十六個月、緩刑兩年；邵家臻、黃浩銘被判囚八個月，即時入獄；李永達、鍾耀華被判囚八個月，緩刑兩年；張秀賢被判二百小時社會服務令。陳淑莊因腦有腫瘤危及生命，需接受腦部手術，要求押後判刑，法官接納並延至六月十日判刑，後被判囚八個月，緩刑兩年。】

{間　奏}

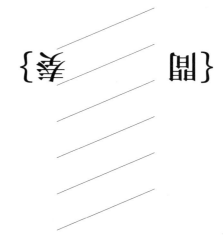

2019.05.25

船在等待

（翻譯自 A Boat Lies Waiting，原作詞人 David Gilmour, Polly Anne Samson）

婆娑樹影間
我聽見寂靜
有船在守候
有雲在燃燒
那古老的漫無生意

被遺棄的海洋
悲鳴的漁歌
漫游漂浮的我

我失去了海洋
悲鳴的漁歌
徐徐前行的船

搖滾的搖籃
抖動的大地
你安睡入眠
在死神面前

Something I never knew
In silence I'd hear you
And a boat lies waiting
Still your clouds all flaming
That old time easy feeling

What I lost was an ocean
Now I'm drifting through without you
In this sad barcarolle

What I lost was an ocean
And I'm rolling right behind you
In this sad barcarolle

It rocks you like a cradle
It rocks you to the core
You'll sleep like a baby
As it knocks at Death's door

故——事

2019.03.13

在晨光灑落前（靈感來自陳滓清的漫畫〈頁〉）

他提著手杖，徑自走出了那間髹上白漆，有點破落的小木屋。這間木屋是誰建造，到底在這樣一個渺無人煙的雪地叢林裡哪裡找來建築的材料，他都不知道。他只記得自己某次醒來，離開從前的家準備出門時，接踵而來而又去的汽車呼嘯不息，響個不停而又震盪不斷的手機，炙熱搖曳的空氣從水泥地上蒸騰不絕……他稍稍呆住，忽然就像所有感官打開了，身體深處某些東西被引爆了，所有被皮膚壓在底下的能量如泥流湧而不斷。他無法抵受，必須把這一切釋放出來，他知道他要走了。他跑起來了。一直走，在日光下，在夜裡，在街燈間，在暗星忽明忽滅爾。天空飛過一隻鳥，在狂風大雪的夜裡，底下是低矮而密的樓房，所有鎮上的生活在鳥瞰之下，都變成一個個白點，或者是黃，密成一塊。鳥乘著風雪滑翔，有時高又有時低，其實鳥的身體不斷在調整，他既是乘風，也在飛揚。黑褐的鳥被不斷打下來的雪覆蓋了身體，從展開到盡的翅，到如松果大小般的頭，慢慢都變成白。白不再是覆蓋著的雪，鳥成了白。

穿過縣境長長的隧道後，走到一個離開城鎮不知幾千百萬公里外的林，一片白茫茫，便是雪國了，屬於他自己的國。或者說，他屬於這片雪國。竟是這麼冷。黑暗被吞噬了，他走進了遍布雪松的域。知道這片雪域的人不多，都是些願意離群闢徑的自然愛好者，在某次不經意之間發現的。這些人被這片長長的雪域吸引著了，生命在偶然間遇上這個地方，彷彿再不一樣。有些人嘗試過留下來，但不到幾天始終受不了寒，還是打道歸去。但是他們都沒有告知身邊的人，或者在網路上急著宣告發現了這片領域。他們都是老派的人。他們都知道，一旦這個偶然的生命領域離開了自身的肉體，化作語言或者文字被傳遞出去，就再不是一回事了。沒法被言說的意義，到底是什麼意義？他們或許都不知道，不過他們就是這樣相信著。他們是老派的人。

在許多年裡，他就是靠著偷竊這些偶爾離群索居少數人們在雪域裡的營地食物、用品、器具甚至衣物，來度過一個又一個年頭。這些偶爾跑到雪域的人們，彼此都不認識彼此，也巧合地從來未遇上過彼此。不過從某一兩次雪落來不及覆蓋地上紮營的痕跡看來，他們就知道有別的人來過。他們也知道，這個雪域裡住著一個會來偷他們東西的「人」。起初他們並不知道這個是人，一度懷疑是否不過某些調皮的動物。但慢慢的，他們發現這個生物，每次都總會偷取小量用具，剩下的用具他甚至會替物主好好排理整好，分量總大致剛好夠每個營主這次旅程的需要。他們知道這個人是刻意的，從每次他們帶來的用品食物裡去判斷旅程預算，然後偷一點。重新排理整好是一個招呼，也是一種抱歉。久而久之，這些從城而來的旅人都默認了這個人的存在，他們會帶一些比行程所需再多一點的物資，一點就好了。如果幾個月前他們帶多了點，下次就會帶少一點，另外帶點上次沒有的，等被取去。

他是在某次誤打誤撞裡找到這個白漆小木屋的。裡面沒有電力，僅有風霜的木桌，幾張破破落落的小椅，以及一個用磚頭堆起的爐灶，一個鐵鑊，都是土炮❶的，許久沒人用了，雪都積了一點。似乎曾經是人們在風雪間的休憩所。他從此就住了下來，沒有多想。對於他來說，從前的生活似乎是被劃損又結焦了的傷口，他知道曾經是有些什麼的，但都模糊了，變成粗糙的疤，再用力想都想不起。但他覺得無所謂，一如他一直跑千百萬哩走到這個雪域，確實是很用力，卻其實沒怎麼想。就一直跑。

他曾經在這片雪域上碰上過人。那是一個風雪的晚上，不過皎潔皓白的月光照在雪地又反射，又不怎麼黑。那個時候已是他來到這個雪域的好幾年了，他已經學懂了雪豹在雪地行進的技巧，爲了知道哪裡有掉下卻又因寒而未腐的果實，爲了知道哪裡有死去的動物。那晚他輕巧如豹，爬上了層層積雪的松上，本來是爲了積在樹枝椏間的果子。忽然他見到樹下不尋常的光。在他記憶深處曾經日常的光，手機螢幕搖曳的微光。在滿天風雪裡，手機的光幾乎被淹沒。但他始終曾經是個人，對這種文明的光還是敏感。他止住了氣息和俯在樹幹的四肢。他動動了鼻，擺擺了耳，聽到寂靜萬物的生命之聲一個又一個消失。不尋常，也是日常。他匆忙爬到更高的樹幹上。遊人聽到聲音，放下眼所聚焦的手機螢幕，抬起頭望著了他。雪崩如浪瞬間轟隆而至，摧毀了一切，也包括這個遊人。他眼巴巴望著人類肉身的消亡。如爆炸一樣的雪崩聲聽不到遊人的尖叫瞬刻，可以化成水氣卻是成千上萬噸的白茫茫積雪看不見屍體流出的半點血紅。他怔住了。他太久未見過活生生的人就這樣死去。他只記得那個晚上月是嫣紅的。

整夜無眠，他只記得自己那次，他提著手杖，徑自走出了那間髹上白漆，有點破落的小木屋。他走進了山的更深處。蜿蜒的山道，嚴寒的頹敗。皮膚因為太冷的關係破損了，底下的血不斷地湧出來。這是他來到雪國許多年以來的第一次。他知道要走了，一直在走，血滴在地。雪國揚起了一陣風，天空吹過一隻鳥。鳥一直在飛，在白皚皚的雪地上飛，抖動的翅膀不斷散落覆蓋在身的雪，風雪又落，然後又散，在這個時候鳥是白的，在下一個時候，鳥是黑的。鳥最後始終受不了風雪的重量，倒下來。

他走到山的盡頭谷之中，裡面有個融雪湖，湖中間有個陸地，上面有棵參天的雪松，以及一隻倒地的黑鳥，流著紅色的血。他從山谷邊如滑梯一般滑下去，在融雪湖不斷地游。他只記得水好冷。竟是這麼冷。血一直在流，在冰澈的湖水裡劃出一道又一道血的彩虹。褐、黑、瘀、鮮、嫣，各樣的紅。他爬上了地，在褲口袋裡拿出了最初來到雪國在人家營地首次偷取的木製小盒，放在雪松結了冰的露水下，一直在等。黑鳥的血再沒有流，太陽緩緩升過地平線。其實他不知道太陽升過地平線的，因爲他在山之谷裡。從松針葉一直延伸的冰柱慢慢變得小，水開始滴下，滴進他的小木盒裡。差不多滿了，他蓋上木盒，把之提高過頭，在融雪湖裡游回去，翻過山谷，又回到白漆小木屋。有點破落。

那天之後，雪國突然迎來了寒冬。那小木盒裡的雪松落水，已成了方形冰塊。他拿出新近在另一個營地取去的小刀，全神地刻。那把刀早已生鏽，有點鈍。一不小心刀切到了自己。不過他並不知道。冰塊最後被刻雕成一朵小花，晶瑩剔透，割損而流的血點綴了花的紅。他把花放在木盒裡，快步又跑到那山谷中的湖裡。那是個星如沙數的無月清朗晚上。他又再來到這個融雪湖上的陸地。他把花放在地上，旁邊有黑色的鳥和參天的雪松。光將至未至，花將融未融。太陽溢出山谷，光照射在融雪湖上的陸地。地上一灘尚未蒸發的水，一棵生機勃發的參天雪松，一副了無氣息的人類屍體。本來還有一隻倒地的黑鳥。附近早已乾涸的啡褐血跡忽然鮮紅起來，又回流鳥體。鳥動起來，探了探頭，望了一下那具人體，就展翅飛翔。在黎明的映照下，鳥只會是黑色的影，實際上他是什麼顏色，無人知道。不過這已經不重要。

2019.12.24

沉默的時間

他未曾說話，一直沒有。自出生以來，沒有哭啼，他對世界好奇，但從不會笑。他自小喜歡森林，到天高海闊環山群抱的地方，樹葉淅瀝淅瀝、烏叫啞吱啞吱、蟲爬過地上揚起腐植的聲音細碎細碎、蚯蚓蠕動消化又排泄土壤、花葉從摺疊的蕊開展、海風充滿水分拍打皮膚的跳動……他全都聽到，記得一清二楚。他喜歡聲音，但不露笑顏。是誰帶他到山野海岸，他都沒有印象，有時候記憶不那麼可靠，每個人不過被任意拋擲到這個世界。他就一直在這個萬音俱在的山裡生活。

每次體認到世界殘酷的淚，都是酒杯落在地上破裂之後，濺出來的酒。這是他從某本蔚藍海上漂流而至的書上讀過的話。那時他把書曬乾後就讀，即使書變得皺巴巴。他記不清楚這段說話是否不過自己的重新演繹，不過無所謂，反正無人知道他想什麼，因爲他不會說話。這也只是他後來用作理解自己生命的一個解脫，在山裡的時候，他根本不會這樣想。他記不起爲什麼自己會識字，與其說他在讀字，倒不如說是字從平面的書上站了起來，載歌載舞，他就這樣欣賞字的聲音與形態。他只覺得自己和其他人有點不同，但崇山峻嶺之上總有他的位置，置換的四季不會嫌棄他，他也就不會嫌棄自己。山之生供應他每日滿腹所需的野果與落水，山孕育了他。

然後他開始被逼上學。那時有些穿著制服的人，從山下走上來，帶著鎖扣手鐐，要把他帶到平地上學。那些人不知山地的路，不知早晚山的面貌，以爲僅憑幾句命令，他就會輕易就範。他們說國家不容許無聲之人，讓每個孩童學習自由發聲是偉大的事。但他無動於衷，原因在於他太久沒有聽過人類的語言，一時間這些文字與聲音對不上存於腦海的意義，既然對不上意義，也自然就無法理解。律令僅僅變成有異於生命經驗的干擾音訊。眞是僅此而已。但從平原來穿著制服的人顯然不甚滿意，他們從腰間拿出手槍，這個時候他意識到危險，一種不是自己日常在山面對而始終可以解決的危險。他轉身就逃。

那幾天剛好大潮所退，山地近岸原來被水覆蓋的石澗變成禿石一地，在幾個巨大石塊間有個空隙，僅僅夠他鑽身而入，走下去，一路向下往深處，裡面是個光所照不到的洞穴，洞穴裡有著因大退潮所留下的蜆貝，可成爲他的糧食——他想起了這個地方。他之所以知道這個地方，是因爲早幾年某次大潮過後聽到山上落下的石頭著地之聲比平常來得遲延，而那「啪——啪」之音沒有那麼結實，且有迴盪。他帶著好奇之心爬下去，就發現了這個地方。但此刻不是回憶的時候。那些想抓住他的人話音未落，他就往洞穴跑走了，從山上跑到近岸石澗之間洞穴之下。不過這個大退潮一年只有幾天，幾天之後，潮水會又至，重新淹沒一切。他長年在山生活，知道這個規律。他有幾天的時間。

那些平原制服人，一時間摸不著頭腦，不知道山之生有著每天變化的節奏，追著追著，開始迷路，被困在山裡頭，要待翌天上山搜索的同袍發現他們才得以脫困。脫困的制服人走了，來搜索同袍的人變成搜索躲在洞穴的他。他在洞穴裡聽到外頭的叫喊聲，聽到軍靴啪嗒啪嗒，聽到槍械整裝咔嚓咔嚓。這些都是山中不常聽到的聲音，洞穴的安靜與迴盪使這些聲音變得更加清澈仔細，讓他覺得好刺耳。幾天的時間過去了，困在洞內不見天日闇黑無光，加上聲音的轟炸、空氣的稀少，他身體變得衰弱。他一度想留下來，寧願死在洞裡。後來他還是受不住，走出了洞口。一出洞口，照相機的閃燈照個不停，有電視臺的攝錄機，軍隊所有槍口立時指著他，他的一舉一動正在整個國家直播。他怔住了，然後回想，他是應該知道的，應該知道事態不尋常，因爲從洞穴聽到外頭的聲愈來愈雜，只不過他太過辛苦，耳朵受不住，所以變得麻木。他望著鏡頭，沒發一言，覺得對山有所虧欠。但其實他根本不會說話。然後他就默默被鎖上手扣，帶到車窗被封上黑布的囚車開往城裡。除了默然，他還可以怎樣？被帶到上車後，就再沒有默然，囚車上用作通訊的對講聲不斷發出嘟嘟聲響，車子引擎轟隆，在山路崎嶇而車子起伏時的嘎吱嘎吱一度讓他以爲車要解體……城裡的廣播、人們絮絮不斷的議論、交易時錢幣碰撞之聲、冷氣機體運轉出風的嗚嗚聲……每一個聲音對他來說都是新的音訊，都是有待扣上意義的符號。他覺得好累。

他被送到學校，一所髹上白漆的強制寄宿學校。原來這個國家裡每個青年都要上學，學習一套特定的頌讚語言。他們說這個學校是再教育所，讓人們不會再默默無言，不會再心存異想，不會再懷念野蠻，會學懂欣賞國家之美，歌頌孕之育之的祖國。白色乃物體拒絕任何光線而將其全部反射的結果，白排斥了一切。而如果山的風景翠綠昏黃多姿，這也是為什麼學校必須要是白色——他唯有這樣理解𧪄白學校的意義。每天日光未出鐘聲就會響起，監視官會用警棍敲打鐵做的牢欄著令每個學生起床，然後扯大嗓門呼喊重複又重複的指令……日復日又千篇一律。上課的時候學生要背誦國家的偉大、同學不服從而遭受監視官毒打時痛哭尖叫……起初的時候他無法習慣這些聲音，覺得有種邪念在裡頭。他會渾身不自在，身體會抖震，但不敢表現出來，生怕自己成為下一個受刑者。但慢慢下來，他又習慣了。監視官對於這個無論如何被毆打、如何坐電椅、如何用水刑都不作一聲的小孩也是束手無策。有時候那些打擊的聲音、電椅電流而過的「滋滋沙沙」聲、甚至水刑時流水流過他面上溼毛巾時的潺潺聲還要大過他的呼吸氣息……監視官開始相信他是個眞正的啞巴而非假裝。往後他們就放過他了，認定他是國家的瑕疵，但不至於是要抹殺掉的那種。因為包容一點瑕疵，才會顯得國家的偉大，也顯得那些標準的人有多麼優尚。

在學校裡他最享受的是手執文本在讀的時候。什麼都可以成爲他的文本，飲品盒上的成分說明、工具包裝上的運作指南、就算是校簿上的四個校訓大字他都可以站著望它個幾十分鐘。他對於文字總是渴求，在這個衆聲重複轟炸沒有安逸的學校裡，閱讀總讓他聯想到好多往事。往時山邊的海總是漂來千百本不同類形的書。對他來說書本不只是用來讀字，更是感官調音的工具。在山的時候，他想休息的時候就會去那個藏著許多書的樹洞隨手找本撿來又曬乾儲起的書讀，當心緒不寧讀不下去，他總會在想，到底什麼在干擾他？也有些時候是即使狀態不佳他還是可以順暢讀完的書，讀完，心的節奏就平和。他總是很著迷。或者這就叫作精神的調音。最重要的是，在精神調音的過程裡，指尖與書紙的觸感、翻頁間腦內忽然而至的靈感瞬間，都讓他感受到許多山的同伴，那個時候他用身體髮膚去聆聽欣賞山的生命——風吹過的空氣厚薄與水氣膨脹預告著天氣的變化、鹿群進食時的咀嚼奏鳴意味著此地暫時沒有危險的捕獵者，他可以安心睡上一覺、月亮慢慢轉動展露圓潤豐滿身軀的微聲細語……聲音消失了，寂靜不是沒有聲音，而是衆聲同在，誰也不搶去誰的存有……他讀學校裡的文本時，總是在想山裡的事，總是覺得聽到山之聲，就算他知道這可能是幻覺，但也覺得安心，無論遭受什麼都可以捱下去。只要這樣就好了，誰又能否定誰的存有。

好多次過去，面對學校裡同學的失落與絕望，他竭力想說些什麼，用他過去在山裡書上讀到的，想在不安的時間安慰別人，也安慰自己。他張開了口，舌不斷調度，始終無聲。在學校生活了許多年後，某個晚上，房室窗外的月終於展露了她的全貌，外頭是蔓延無疆的雪域，雪正飄而狼在放哨，他身上只有單薄的一件白色背心。那頭狼叫得特別悲哀。人們在冬天時往往只有一件背心，學校說這是成爲偉大人類的修行。這對他來說沒什麼偉大不偉大，其實在山裡不論四季他都是這樣穿。在那個晚上，他記起了，好多好多年前他被遺棄在山之前的，那個冷冰冰的醫院。那所醫院跟這所學校的感覺一模一樣，蒼蒼白茫，他居然到了這刻才醒起——學校的學生抑鬱復又笑，來去畢業而永遠不再見；醫院裡的人們心急如焚，人潮擠逼不流動，生命分秒流逝又死去，有人復又出生。那個時候醫生在一個小房間告訴他先天缺憾，身體少了些什麼東西而無辦法發聲。到底是少了什麼，他都不記得。他也不記得那個時候坐在自己身邊的那個黑影是誰，只知道是這個黑影帶他來到醫院，然後放逐他到山上。總之後來講不出話，他都習慣了。他曾經好用力去感受這個世界的一切奧祕，他總覺得自己並不如醫生所講缺少了些什麼。這個世界其實不缺什麼，反而是太多。

那個雪夜，室友正在學校禮堂給來訪的市民大衆表演話劇，做爲瑕疵品的他被獨留在房。人們在禮堂歡呼與鼓掌，不過他沒有聽見。靈魂其實是個會共鳴的載體，經過長年調音與訓練後，始終會躍動，而他的魂終於飛越學校高牆，到達外頭的世界。現在學校裡面的聲音對他來說才是千里以外，都聽不到了。風在呼嘯狼在呼叫，他想起了在洞穴獨自過活的幾天時間。他感覺到一牆之隔的外頭有什麼正在等待著他。再沒什麼可以抓住他，他受不住了。爲了知道天空的祕密，他的魂回到房室之內，把肉身上的背心脫了下來，他咬開了自己的指頭，在其之上畫起旗幟揚了起來。指頭的血不夠用，他就往自己身上可以流血的地方上破壞。他想寫些什麼。實際上旗幟上寫了什麼，無人知道，因爲他倒下的身軀與流出來過量的血，早已與旗上的字混爲一體。這面旗幟被染成鮮紅色，在時間與雪不斷飄散墜落間，風的作用又將之變成褐啡色。風雪呼嘯消滅一切聲音，時間沉默、凝固，所有的血脈噴流都顯得平靜祥和。風雪沒有殺掉他，他殺死了自己。而他死的時候，正在微笑。一隻黑鳥飛來落在鐵窗框邊，望了望這副肉身。後來鳥搖搖頭，長嘯一聲，又展翅飛開。

夢——之——三——篇

2019.10.15

最初的夢

「對於月亮來說，問題是：下面那些人，跟一千年前那些，是一樣的嗎？」

山際原野間，光月照在那千年老樹下，葉掉了幾片，在樹的影子上。初生落地的娃娃揮動小手，摸著祖父母缺了眼睛的眼瞼。已經不再痛了。老人家微笑地說。這是一個久遠的故事，一個睡夢前的故事。

那些年，雨下得很大，每日都有生命悠悠墜落，落在水泥地上，化不作春泥。在殘破的漁港，在廢棄的野郊，在崩壞的城市，在權力無節制的時候，當時在說一個故事。爲著還沒有來的未來。

那些年，嘉年華的營火堆，蒙滿了面的群衆，歡呼的喜悅。夜裡的烏雲，矇蔽了彎月的眼睛。柴薪燃盡，火屑飛起，成了黑夜中的希望。燒起了又滅，燒起了又滅，燎起整片森林。火光取代太陽，在濃厚嗆喉蓋眼的焦煙裡，居然還有溫暖，在那個寒冬。

或者一切堅固的東西都煙消雲散。或者一切往事已成頃刻。如果鳥可以再次鳴叫、霧可以漫遍山野、花可以盛放至凋零。如果再沒有過早的死亡、生命再次在循環、川流再次不息。有一隻狼在放哨，有一頭犬在遲疑，有朵蒲公英小花經過漫長的旅行抵達池塘，什麼都沒有發生，有一棵高地橄欖樹，正被熟悉的舊人砍伐。有個小丑在演奏，有個殺人犯在懺悔，有個女孩在沉睡，有個海洋在哭泣，有些血在流，有些人在浮，有些泳者沒有游。

老樹對斧頭一無所知，他知道的那刻起，我們對老樹一無所知。一棵老樹倒下，野草知道嗎？推土機開進森林的引擎聲迴盪，所有鳥飛走了。對某些人來說，樹只有在倒下那刻才有價值，對樹來說，倒下就只是倒下。一種告別禮。即使倒下了一棵樹，其他的樹還是一動不動。一種抗議。彼此不相識的木頭，在平行的拖拉機上，終於相遇。

張開翅膀的鳥，沒有合上翅膀的機會。奔跑的豹，沒有再次奔跑的機會。而落下的日，卻終會再起。對日來說，問題是：再見的時候，是一樣的東西嗎？

雨一直下，在滿懷希望人們的眼裡。在雞蛋與高牆之間，我永遠站在雞蛋那方。可惜我是牆裡的一塊磚頭。人們在想像力的國度裡荒蕪，卻在幻想瓦解的瞬間悲傷。

2019.12.24

夢的時間

時間不會流逝，她永遠都在那裡，我們直直望著她，爲觸不及的距離而傷感。在沒有時鐘滴答作響的年代，人們順著自然的節奏而活，無被界爲分秒的單位。丁香花會再開，河水會再及膝，人們會蘇生過來。

生活有大小長短的節奏，每個間距獨一無二，每次接觸都讓人無所適所。人生的命，也許在於學習節奏，掌握韻律，拿捏變奏的時間與速度。奧爾嘉．朵卡萩在《太古和其他的時間》裡面說，上帝是超越時間的，要想知道上帝「在哪裡」，就得看所有會變動的東西，所有無定形的，所有起伏不定和容易消逝的——「海面的漲落、日冕的飄悠、地震的顫動、大陸的漂移、雪和冰川的溶化，看看流向大海的江河、看看種子的發芽、看看刻蝕群山的風、看看母腹中胎兒的生長、看看眼睛周邊的皺紋、看看墳墓中屍體的腐爛、看看葡萄酒的釀熟、看看雨後冒出的蘑菇。」

她說上帝也是時間本身，在時間的脈動裡，有時現身次數多點，有時少點，有時甚至乾脆不出現。人類是時間創造之物，會腐朽、會成長、會死亡。上帝以這樣的方法呈現自己。但人類做爲過程本身，有時卻妄想成爲上帝，渴求某種超越的求恆與不變。他們不知道，把這不變性強加於上帝身上，等於消滅上帝，也失去理解上帝的能力。

無數節奏有如漫天星宿，節奏的總和就是我們的宇宙。誰都不奪去誰的存有。不過離別的鐘聲終將響起，或者其由始至終都維持恆定的聲聲間距，只是當其他聲音開始消亡褪去，我們才聽到悠久有致的噹噹聲響。就像在倒數。在某個地平線以外，年輕的我們都還活著，生命青蔥憂鬱，有許多生死覆滅的奇蹟，而彼此的眼神都在某個沒有邊界的遠方漫無目的。

離別的鐘聲開始了。

被慾望與野心恆久束縛，生命的饑渴從不滿足，我們疲憊的眼睛仍然停留在地平線以外。而往返地平線之間的路，經已走過千百萬遍，永不止息。總有人在其中落後脫隊，不過是彼此聽到的鐘聲都不一樣。我們創造時鐘，希望指針的循環移動可以捕捉生命的流逝。但其實生命並不流逝，她如時間一樣永遠存在，而是我們不覺察。時間是光的產物，在陷落的世界沒有日照，不存在時間。

最初的夢會醒，人會出世。人們行走，走到邊界，就僵著不動。他們會做夢，夢見自己繼續行走，夢見整個世界。許多人僵硬如磐石，眼睜得大大的，就像死了一樣。然後過一段時間，他們會甦醒，回家，把夢當成回憶。生命就是這個模樣。所以夢遊的人最了不起，他們既能在夢，又能在夢中行進，穿越兩界。

鐘聲響起了。悲哀的傷感從花朵漫溢田野，焚燒的煙攀升爲雲，成就暗黑的夜，蒙蔽了天空，遮蓋了時間。有個人倒在地上，溢出的夢裡有青綠的草與波綠的河，然後在某個無原由甦醒的早晨站了起來。那個失落的夢天堂如鬼魅般纏繞著他，他被鎖在一個分離的世界，在夢裡夢外。血被凍結了，不再從軀體裡流逝，在恐懼中凝結。顫抖的雙腳立在顫動的大地，在眞相來臨那刻，雙手變得軟弱無力，他步履蹣跚。

同一個世界，不同的夢。時間流逝，河水奔流。他問河流失落的愛與奉獻，河流報以沉默的波浪，而風吹不止息。滿天的星屑有如破碎的夢，粉碎的承諾，在流動的淚裡閃閃發光，刺破視野。生命是一切流逝的總和，永遠都在。

夢之不息而生將逝

2020.02.16

你在夢裡狂嚎而不醒，因爲清醒的代價太大。良知曾在世界起過作用，今日再無法打動任何人。你醒來，活著，其實不過是心臟每秒跳動的頻率。一個臭皮囊，一雙耳，兩隻眼，然後就在這個無疆之界浮游，僅僅活著，都有生之記憶，又成爲身後事。

千帆過盡，童年老去，滄桑猶在，眼裡載滿整片海洋的淚。無光的海有浪有風有鳥伴，有時放晴有時雷鳴，恐懼無形而終隨生命化整歸零。所謂知識所謂理想，就如漫天星宿說認識地上千百萬年來行走過的每個人一樣，始終有點不可思議。

在大航海時代，探險者經受暴風雨、海難，抵達未知大陸。有種鳥羽毛飄逸、捲動又華麗、鮮豔奪目，既無翅膀也無腳。土著說此鳥居於天堂，浮在半空，僅靠雲露與日照維生，人類只有在牠們死後掉落凡間才得以看見。

事實土著未曾見過活的天堂鳥，人們所見都是鳥的標本，乃由遠東的島嶼貿易而至。

獵人為免鳥的掙扎勾傷其驚豔脫俗的羽毛，所以製作標本時先去掉其雙腳。天堂鳥的神話隨著鳥體上了探險的船，再度穿越凶猛的洋，流入歐洲貴族珍稀藏品之列。

確實存在的天堂鳥，雙腳著地會棲息。世界會活在夢的時間裡，夢永不止息，只有已逝的生命才持續懸浮。但今日人們慾望之間，生生不息而夢卻將逝——我們圓謊，我們歌頌，我們跳舞，我們舉杯暢飲，直至時間的盡頭，節奏的裂縫。

神明是崇仰者的創造，無喜也無哀。這個地球從來亡靈比活人多，有些人出生有人入死，在一片天空下。有些人爭戰有人平和，在一個循環裡。鐵成鏽，花會枯，再親密的關係都會破裂，在晝夜節律裡，時間會縫合一切分歧，包括我者與他者。

{間 奏}

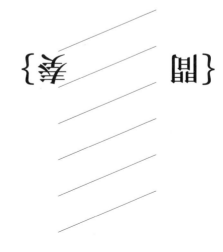

2019.12.13

這是一群雄性皇帝企鵝

這是一群雄性皇帝企鵝。雌性的皇帝企鵝在產蛋後花光了所有儲存的能量，於是雌企鵝產蛋後會迅速把蛋交接給雄性，然後要返回大海捕食。

雄性企鵝雙腿和腹部下方之間有一塊布滿血管的發熱紫色皮膚，只要雄企鵝合起雙腿蹲下來一拐一拐地走，你可以想像這就是個小口袋子，而剛誕下來的蛋就被保護於這個口袋中，只要這樣就能隔絕於外面攝氏零下一一七度左右的風雪，在大約攝氏三十六度的舒適溫度下靜待出生。

但這個保溫的袋子要能運作，得需要做為父親的雄企鵝活得下去。這樣一班雄性皇帝企鵝團團圍著，為的就是保留南極本身已經稀薄的熱能。他們從圈外到圈內輪流交替，不進食，長時間在睡眠中度過，依靠體中儲存的脂肪度日。只要他們捱得下暴風雪，經過南極沒有太陽的數月時間，小企鵝就能出生。

2019.12.30

導蜂鳥

這是導蜂鳥。在東非的馬賽人會用一種獨有哨聲吸引導蜂鳥，而這種野鳥聽到後會報以一種只和人類溝通時才有的叫聲——低沉緩慢的「吱啞吱啞」。然後鳥開始飛，人隨其後，彼此繼續以聲連繫，只有這種鳥能夠嗅到他們都想要的美食。

當接近目的地鳥會轉換叫聲，變成輕快尖銳的「吱吱啞啞」，通知馬賽人接下來是他們的工作。鳥在一旁樹枝頭上靜候，馬賽人負責爬到樹上，用煙去安撫憤怒的蜜蜂，然後把蜜糖取下來。馬賽人大快朵頤後必須把一部分的蜂巢與蜂的幼蟲交給導蜂鳥做為報酬。每個馬賽的小朋友都知道，假如沒有給予導蜂鳥適當的回報，下次導蜂鳥將引領他們到獅子的盤口。

2020.08.05

在籠之鳥

（翻譯自《進擊的巨人》插曲 Vogel im Käfig 英文版歌詞）

人們內在的豐饒
如光之多彩，在繽紛的玻璃瓶裡綻放
人們日常的生活
如瓶裡燭光一樣溫暖

恢宏的野綠大地
流動的澈藍大洋
壯麗的自然依舊照養著她的兒女

祈願一天我們明瞭牆外世界的真理
我們到水平線的彼端
祈願一天我們找到通往世界真理的路
我們戰兢踏出沉重實在的步

活著之物難逃一死
無論我們有否覺悟
日子終將降臨

那是日暮而至的天使

或是從大地裂縫突進的惡魔

淚眼、怒濤、漣洳、血泊
平和、亂流、虔誠、背信
我們奮戰自己的命
我們拒絕臣服自己的命

悼自己的命
決自己的志
走自己的路
人們的命
自古以來
始終自由

2020.09.29

不爲什麼

你不特意為誰而活，
正如
悲鳴的花不為死亡而活，
翱翔的鳥不為墜落而生，
而不過是
命中注定而已。
誰都被某些潮汐引力所牽領，
沿著某些軌跡，
涉水而行，
就如
那可憐的月，
失去了迴旋起舞的自由，
被地球強逼跳著速度相同的圓，
又或如
那殘酷的宇宙，
還在爆炸的餘波裡向外膨脹，
直至滅寂。

現——世

2019.06.04

誰的記憶誰有罪

到了今天，居然還是有藝人敢用六四做歌曲創作主題，對出生於九〇年代的我來說，算是少見了。一九八九當年在跑馬地「民主歌聲獻中華」上演出的藝人，今天還始終在舞臺保持良知的，還剩下了誰？「現在別問他　可有膽公開紀念」，眞是莫問蒼天。

達明一派創作、林夕塡詞的〈回憶有罪〉，讓我陷入深深的共鳴。不只是曲，一路看MV，整個人也埋進了各種畫面，各種符號裡去。爲什麼是符號？當年天安門廣場上的片段，我沒親身經歷，沒有看現場直播，當時我連做爲人類的資格也未曾有，也許還在茫茫宇宙上某個輪迴裡飄浮。就算後來有影像紀錄文字傳承，於我來說讀來只是一個又一個符號，每個廣場上的片段，都代表著某些訊息——廣場上學生聚集等於單純無染的學生運動？工人上街代表跨階級團結？學生絕食倒地等於悲天憫人？中共坦克鎭壓等於殘暴不仁？血肉模糊的屍體堆疊等於屠城？市民自發救援香港學生記者代表歷史的傳承？……

每個畫面都只是帶著既定意義的符號，都不是我的生命記憶。眞正屬於我的生命記憶，其實是受到六四觸動後來自己賦予的意義與生命實踐。六四是種歷史感的傳承，是一種感覺，年復又年幾萬十幾萬人聚集在一個地方紀念一件事，本身就是強大的叩問——爲了什麼？〈回憶有罪〉MV不選眞實影像，而採用無數像matrix的虛擬數碼數據，聚成一個個熟悉場景，既是虛幻，卻也幻化成一組組有可供聯繫詮釋的符碼。從眞實影像退一步爲抽象數據，提供了穿梭想像的距離，卻又遙遙影射實際的過去。更重要是，現在極權的手段，在赤裸裸的物理折磨之先，其實是無數大數據監控，是虛擬的，是無實體的（至少不在你看到的地方）。MV採用這種畫面呈現方法，意味深長。

歷史是數據，記憶可抹去。MV鏡頭從坦克炮管裡徐徐退後，慢慢我們看到坦克的輪廓。我們是坦克裡長大的人。像紅綠燈一樣綠的坦克前，有像紅綠燈一樣紅的擋路人。同樣的紅，error404。視野開始模糊，影像恍惚又殘缺。一輛患得患失的單車、幾顆子彈在血泊裡飛過，其彈道畫出逃亡的路。但數據是反覆的，意義是任意的，燈滅了，又復黑暗。鏡頭上方又再出現坦克，卻已是error的紅；騎著單車躲避於橋下的你和後座同伴，卻成了通行的綠——活下去，把記憶與價值傳下去——「烈焰幻滅過　總有煙」。

煙最後會化成什麼？誰也不知道。每年六四集會，總是下雨。假如雨沒有下，當現場音響靜下默哀開始，蟬會鳴。只要有一兩隻蟬開始叫，同伴就會一起鳴，陸陸續續，響徹廣場。雖然看不見，但他們都在現場。如果有靈，「廣場上　這麼多告別」，也許還有重逢。

黃耀明在香港電臺「視點31」的訪問裡說到，達明一派當年關於六四的創作「比較憤怒、悲傷，但在一個這樣的氣候裡面，我是無得揀❶，應該好好利用我的創作，去提醒大家」。是流於情緒，或是冷靜，又何妨呢？他說人們不需要像達明一派，也不覺得每個音樂人都要每首歌關涉政治或社會，假若有人偶爾覺得這些題目值得創作，他會很高興。誰也不會天真到認為一首歌一段文字可以瓦解暴政，但儘管順著自己的感覺，好好創作，好好過活。

〈回憶有罪〉這首他和劉以達經過多年後關於六四的沉澱與再創造，配上林夕的詞，來得深沉，沒有樂觀，也沒有悲觀。只是我們有人經歷過，就沒那麼容易甘心。數據可以改寫，歷史可以改造，我們也隨時可以被抹殺，留下來的人不一定特別英勇，或者只比較走運，或者只是比較狡猾，但總會有人，就是活下來了，帶著見證活了下來。「如今滄桑少年」，不再「挽起弓箭　射天空的火舌」，在歷史「輾轉反側三十年」間，只「願廣場上　聲音不會滅」。

❶ 我沒得選。

2019.06.30

在香港，雨一直下

這些年來，都沒有感到過無力，最多覺得好累，情緒波動。但累積到這幾星期，眞在絕望邊緣徘徊。年輕人爲什麼絕望？我想你我都心知肚明對吧。不願意說對吧。要是說穿了，你我還怎麼走下去，對吧。當天空萬紫千紅，你會否見到地上的血腥？當暗影從大地裂縫突進，穿透燒開正旺的火焰，是影變得灼熱沸騰，還是焰被黑夜淹熄？

如果雪正在融，河在乾涸，暴雨成災，水土崩塌，山無植被海不納川，我們還能怎樣告訴眼睛圓潤的孩提，相信天理循環？你知道講不過去的。我們也很知道。如果天本無光，你以爲不說實話，人們就不會知曉嗎？只要抬頭，雲沒有回答，月沒有回答，星沒有回答，但就這樣在黑漆的夜晚各安其位，你就知道了。川本三郎在《我愛過的那個年代》回憶六〇年代日本學運風起雲湧，那些年總是下雨，每天都有人爲運動而逝。

我想起六月十二日金鐘海富中心到政總的天橋。橋下的人要物資，呼籲橋上的人把傘掉下，好傳到前線抵制警暴。傘直掉下來會傷人，於是大家叫橋上者把傘打開再掉下，傘如花，又如雨，飄飄落下。

「墜落」彷彿是這個六月的象徵，連綿下雨，傘又如花落如雪，催淚子彈爆落地上，生命飄飄柔著地。只望有天雨會停，陽光能夠穿透籠罩城市的黑雲，我們能在沒有黑暗的地方相見。而生命或許就是不斷地爲沒有光的所在行進，消耗，然後報廢。

* * *

我在二〇一七年曾寫過，「這些苦活永遠是立竿但不會見影，因爲根本無光，無數豎起的竿最終只會化成整排又整排的墓碑，連墓誌銘都沒有。反抗本來就如是，無光是反抗的根本。」當時我想的，只是一個又一個的被告與未被告。犧牲與被犧牲，墓碑與墓誌銘，都不過是個比喻。不過兩年間，一切變得不一樣了。我還能夠寫下這樣的東西嗎？我連書都已讀不下去了。

我記得二〇一四年的暑假，我見證著六月十三號晚反新界東北發展的集會警暴清場，見證著七月一號晚佔領遮打道五一一名抗命者被補，兩次當中都有我的朋友我的同伴。防暴清場，大規模拘捕，那時已是驚天動地。我曾問自己，望著身邊同伴一個又一個在竭力抵抗，社會還容得下一張安靜的書桌嗎？我這樣寫過——「在學生會任期完結後，我本來是打算全心念書準備升學的事情。但是在這一個多月，社會發生衆多不公義的事，看著朋友們一個個沒睡沒吃地奮戰，戰至被捕，我在想，做爲讀書人，到底可以做些什麼，出一分什麼的力。」我甚至還會這樣講——「在愈是紛亂戰意高昂的時候，就更有必要靜下來思考。承接上次讀書組讀過羅爾斯的公民抗命論說，我決定把來次讀書組的閱讀內容定爲Thoreau的Civil Disobedience，這是有關公民抗命討論的經典之一。我想邀請各位有參與沒參與過抗命，還在猶豫掙扎思考抗命之意之義的朋友一起來讀來分享感受。我想讓各位有心的朋友都可以坐下來談談。各位請先讀文章，屆時我們會一字一句地讀原典，然後討論和分享一下對當下香港的感受。」

我本以爲讀書組來者只有幾人不到十，結果來了差不多三十人，相識不相識的，超過三個小時，在文章與現實裡穿梭。五年一瞬，今天講什麼抗命不抗命都已過時了。人人都在抗命了。我也肯定再也寫不出這樣的文章了。那個那麼篤定的少年，那個一往無前的無邪少年。那次讀書會的經驗我惦記在心，成爲某種走下去的力量。或者是因爲有朋作伴，或者是因爲吾道不孤，或者是因爲各位出席者的熱情，讓心沒那麼冷？我也不知道，總之就這樣。然後就是然後的事。

＊＊＊

梭羅說，如果國家機器從根本地要求你踐行不公義，那就去打破所謂的法紀——「讓我們的生命成爲機器運作的阻力」。我們都是機器的零件，每個人所能影響的事或者無多，即使抵抗了，機器還是可能繼續運轉，而你將被磨蝕殆盡。讓社會向前？幾十年了，主權移交後都已經二十年了，社會向前了多少？梭羅說，要修正機器敗壞的結構慣性，已經耗廢了太多生命太多靈魂了。打破那個讓你規行矩步的體制秩序吧！我們生而爲人，不是非得爲了讓世界變得更好，而是就這樣活著，哪怕這個世界孰好孰壞。人不是非得要把所有事情都扛上背，但有些事卻不得不做，亦正因爲人不用把所有事情扛上背，我們大可不必行惡，不要成爲不義政權的共犯。

「我們先是人，然後才是民。」梭羅如是說；「如果這是一個人」，普利摩·李維（Primo Levi）爲其描述二戰納粹德軍下集中營慘況的回憶錄，起了這樣一個題，一個詰問。

＊＊＊

怎樣才算是人？二〇一九年六月十二日是立法會二讀《逃犯條例》的日子，示威群衆蓄勢待發包圍立法會要剎停會議，新聞消息指警察調配近五千人手守衛立法會。人們以爲警察必定清場阻止示威者集結讓會議通過，六月十一號晚都到了現場通宵留守。由我們到場起，就一直聽到有人唱「Sing Hallelujah to the Lord……」，原來當晚有天主教徒發起馬拉松唱聖詩活動，期望化解警察暴力，爲香港祈禱，他們一直唱，到我們身體捱不住要過天橋離開到海富中心麥當勞門外稍眠休息前，他們仍一直在唱，起碼超過五小時，累計我們未到現場前，估計超過八小時。

當晚除了這群教徒，還有不少司機在現場支持打氣。有司機把車窗調到最低，司機不斷兜圈，車箱循環放著三首歌，如果我沒記錯的話分別是〈海闊天空〉、〈一起舉傘〉以及〈強〉，音量調到最大，讓車輛經過之地的現場群衆都能聽到。當晚現場警察每輛駛過的車都會檢查有否所謂武器，故意刁難。可是這個不斷兜圈的司機卻沒被警察截停，估計是在我們到場時他已在場被截一次，但因爲他只是駛車，警察也奈他不何只可放行。這個司機駛經之地，現場群衆都鼓掌歡呼，駛車兜了也有八個鐘。在他以外，有一個穿黑衣的人，騎著單車在現場不斷兜圈，什麼都沒說，就這樣踩，踩了我想也超過八小時，默默支持。

十二日早上八點左右，立法會外示威者衝出馬路，佔據所有行車線，然後一直平靜。到下午三點，警察突然開槍，橡膠子彈、鉛彈、催淚彈平飛直射向示威者、記者，我們且戰且退。不知道是心理作用還是事實，這次催淚彈比二〇一四年九月二十八日所發射的氣味還要濃，更爲刺激性。我幾度以爲斷尾了接近二十年的哮喘病要復發，幾度跪地窒息。每輪槍聲過後，人們又再走回前線。好幾次了，我看到許多年輕面孔，有比我還小年紀的，戴著口罩或者沒有，哭著向人們呼喊——「返黎啊，我地仲要再輪幾多次，香港人！」❶、「香港人，唔好退啊，再退我地就輸嫁啦！」❷、「我求下大家，一齊贏一次好無……就一次丫……」然後槍擊又起，人們復又撤退，又復走到前線，回到本該站著的地方，正面面對警暴。

我們先是一個人，而如果這是一個人。

＊＊＊

「有生命懸在刀口，而我們猶在意呼救的描述裡，有沒有寫活了鋒刃的光。最生氣的是，強逼自己不想那些，卻又一個字都寫不出來了，我們讓那些美學、範式、典律、類型論代我們思考太久了，脫掉它們就只剩下孱弱的無殼之蟹。」朱宥勳在〈舌的背面〉裡這樣寫到做爲一個純文學作者，在運動最激盪的時候，在訊息分秒湧入的時候，自己那些遲疑、緩慢、笨重的文字最爲無用——任何一個熱心的網友都能爲運動做得比自己更好。

「文弱無力的語言愛好者如我們，面對權勢時只能與語言相依爲命。」

「盡舌的能力」，他這樣說。

「從來不會有眞正自由與開明的國家，除非國家眞正明白，他們的權力與權威來自每個堂堂正正的人們。我這樣安慰自己——想像國家最終能對人們公平公正，待民如鄰，不會因爲有人公民抗命、不被國家收編收買而寢食不安。如果國家眞能結出這樣的民主果實，瓜熟蒂落，就能稱上偉大了。可惜這只存在我的想像中，暫時還是前所未見。」梭羅在《公民抗命》❸的結尾這樣講。

我不知道可以再講什麼。

❶ 回來啊，我們還要再輸多少次，香港人！
❷ 香港人，不要退啊，再退我們便輸了！
❸ 臺譯本翻成《公民不服從》。

2019.07.24

無界之地一口氣

如果要雨下，得經過幾多蒸騰，穿過幾多樹蔭，霜冷路上又再遇上多少塵霧，才能取核凝結，積聚成雲，柔落成雨。一次又一次的團聚與別離，才滋潤得了幾呎大地。「沙沙」、「沙沙」，又有什麼正在墜落，生命正在別離，從一界到另一界。在無界之地。

* * *

這幾天我快要撐不下去了，人已癱瘓好幾天了。是種憤怒，怒什麼呢？其實我自己也說不清楚。七月二十一日遊行，警察要求民陣遊行終點定於盧押道，平常如果從銅鑼灣用走的話，不消三十分鐘就已經走完，一個人。幾十萬人的遊行，你這樣分明是要堵塞人流，民意如沸騰的水，能像這樣就被堵住了嗎？結果警察派少量的人在盧押道，遊行大隊一到，防線就撤，絲毫不堅持，那又是爲了什麼強逼遊行終於此處？人民持續前走，氣氛輕鬆，因爲這都是熟悉的路，這幾年，這兩個月，我們都走過太多太多次了。金鐘道右轉入夏慤道，氣氛開始緊張，現場有人派口罩，有人大喊「未戴口罩的戴口罩，保護自己」。爲什麼遊行要保護自己？因爲你知道警暴無法無天，每個人都有被捕被殺的危險。再沒有大台❶了，那些曾經的大台，老早都被捕被告已在牢獄裡面了。「十五分鐘後，中信大廈討論下一步！」人們是這樣呼喊著的。我倚在夏慤道馬路的中央石壆❷，好累，眞的好累。旁邊來了幾個男生，帶著牧童笛，在吹 hallelujah，還有在吹什麼我也不記得了。牧童笛到底在牧養什麼？有一個男生懂得如何運氣，吹得很好聽，另一個則不，不斷走音。然後突然間，馬路上坐著的人都站起來，揮手向前——「走，往中環！」大隊就又緩緩前行。後來聽說是因爲警察太熟悉金鐘一帶了，爲了不讓他們布防得逞，於是走去中環。我起身離開夏慤道時，跟那幾位男生說笑：「難道你們就是傳說中的潮吹大師❸？」他們笑著耍手說不，我也就笑著點頭，繼續前行。

一路走往中環，感覺親切又遙遠。從金鐘延到中環的路，對上一次這麼多人這麼暢通

❶ 大台：遊行運動中的主辦團體，或現場設有演講台藉以控制場面的角色。
❷ 石壆：石墩。
❸ Youtube 上有一頻道叫「潮吹大師」，以戲謔走音吹牧童笛的方式搞笑。

無阻自由自在地走，已是五年前的雨傘運動。在大會堂馬路旁，有個銀髮老婦，頂著薄弱又尖銳的嗓子不斷揚手大叫：「二樓、六樓八樓有廁所！二六八樓！」她意思是指大會堂。我想她這麼熟悉，定必常來大會堂參與文藝活動吧？我從著她的指引，在八樓上完廁所再下樓，她還是不斷這樣重複叫喊著。我拍了拍她纖薄的肩膀，說了聲謝謝。她呆了一呆，說「應該的，應該的」，又回過頭，繼續站在行人路上向馬路上的人呼籲。走前幾步，有個爸爸帶了小朋友遊行，小朋友踏著滑板車，一腳一腳地推，玩得好開心，流著汗水，遊行的群眾見狀也紛紛微笑，伸出拳頭向前，大叫「加油啊香港人！」小朋友玩得更起勁了，不斷向前衝，也不時回過頭來望望那些替他打氣的人。

走到中環的時候，網上的人紛紛傳出或引用當年戴耀廷所講的那句經典臺詞「佔領中環，正式啓動！」現場也有人耳語竊笑，不過他們嗌❹得最多的，不斷在空氣揚叫的，還是梁天琦那句「光復香港，時代革命！」那種憤怨。那種不服一口氣。兩個派別的領頭人物，兩句經典的臺詞，一輕一重，在二〇一九年的七月，在兩個人物都已身陷囹圄的時候，居然同時出現中環街頭上，眞讓人不勝唏噓。

之後是西環、還有元朗……我記得有人爲了拯救即將被白衫黑社會暴虐的我們，挺身擋在黑社會與市民之間，拖慢黑社會行進而遭打頭破血流。我望著那些救助我們的人慘遭毒手，身體卻因爲恐懼而癱瘓，什麼都做不了，一輩子都記得那種感覺。我怨恨自己的無用。我們可以接受自己的恐懼，但不要讓恐懼取代了我們的言說。我們準不準備好犧牲，每個人都有自己的故事，情有可原。但我們又何必呼籲這呼籲那呢？你想想，那些在上環面對警察瘋狂開槍殺人的抗爭者，他們難道不知道代價嗎？他們難道不恐懼嗎？但他們就是在恐懼間行進，而我們躲在了那些勇敢人們的背後。每個人在自己的崗位都有可做之事，只要投身其中，你就是一分子，你就是在參與整場抗爭。民意從來不是外在物，我們置身其中，我們便是民意一部分。如果你擔心民意的話，那就想辦法，去跟身邊的人講解支持抗爭，去寫文章分析動以情理。在判斷行動該做不該做時，民意不是障礙，而是當我們分析覺得什麼行動該做之後，才去研判民情，如果民情在，那當然沒問題，如果民情背向，那才是去想如何扭轉民情，或者去調節行動的細節。你想想，雨傘運動以至這次反送中運動，不也是這樣開始嗎？每次運動走到一段時間，總有專家學者軍師出來指點天下，說民意會如何，所以運動該怎樣。彷彿運動與他們無關，他們每句說話都不會影響民意，只在客觀分析，而無論運動結果怎變，他們都還可以在一個無染之地好好活下去，去做他們的持久戰。不是人們說什麼的問題，不是持久戰的問題，問題是「怎樣說」——對自己所立身於社會的資本階級及問題意識的反省。

❹ 嗌：叫喊。

我寫不下去了。我本是想記下點歡愉的片段，讓人們，其實也是讓自己，記起反抗運動裡美好的一面。但憤怒又再次快要侵蝕我整個身體。

最近我好認同網傳的那句話，我修改了一點——「這次如果我們輸了，不是迎接更黑暗的將來，而是集中營。就像新疆西藏一樣。」我們是否想香港變成這樣？是否想下一代承受我們怕事而來的惡果？什麼叫贏？我不知道。我只知道我們已經失去了許多條生命。每個出來的人，已無退路。我有聽說過「全贏不是我們目標」，要見好就收。我們見到什麼好要收呢？我們贏了什麼？如果你反送中、《送中條例》是那些年輕人用生命去擋子彈換來短暫的緩和，他們每個人，在這樣的社會下，租金高昂，要不是住劏房的，就是因為租金壓力每年被加租一次年復年搬家的。我知道也認識這樣的朋友。他們是頂著手停口停的壓力，一次又一次，用肉身與未來去抵住這個政權的。他們買兵法書讀，一本書分幾個人讀。每次遊行現場港鐵站售票機上人們放下堆疊如山的零鈔，其實是用來資助那些窮困的示威抗爭者。他們什麼都沒有，在街道上回去，等待他們的不是喘息之地，而是不斷猛升的租金、無盡的帳單、鄉黑暴打、家庭的壓逼以及，以年計的牢獄刑期。但為什麼要站出來？因為他們愛這個地方。我從來都不覺得香港是個值得愛的地方，這個地方快要把每個人逼死，但這兩個月裡，我終於可以大聲講出——我愛香港。是這兩個月那些走在最前線的人拯救了我，救贖了我的靈魂。

在香港還有一口氣的當下，請，請各位盡你力之所至的能力，在可以做的範圍裡，盡做。如果你不想後悔，如果你不想香港變成大陸，如果，如果你還有信念，有愛，有恨，有做爲人的尊嚴。

2019.08.25

雨一直下——生命的尋路人

7K for a house like a cell and you really think we out here scared of jail? 黃大仙示威者噴漆在馬路石壆上的字句這樣寫著。

據統計處數字顯示，若以二十至二十四歲具專上教育程度人士劃分，此類人士的月入中位數在一九九七年時是一萬一千元，到二〇一六年是一萬一千八百元。僅僅多出八百元。

據由保皇黨議員馬逢國擔任召集人的「新論壇」及「新青年論壇」研究二〇一八年的政府統計報告顯示，經通脹調整後，實際上大學畢業生於二〇一七年的起薪點中位數只有一萬四千三百多元，較一九九七年還要少逾一千元。

據梁啓智於二〇一七年的文章指出，如果把二〇一五年的大學畢業生工資除以一九九七的數字，再比較二〇一五年的樓價除以一九九七年的樓價（以中原領先指數爲準），大學畢業生工資在扣除樓價後其實倒跌了二〇・三%，大約打了個八折。

據德意志銀行於二〇一九年發表的年度報告《二〇一九全球物價報告》，香港房租全球排名第一，但除稅後人均月薪只排名第二十七。不要忘記，這只是平均數，香港富者愈富貧者愈貧，我想大部分香港人所面對的情況環境更爲惡劣。而上面舉的例子，其實只涉及人工收入與樓價，還未計算衣食住行費用這二十幾年來飛升幾多倍。

難道「攬炒」❶不是深思熟慮與生命經驗累積出來的決意？林鄭說 they have no stake in the society，馬克思說 they have nothing to lose but their chains.

＊＊＊

這十幾年來，爲了賺快錢，香港的投機者不斷利用香港過去累積的名聲與文化底蘊，爲了賺大陸人的錢，在香港瘋狂炒鋪炒樓，將一個又一個社區的舊店小鋪摧毀，換成一個又一個倒模似的商場與地景，裡頭賣的全部是連鎖店國際名牌。小小社區金鋪藥房橫行，將生活之地變成購物大軍壓境下的戰場，家不成家無處安息。

❶ 攬炒：即玉石俱焚。這是香港反送中運動的口號，指若然中共破壞香港自由，則香港人一定要把中國拖下水，付出政治代價，If we burn, you burn with us. 保皇派與港共則以此口號做爲反抗者一心破壞香港不顧一切的罪證。

當鋪租不斷猛進，開展了惡性循環。市場上承租力較弱的文化事業，比如說書店、農場、音樂工作室、藝文空間、非連鎖式家常便菜食肆，一家倒一家，使得整個城市變得單一，文化無法發展下去。

不只鋪租，高昂的樓價同樣影響城市文化發展。現在市區一個四百尺左右的單位隨便都五百萬起跳，試想像如果，我說如果，如果樓價便宜五十%，多出來的二百五十萬、以至用來賺取這二百五十萬供樓的工作時間可被釋放，若是說小店起碼都開到四、五間對吧？騰出來的時間心力可以創造多少的文化、潛力，創造到多少就業機會？推進到香港走下去多遠？每個實實在在生活過的人，都會明白生存在香港的壓力吧，不用我多講。一旦這種壓力消失了，人多了空間做自己喜歡的事，創造力正是從此來。

現在香港的投機商人是殺雞取卵。不斷推高樓價，破壞城市，然後依仗過去前人的累積，沒有負起回饋養育自己地方的責任，其實是在透支香港未來。

當香港文化衰萎，香港還有什麼可以吸引外來者？就只剩下良好的法治、言論的權利、資本自由進出的便利、與國際接軌的制度與工作規範？但這些東西還真確存在嗎？這些東西便利了中國大陸無數希望走資的官商巨賈，他們一邊享香港用血汗換來的好處，一邊在踐踏香港的民主自由。他們正在把自己的避風港都摧毀掉。不是每個大陸的貪官黑商本事都大到可以逃到國外的。

這些價值與制度，當眞還存在？當民選的立法會議員被DQ、當有公民提名的立法會／區議會參選人被DQ、當國泰員工被管理層展示個人社交媒體帳戶然後直接解僱沒有理由、當超過九百名市民被拘捕、當麗晶花園管理處可以更改大廈進出密碼而不告知居民甚至禁止黑衫居民回家、當高銀金融獨立非執行董事石禮謙主動要求開會撻訂二千五百萬按金放棄早前投得的啓德首幅跑道商業地皮❷、當香港外國記者會副主席與《金融時報》亞洲編輯馬凱遭拒發工作簽證及被拒入境、當國家民航局可以威脅香港航空公司而令兩個管理層被辭職、當所有地產商都被北京召見然後被要求發聲明支持國家支持共產黨？你還可以數下去。

就算你只是爲了賺錢／炒賣／買樓／安穩生活，能夠保障這些價值的制度還存在？問問自己的心。

誰在攬炒？

* * *

❷ 石禮謙爲支持送中的香港立法會議員。撻訂：毀約。這句的意思是連保皇派都覺得香港做爲國際金融中心的前景黯淡，決定即便賠上二千五百萬港元訂金，都要毀約放棄早前投得的啓德首幅跑道商業地皮。

這幾個月，多少人跪下來要飯？幾多地產商、高官、藝人紛紛要於報章、媒體、微博貼上「支持祖國，香港不可分割，反對暴力」之類的聲明？這簡直是經營許可證一樣。如若不貼，則無望在大陸討飯。

這讓我回想到哈維爾在〈無權勢者的力量〉一文裡說的故事，以下引用幾段——「有一天，賣菜大叔就在其店的窗櫥中間，在一大堆胡蘿蔔和洋蔥之間，掛起了『全世界工人階級，團結起來！』的標語。究竟他爲什麼要這樣做呢？他想向全世界傳達什麼訊息呢？他眞的這樣關心全世界工人階級有否團結起來嗎？他的熱情眞的如此高漲，要迫不及待讓公衆知悉他的想法嗎？他會有花過一分一秒去想過這個團結起來的過程是怎樣的嗎？他知道團結起來是什麼意思嗎？」

不是這些宣稱是否成立／合理的問題，而是——爲什麼非得這樣做不可。

哈維爾說，絕大部分售貨員從未想過他們掛在櫥窗裡的口號，也不會靠它們去表達自己眞正的想法。「那張宣傳海報只是上頭分發，與胡蘿蔔和洋蔥一起送來給我們的賣菜大叔而已。他將它們放進櫥窗，只因爲他多年來都這樣做，人人都這樣做，以及他一定要這樣做。如果他不做，就會有麻煩。他會被指摘沒有在櫥窗放上適當的『裝飾』，甚至會有人說他不忠於人民和國家。他這樣做是因爲如果你要過活，有些事就一定要完成。這只是保證他過安居樂業、『與世無爭』的生活時，萬千小節的其中一項而已。」

其實賣菜大叔知道自己不相信這個宣傳標語，來買菜的大嬸都不會注意到這樣的標語，她或者只會記得哪天的菜比較好而哪天的菜又比較便宜，僅此而已。大家都或者會看到這個標語，但這個標語只不過是背景的一部分，沒有人會花上時間去思考裡面的意思。但這個標語並非毫無意思，「它在展示一個訊息——『我某某賣菜大叔，住在這裡，我懂得做我應做的事。我已按照人們期待我的去做。我是老實人，我是好人一個。我聽話，所以我有權平平靜靜地在這裡過活。』這個訊息有一個收訊人的，那就是賣菜大叔的上頭，以至是上頭的上頭，黨的存在。口號眞正的意義，深植於賣菜大叔整個人的存在。」

而這幾個月，我只見過兩個情況示威者會跪。一個情況是示威者在非行動日於街頭跪著懇求市民參加罷工；另一個是當警察舉旗宣告開槍時，前線示威者半蹲跪著靜待槍雨過後，迅速回防重整陣勢。

* * *

當你按著政權的指令去行事，你就成了社會景觀的一部分，你每一個行動都在更新社會對於何謂正常的理解。因爲當大家都做同一件事，定義正常的鐘擺就會擺到這邊。換言之，每個人看起來就算幾微不足道，都是極權體制的螺絲釘，都在鞏固這個體制。梭羅說，如果國家機器從根本地要求你踐行不公義，那就去打破所謂的法紀——「讓我們的生命成爲機器運作的阻力」。

許多站出來參與反修例運動的人，都是做好了犧牲的心理準備。有人被打得頭破血流，被警察射至重傷，兩個多月來多次動員到體力不繼，我們連一句撤回都換不來。有人以生命明志了。香港人命就眞這麼賤嗎？這是一個什麼城市？小學生自殺，中學生自殺，大學生自殺，教師自殺，無家者自殺，劏房戶自殺，老人家殺長期患病的伴侶，獨居老人死去無人知曉，抗爭者寫好遺書走上前線。香港是什麼地方？是死亡之地。我在《端傳媒》〈在香港，雨一直下〉會這樣寫過——「墜落」彷彿是這個六月的象徵，連綿下雨，傘又如花落如雪，催淚子彈爆落地上，生命飄飄柔著地。只望有天雨會停，陽光能夠穿透籠罩城市的黑雲，我們能在沒有黑暗的地方相見。而生命或許就是不斷地爲沒有光的所在行進，消耗，然後報廢。

或者我們要認清一個事實——港共政權正有系統地殘害屠殺幾代又幾代的香港人。哈維爾提出我們要「活出眞誠」，意思是不要再無意識地做極權沉默的幫凶，要思考我們生於這個社會的每一個決定，就算再細微的一個舉動。到底我們在自己的領域做了／沒做了什麼？我們爲什麼會這樣？當無數的市民已經把肉身之軀置身槍口前，我想到了今天，每個人都必須誠實面對自己——「到底我所踐行的，和我一直以來口講的，有多少的落差？」這個問題在過去或許還能蒙混過去，因爲即使大家說行公義關心社會，但教師沒有，從政者沒有，新聞記者沒有，牧師沒有，學生沒有，示威者沒有，法律界沒有，社福界沒有，各行各業都沒有，大家都沒有面對過眞實致命的政治——在面對警政暴行無法無天、生命有所威脅、生計遭受重創的時候，我們必有犧牲，而我們還是否願意，付出這樣的代價，去爲了心中的理念？面對今天無數人種種的犧牲，自己與人們的落差就眞實出現了——爲什麼別人可以比自己做得更多？

我不是說因此每個人都必須走到最前線，每個人都有自己的局限與條件，我想講的只是，我們要面對虛幻的公義理想，沉重地對自己宣告，到底自己是否盡了最大可能，去做一個正直的人。

這幾個月感受最深的，是勇敢的抗爭者讓我實實在在明白到，自己是一個多麼懦弱的人。過去幾年，由於雨傘被告的身分，即使我什麼都沒做，或者說做了什麼也好，都總會被捧得高高。我對於這樣的待遇總不自在，因爲我清楚知道，自己其實不過是在這個吃人的社會艱苦生存，而許多比我更努力更堅持的人不會受到這樣的關注，就只是因爲他們不爲人所認知。我對於自己受到這樣的厚待，其實很辛苦，因爲你清楚知道自己不配，但又無法擺脫這樣的身分。而人們這樣的眼光也讓我無法好好與人相處，因爲身邊的人，再不會視你如萍水相逢，從彼此的交互細節裡認識自己。

當這次運動每一個人都在自己的能力範圍裡努力，不斷推進，大家就真正明白到，人性的光輝原來是這樣。無數的人們出錢出力，義載、做飯、提供留宿、派水、送出防具、派發不會被具名記錄的單程車票、拯救抗爭前線落單的人，諸如此類。在這樣的光輝之下，驅散了圍著我那虛偽的犧牲者陰霾，我終於可以理所當然理直氣壯地說，其實自己懦弱不夠勇敢。而人們的眼光也終於離開雨傘運動，放到反修例勇敢的人兒。而這問題已經遠遠超出反修例了。

懦弱者都有只得懦弱者才可發揮的位置與貢獻。

***

在《生命的尋路人：古老智慧對現代生命困境的回應》（*The Wayfinders: Why Ancient Wisdom Matters in the Modern World*）裡，人類學者韋德・戴維斯（Wade Davis）提到兩萬七千年前，最後一群尼安德塔人默默離開了歐洲，「而在那之前的數千年，我們的直系祖先便已創造出驚人的舊石器時代晚期洞穴藝術。他／她們深入地底，穿越狹隘的通道，在洞穴內用粗陋的現實主義風格畫出他們崇敬的動物，或單隻或成群。他們燃亮動物油脂，在閃爍火光下利用石壁的紋路使畫作栩栩如生，即便今日畫作中的動物早已滅絕，整個山洞卻依舊活靈活現。」

戴維斯的詩人朋友艾許勒曼（Clayton Eshleman）研究洞穴藝術三十多年，他說狹隘黑暗的洞穴是讓他身心充滿「神祕熱情」的國度，身處隔絕感官的洞穴中，對所見及所感既驚嘆又困惑，想像力在意識與吞噬一切的世界間擺盪，「那是一座活生生而深不可測的水庫，儲滿通靈力量。」他不只注意岩石上畫作，也留意沒畫在岩石上的東西：野牛與馬是最常出現的動物，肉食性動物最爲少見。這些畫像「孤零零地漂浮著，沒有背景，也無地平線。人像並不多，沒有打鬥畫面和狩獵場景，也沒有肢體衝突」。

文學理論家弗萊（Northrop Frye）想找出這些畫作的目的，卻徒勞無功，他說：「我們或許可以使用宗教、神奇等字眼，但事實上，作畫者的動機中有某種複雜性、迫切性及極爲龐大的力量，對此，我們而今仍無法掌握，更遑論重現當時的情景。」弗萊把動物畫作視爲「人類將知覺與能力延伸到他們在生活中看到的強悍之物」，藝術家試圖將「潛藏在大自然的活力、美麗與難以捉摸的壯麗融入敏銳的心靈」。

艾許勒曼認同並指出人類在過去「確實具有動物性，直到之後的某一刻（不論我們承不承認），人類有意識地讓自己脫離了動物界，成爲今日我們所知的獨特個體，而這門藝術便是向這一刻致敬。」戴維斯說，從這個角度來看，洞穴裡的畫作，根本像是一疊「懷舊的明信片」，惋惜那段人類與動物曾爲一體的已逝時光。這種藝術既是「一股巨大的精神脈動，企圖透過宗教儀式去調和甚至重建一段無法挽回的分離」，亦是一種對意義的詰問——為什麼要分離？我們原始的面貌是什麼？

我想香港這場反修例運動，不也是這樣嗎？強國國力無邊，到處都有其身影，港共政權不斷鎮壓香港反抗者，拉的拉殺的殺告的告，吞沒一切，我們如身在洞穴裡一樣無光絕望。但亦正因置身絕望中，心反而變得澄明。就好像那些洞穴畫作者一樣，香港有過幾百萬的人投身街頭，用盡各種的創意與辦法去行動，國際登報有之、衝擊有之、組成人鏈有之、堵塞有之、美術製圖宣傳有之、口號噴漆於街上有之……各式各樣，難道不也正是透過踐行去維護回歸善惡的通道，去為我們的原始大分離詰問意義嗎——在被教育為資本主義消費動物、與生命的本性良知分離之前，人該如何為人？生命對於孕我養我育我的土地，應該做出什麼樣的回饋？每一次的行動實踐，都如那些古老的鄉愁明信片，在懷念、重塑、再現那個逝去香港，那個應當如此的自己。這一切一切，再不是簡單的金錢數字可以打發走。

在黑暗中創造，我們往後要怎樣活下去？

＊＊＊

雨傘運動過後我們爲什麼要等五年？這五年來我們是爲了什麼要累積，是爲了什麼要堅毅不屈，是爲了什麼去磨練自己？前輩們，八九年後、九七後、零三七一後、保衛天星皇后碼頭後、反高鐵後、推倒國民教育後，我們是爲了什麼活到此刻，是爲了什麼留在香港？是爲了什麼不斷去壯大自己？難道不是是爲了今天？當政府在鬆動，當機器開始停轉，當螺絲開始不合作，就咬一口氣，幾十年了，難道不正是在等待，這樣的時刻嗎？希望我們會記著，那個對生命投入、執著、熱情的自己。

當下頃成永遠，歷史從來無法預測，都是各種各樣的連鎖效應。香港的抗爭者們，也是我們，在這兩個多月來戰戰兢兢地摸著石頭過河，來回修正地不斷創造不確定性，讓中共的勝利變得沒那麼理所當然。一九八九年沒有人想過蘇聯會突然倒臺，我聽馬嶽說過其時有許多博士生的研究論文還是在解釋爲什麼蘇聯可以持續下去，結果第二天蘇聯就倒下了。今天國際關注香港民主抗爭愈來愈多，中共未贏，我們未輸。

我們有機會贏。就算只有那麼弱小無望的微光。在這幾天，我居然開始這樣相信。

2019.10.08

反求諸己的政治責任

過去讀二戰納粹德軍屠殺猶太人的歷史書寫，我常常好奇，到底在一個黑白分明的暴行面前，爲什麼還有人可以支持德軍？到底在滅絕人性的日常裡，人們是如何過活每天？眞的就沒辦法推倒暴政嗎？在一九八九年柏林圍牆倒下的前一天，基本上無人想像過第二天蘇聯就倒臺了，許多大學教授甚至國防專家都還預料要與蘇共以年計對抗。當然在這之前，有無數零星或大或少的反抗、武裝革命、組織串連等等。但就是這麼一夜之間。我們怎知道明天中共會否倒臺？而如果不是明天，是什麼時候？歷史有軌跡，往往驚人相似，但總有未知及偶然，這也是爲什麼歷史不會終結。而如果不是明天，那麼活在反人類當下的我們，又該如何整理自己，怎樣堅持下去？

哲學家傅柯對我們說，「來自邊緣」的「鄙民」（在今天的香港則是「暴民」）卻可能藏有眞正的顚覆力量。他們面目模糊且出其不意地製造混亂騷動，這些爆發式行動卻一直爲我們的日常刻下不可忽視的記號——有些東西出了問題，有些說話被消音了——「沒有人能證明這些嘈雜聲響所唱出來的歌會比其他人唱的更優美，同時能說出什麼眞理。但只要這些嘈雜的聲響存在就夠了；它們對所有的消音進行反抗，以便能有個傾聽這些雜音的方向，並尋求這些雜音眞正所要說的。」

更何況這群「暴民」，用了渾身解數，向本地向國際宣傳解說，只花了僅僅四個多月，就推翻了中共自一九七〇年代中美建交起建立的國際形象，現在每個人提起中國，就只會想起霸權，殖民壓逼，自由的敵人……這已不僅僅是雜音了，雜音成曲，響遍國際——知識分子的責任，在於把雜音譜成人們能讀懂的詞曲，而這幾個月，知識分子是不是沒有承擔起該負之責？

最近梁文道先生問了一個他稱之爲「太過實際」的問題——「每逢有人說到革命，或者這種 If we burn, you burn with us 的壯語，我總是會追問『然後呢？』」他說眞正負責任的政治，是不能不問革命之後的第二天該怎麼辦。

我記得文道先生在二〇〇七年的時候寫過一篇題爲〈時間站在我們這邊——給林鄭月娥的一封公開信〉，他說——「十年後你該退休了，歷史會記住你是第一個『走入群衆』的高官，還是最後一個對保育置若罔聞的高官呢（假如歷史會記住你的話）？」「再見了，你和你所代表的官僚態度。再見了，殖民地時代的行政手法與諮詢遊戲。再見了，三十多人也及不上一位局長的古物古蹟委員會。再見了，那老舊世代的世界觀與價值觀。時間，始終是站在我們這一邊的。」

我也記得文道先生在二〇一八年〈一個最後一代香港文化人的告白〉裡寫道——「在那裡（中國），你或許會遭到很多反駁，但你起碼不孤獨，而且眞有一種我們能夠改變現實的感覺。在那裡，觀念還是被尊重的，觀念還是有力量的。」

或者我們今天也該對文道先生早（十）幾年的「壯語」，追問一句——然後呢？

運動沒有大台，其實意味著每個人都是大台，因此每個人都要思考自己的行動對運動的影響及其後續。我是認同梁文道先生的判斷，搞政治需要負責任，問點實際的問題。在這樣的香港裡，每個人都對這個土地有份責任。其實人有不同的命運際遇和抉擇，對於生命該怎麼投放都有原因，無可挑剔。只不過，在問「實際的問題」前，我們或者都該問自己——做爲追求民主自由的人，如果不希望事態往壞方向發展，我們「然後可以做什麼」？我們也可以倒過來問——假如不作爲，或者當運動停了下來，「然後」會發生什麼事？我們會不會如新疆西藏一樣蒙受集中營、極權統治？

文道先生對於香港局勢的悲觀判斷，其實我也是認同的。但這樣的判斷與預期，也是絕大部分香港人從一開始就知道的。回想六月九號大遊行前，幾乎所有對於行動者的訪問，受訪者都明言覺得沒有機會贏，法案不會被撤回。但大家就是抱著不屈，然後行於所當行，各自在範圍裡盡力貢獻。無人不知文道先生口中的軌跡，但歷史從來都是在創造不確定性，稍稍挪移其彈道。香港的反抗走到此刻，中共未贏我們未輸，是大家的努力。

文道先生說「有人居然以爲特朗普會是香港示威者的救星」，又說「這些人是否仍然相信勇武運動的升溫會帶來好結果？」他這樣說肯定沒錯，二百多萬人的反抗運動裡，你總會找著幾十幾百幾千個持這樣想法的人。但這些想法是否是運動者間的主流？我很懷疑，也傾向不覺得示威者如此天眞。

許多論者從運動第一天已不斷擔心運動會失控，示威者會過於暴力傷及無辜。的確，這些事或許會出現，或許今天已有零星此種情況，但這些事在極權無恥拖延，四個月持續暴打殘害人民的情況下，終會出現。我們有沒有想過這樣的情況走到今天才發生，其實是有無數的人在做了無數的事？比如說，「守護孩子」的那群銀髮老人，他們擔心示威者會死，於是就聯手結伴，擋在警暴面前。他們既是保護孩子，其實也是在拖延仇恨的螺旋上升。在你們所擔心的事還未普遍，還處於一個運動內部可以自省的時候，知識分子是不是也可問點實際的問題，思考如何親自參與及介入到一場運動之間，而非站於塘邊不下場沾水？僅點出運動限制而要求抗爭者回答「然後呢」，甚至當事情在我們袖手旁觀而終出問題後自詡先見之明，在我看來，也許都是「不負責任的政治」。

2020.11.20

理工大學之役——某種紀錄

二〇一九年十一月十七日星期日理工大學內示威者被警察圍攻，是次警察部署要把理大學生置之死地，封鎖所有逃生路線，出動無數此前未見的武器——音波炮、閃光震撼彈，也明言會採用致命武器。理大示威者被斷絕補給，絕境絕命，人們都寫好了遺書，而校園裡面還有無數義務急救員、記者、廚師，警方明言要校內人士投降，所有人會被以「暴動罪」拘捕。此激起無數市民震怒，擔心警察屠城，於是數以萬計市民趕到接近理大紅磡校園的旺角、油麻地、佐敦、尖沙咀、何文田，希望推進至理工大學，救出裡面的示威者。

其實從一開始這就是武力不對等的營救行動。示威者有的全部都只是冷兵器與護具——街邊掘出的鋪路磚頭、大學體育部拈來的弓箭、用游泳浮板加上索帶做成的盾牌、卸去子彈部分衝力的直傘、抵擋摧淚煙的潛水眼鏡、阻隔不了山埃與二噁英的防毒面罩，唯一有的熱兵器，就只是用白電油、天拿水、玻璃瓶與毛巾湊合而成的汽油彈。示威者戲稱這是火魔法，其實面對警察一切的槍炮衝鋒裝甲車，這的確只如魔法一樣兒戲。但這是示威者唯一對警暴有威脅的防禦——卻是射程短，範圍小，準備時間相對長，而這還必須是現場製作。

但武力不對等之下，大家還是豁出去了，因爲我們無辦法接受警察暴力傷害甚至打死示威者，那些曾經和我們出生入死的示威者。十一月十七號晚上，旺角彌敦道與尖東漆咸道是主戰場。當晚我在彌敦道觀察，數以萬計的人群組成起碼三條人鏈傳送物資到前線，且戰且進且退，警察佔據了加士居道天橋此一制高點，不斷從橋面向下射出催淚彈、橡膠子彈。示威者不斷推進，但由於汽油彈投不上橋面無法對付警察，於是只能不斷抵擋，不斷後退，稍爲重整後又再向前推，周而復此。人們喊得最大聲的是——「頂住啊，我地要去POLY❶救人！」整個晚上到凌晨，就是不斷重複，而警察應付示威者，是綽綽有餘。尖沙咀漆咸道的戰況，我不在場，不知道仔細，但從消息看來，也跟彌敦道一樣，示威者舉步爲艱。

到了接近十八日星期一清晨三、四點，示威者人數漸少，但還是上萬計，這時不斷聽到示威者跟身邊的朋友說，我不走要起碼要捱到早上六點。六點是一個什麼的概念？香港

❶ POLY即理工大學簡稱。

各交通工具的早班車大約在五點半左右，大家希望民憤如此，在各個地方的人們可以乘首班車趕到現場支援，如果在這半年裡在警察還容許示威者集結時的最大人數是二百萬人，那只要有一百萬人罷工湧到街頭，就有救到理工大學示威者的希望。但到了早上六點、七點，人數還未見顯著增加，許多示威者也有點心灰，但還是不放棄，要知道許多示威者已經連續兩、三天在街上希望營救示威者。街頭人數維持在數萬計左右，而警察也未見進攻街頭上的人們，卻不斷嘗試攻入理工大學，以極為殘暴的方法，無止境的水炮車、橡膠彈、催淚彈，務求逼死示威者，有些被捕的學生被打至毫無意識，頭破血流、他們甚至開廣播對著校園大聲宣告——「機會已經給了你們，你們最好投降」、「理工大學最有名的物理治療也救不到你們自己」，也不斷播歌挑釁示威者。

直至晚上六點，現場愈來愈多人，而明顯許多人是下班趕過來，不少人還穿著西裝或工作制服。最高峰時期應該有數十萬人不斷在街頭，許多人你一眼望著他們的眼神跟行動姿勢就知道他們不是勇武者，但還是會掘磚、幫忙做路障，我還看到一個伯伯手提磚頭，練習拋出的動作，準備必要時投擲，還看到許多阿公阿婉手持生理鹽水準備協助受傷者，許多師奶阿叔推鐵馬……

示威者分別由東路何文田漆咸道、中路旺角彌敦道及西路柯士甸廣東道向南三路推進，務求抵達理工大學。警察在彌敦道佐敦道交界設立重防，不讓示威者向尖沙咀推進，而示威者無間斷攻堅，拖著了警察戰力；漆咸道南接近理工大學校園，警察不斷用槍炮驅散人群，但現場人群只有愈來愈多不斷對峙；廣東道群眾最遠一度抵達梳士巴理道，但最後還是被警察擋住。在這個三路推進的過程裡，不斷有消息傳出有理工大學示威者逃出，不論是從路軌、從天橋游繩而下被電單車接載、還是從其他途徑。我們不會知道示威者在警察重重包圍下逃出，與外圍示威者三路推進之間的關係。但就是在這樣的情況下，有人逃出。

及後至十九日凌晨一、二點，前立法會主席左派的曾鈺城、立法會議員葉建源、法律學者張達明、理大校董林大輝與一批中學校長等人到達理工大學，聲稱與警察達成協議，讓校園內十八歲以下的示威者平安離開，但要登記身分證及個人資料，保留日後拘捕起訴權利；而十八歲或以上的，就會被告以暴動罪，協議下跟隨這些人物離開的校內人士將不受警察暴力對待。連不被警察暴力對待這樣基本的權利都算是一種保障，證明就算是左派的曾鈺城都明確承認警察濫暴。有電視直播錄得曾鈺城到達校園後查問「我想問，朱媛在嗎？」警察相關人士回應說「那個女孩嗎？在在在。」「那就行了。」後來有位女生的確蒙住了面，在曾鈺城手搭其肩上的情況下獲護送離開。另一邊廂同一時間街頭上，警察開始收緊包圍網，用水炮車、實彈攻擊示威者，清場，數百計示威者被捕，警方用載有防暴警察的白色小巴衝向示威者，然後下車捉人，也用上震撼彈，人們走避不及造成人踩人，多人骨折，有人失去意識。在理工大學之外，三路的示威者幾被驅離拘捕殆盡。救護員及醫院也啓動了重大事故應變機制，因爲有大量重傷者需要救治。

視點回到理工大學。此時校內開始有多人步出校園被警察以暴動罪拘捕，包括義務急救員；不夠十八歲的就被登記資料後放行，畢竟在裡面的人已被困超過三天，士氣情緒身體狀態瀕臨崩潰。但校園裡還是有人不從——「死不投降」。當時就有許多人批評警察的協議不可信，所謂十八歲以下不拘捕只是分化策略而且事後必會追究拘捕起訴，而且曾鈺城這個一直支持《逃犯條例》及警察清場的人之所以願意入去帶示威者出來，人們質疑是因爲要救這名叫朱媛的達官貴人子女出來。結果二十日早上，保安局局長李家超就說所有從理大校園出來的人士都是自首，而有份營救學生的中學校長就質疑這與協議不符，他們只是被登記資料及被保留追究權利，並非自首，要求李家超澄清。李家超當然不會承認。

以上是我所見所聞，做爲歷史紀錄，留個存參。

2019.11.30

五年前的這個晚上，一切落幕告別時。舊時代的一切再見了，什麼都不管用了。在粉碎一切的年代，新世界沒有載人的船。時代的殘黨，在風吹最後幾哩路，竟然成為還在路上的塵埃。這年頭塵埃落定，夏天的雨下和冬天的肅殺卻又交替而至，捲起老舊的餘韻。還眞是不安靜。或者老天總有安排，讓古老的呼聲在瞬息萬變的現代裡，還値有參考失敗的意義。生命總有任務，還不知要交代的，究竟是誰。

2019.12.02

這可是我們的家

二〇一九年夏天香港人發起了舉世聞名的反極權運動，示威者黑衣爲記，每個星期大大小小的遊行場合皆見黑衣，面對警察槍炮的暴力，負嵎頑抗。七月二十一號當日在港島有大型遊行，遊人抵達警方指定於灣仔的終點後繼續前進，希望去到西環中聯辦這個操控香港政經的背後代表地。當時還算運動初期，警察還不到連遊行未開始就拘捕及開槍的地步，他們只於西環附近布防，阻止示威者抵達中聯辦這個標誌地。當晚警察在上環與示威者發生激烈衝突，警察瘋狂開槍——橡膠子彈、布袋彈、催淚彈、胡椒彈，各式各樣。前線示威者在防線前舉傘、拿盾、投擲汽油彈還擊，說還擊倒也是誇大，雙方武力不對等，最多只能說是在被殺前的自衛。裝備不那麼齊全或相對沒勇氣或包袱大的示威者就在防線後開展了兩列物資傳送鏈，人們手把手將後方製造的物資傳上最前線。這些物資是什麼？包括用紙皮包著四五個塑料瓶造成的「盾牌」、路邊挖起用來投擲的磚頭、眼罩、頭盔、在建築廢料車斗撿回來的竹枝……每一段時候前線有示威者不敵或受傷而退下來，卻又會有一隊近十人又近十人全副武裝的小隊在兩列物資鏈之間操上前線。那些小隊神情堅定，做好面對劇烈警暴的準備，毅然邁步，我們這些在物資鏈的人就好像在夾道鼓勵他們，但他們是在送死。

前面的防線不斷向後壓縮，警察的槍聲愈來愈近，人們還是堅持。再過了一回，我自己受不了，離開了隊伍，乘車回元朗。我從小到大住在元朗，已經二十多年了。元朗這個地方從來與社會運動無緣，皆因政經中心都在九龍港島，人們抗議的對象自然在這些政經要塞地，所以每次示威遊行過後，我回元朗，都有種離開衝突的感覺，多少會放鬆。當然我們都知道元朗是鄉紳黑幫勾結之地，新界有太多原居民，太多丁地❶農地被廢棄，然後用作炒賣發展起高樓。但儘管這樣，人們還是默作不知，日日如常在這個地方居住，換一口安靜，所以有許多許多來自外面九龍港島的人爲著近郊的景色爲著較便宜的樓價而在元朗置業。這十多年愈來愈多中產豪宅在元朗建成，住了許多外來人。YOHO是當中的代表，好像是全港平均尺價最高的頭幾位屋苑，坐落在元朗西鐵站旁。而元朗西鐵站卻又是港鐵向原居民收地建成的，我曾在貨車上聽過原居民司機講當年西鐵坐落的西邊圍村村民抗議發展，說影響村落風水之類，但後來港鐵付出了更多的錢，什麼風水祖靈就都拋諸腦後了……

❶丁地：新界年滿十八歲的男性原居民獲得丁權，並在鄉村村界內申請起屋。可建屋之地即爲丁地。

在回程的車上，我從電話的各個通訊群組收到消息說元朗有穿白衣的鄉村黑社會遊行，也聲言要守衛家園，驅趕那些外來搞亂元朗的黑衣人——當日不知怎的不斷有消息指黑衣人要帶隊入元朗破壞。其實明眼人一看都知這是僞造的，因爲火力全部集中了在西環對抗，誰會分散戰力來到香港最西北的元朗？但許多白衣人就是以這個爲原因，在元朗抗議。我嗅到了一些不安的味道，但在上環撤退而回的我，還總是想，元朗始終是家，直覺還是覺得回家該理直氣壯，怕他什麼。車抵元朗後，我還特意走到元朗西鐵站，確實看到有白衣人凶問路過的黑衣人爲什麼到元朗。我望了望，覺得沒什麼大不了，這陣子路人和路人因政見爭執時常有之，於是我還到了西鐵站附近吃個遲來的晚餐。飯後感覺情況沒什麼變化，我就回家了。才剛回到家，電話訊息響個不停，不斷有消息指白衣黑社會在西鐵站打人。我看著《立場新聞》的直播，白衣人先是在月臺揮棍無差別打人、後來甚至衝上月臺打人，列車停在月臺不開，廣播不斷重複有緊急事故，叫人下車。車外面就是打人的黑社會，人們可以去哪？直播裡還有我認識的記者被打……我徹底地呆住。我同伴猛叫我，著我立即換衣服再出去，我才稍回復意識，和她手執雨傘要了輛的士衝出去。

車剛下，我們走到元朗西鐵站月臺，月臺一片狼藉，消防水喉會被拿來射向白衣黑社會，現在還倒在地上不斷流水、月臺用的閘機都被撞破、垃圾桶被拆掉做投擲用……大部分白衣人已經走了，港鐵職員也正安排滯留的乘客搭回重新開啓的列車離去。現場只還有五、六十名住附近趕至的居民和剛才被打的市民留下，向在市民報案後三十九分鐘才抵達的警察質問。人們極之憤怒，警察毫不介意，甚至反吆喝示威者不搞事就不怕——「你們不是反對警察嗎？」人們這樣就更激動了，雙方接近衝突邊緣。有市民拉著激動者：「不要和他們衝突，冷靜！」「我也想冷靜啊！我剛才被人打啊！點冷靜啊？」然後兩者都哭了起來。我想人們的情緒是不可能透過言語去平復的，我和朋友就走去攬著那些激動的市民，他們一邊在罵警察不作為，一邊在哭，慢慢就停了下來。

其實我自己心情也難以平復，上環那邊還一直在打，有示威者後腦中彈，而元朗這個家還變成這樣……這個時候警察離開了，他們居然什麼都沒作為逗留不足十分鐘就走了！警察才剛離去，已落下鐵閘近西邊圍的元朗西站J出口外又有白衣人從樓梯走了上來，原來白衣黑社會之前一直聚在他們南邊圍的村口。站內的群眾怒極指罵，白衣人揮棍挑釁，作勢拉開鐵閘。我當時還真不信鐵閘可以被搖兩搖就拉開了。然後超過五十個持棍的白衣人就衝了出來，瘋狂追打站內還有的幾十個市民。我和同伴掉頭拔足狂奔，沿K出口往YOHO商場跑了幾十米回頭看，白衣人又追上來，我們又跑……這樣走了幾百米，雙腿發軟，人們哭聲不絕，有人大叫打破火警鐘叫消防趕來，大家相信消防也不信警察。後來我才知道為什麼一度追上我的白衣人停住了，是因為NowTV的記者與柳俊江擋住了他們，所以二人被打得頭破血流。我望著那些救助我們的人慘遭毒手，身體卻因為恐懼而癱瘓，什麼都做不了，一輩子都記得那種感覺。

那些說「不要外來人搞亂元朗」的人，我想問為什麼你們就是元朗人，而我們不是元朗人？我這種父母在元朗努力生活，不斷搬家都落戶元朗的人，為什麼不是元朗人？早期警察還不會禁止遊行的時候，每次有大遊行黑壓壓的人群都會從元朗廣場巴士總站排隊搭968巴士到銅鑼灣，隊伍從巴士站沿大馬路排隊到元朗警署對面。許多住在鄉村的朋友因為懼怕被不合政見的原居民知道其立場而被襲擊，每次遊行前都不敢穿黑衣，而要出到元朗市區才換上黑衣。這些都不算元朗人嗎？

我活在元朗二十多年了，自己讀的約瑟幼稚園就在大坑渠邊，學校外會有賣衣服的地攤小販，我好記得我買過一套好喜歡的比卡超❷T-shirt和褲，那衣服的填色都印到比卡超的框外。我記得坑渠邊還會有賣未長大小雞的婆婆，嫲嫲就買過幾隻給我玩。我記得元朗還不是那樣擠逼每天在大馬路都水洩不通，還有許多老舊士多，我還記得幼稚園外的腸粉店婆婆，她總是笑得燦爛，我每天下課後不是到她店裡，就是到後面西菁街兒童遊樂場旁的茶餐廳邊吃著豬排烏冬❸邊看著店內電視機放著的《超人迪加》❹。我記得自己讀的水邊圍光明小學外每天早上有賣自家肉鬆壽司和印尼撈麵的阿姨和阿叔，兩個不太搭話有點像競爭對手一樣，但又會互相點頭，如果有一天兩個都沒來我就會很失落，當時我身為領袖生長但卻不太會值班，訓導老師叫我不要再吃街外無牌食品做壞規矩，我卻覺得這樣好味又飽肚又便宜的早餐爲什麼不？我記得中學的時候每天下課就到街外位於坑渠邊的鐘聲籃球場打波，然後就騎單車回家，那個時候馬路上車不多，騎單車的路綽綽有餘，許多同學都這樣上下課，市民也多用單車代步。只有現在從區外搬進來元朗的人，才會對騎單車的元朗人指指點點，還居然會說「乜行人路上可以踩單車㗎咩？」❺我通常會回他一句「屌你老母你第一日住元朗啊？」他們連元朗是一個怎樣的社區都不知道就帶著城市的思維與邏輯進來，然後要改變這個地方。就算我經常被警察截停告我在行人路上非法踩單車，都是這樣鬧回去。從前根本不會被人捉踩單車。

後來我讀大學五年都住宿舍，沒怎麼回元朗，畢業後搬了出外住，兜兜轉轉又回到元朗定居。不過這年頭定居什麼的都是笑話，我和同伴五年來已經搬了四次屋了，不是加租就是被業主趕走希望重建祖屋。這五年回到元朗，才發現什麼都沒有了，我上面所講的都幾乎被消滅了。元朗的店鋪，尤其是大馬路兩邊的鋪，絕大部分都是元朗的原居民持有，他們爲了更多的租金收入，趕絕了老店小店，全部租出去了給承租力更強的連鎖食店、運動用品店、

❷ 比卡超：臺譯「皮卡丘」。
❸ 烏冬：烏龍麵。
❹ 超人迪加：臺譯「超人力霸王迪卡」。
❺ 行人路上踩單車是可以的嗎？

金鋪、藥房，主要去做大陸人的生意，他們把我所認識的元朗都摧毀了。他們把自己村的土地都賣出去，建豪宅、吸引外來人住進來，推高了地價樓價租金，再沒有養雞仔賣的農場，再沒有賣腸粉的婆婆，再沒有賣印出框外比卡超衣服的小販，路上多人多車再也踩不了單車了。誰在破壞元朗？誰在搞亂元朗？是這些打人的鄉黑對吧？我知道，我父母也是外來的人口，我這樣外來人的後代也算是外來人對吧？但我不會這樣破壞自己的地方啊，我叫元朗作自己的家啊，我搬出來住也是因爲元朗這個地方的感情才回來啊。是這樣糊塗的人才會把自己的生命都投放在元朗啊，才會覺得笨得開書店也覺得要在屬於自己的地方開啊！你們知道嗎？打人的黑社會聚集地，就在我們店的外面啊！七二一日後二十二號那天，聽說黑幫要回來復仇，全元朗的街道下午三點鐘就全關了，連平時打十號風球都還會開店的鋪頭也關了，路上行人還急急腳在走回家。整個元朗變成死城，我出生住在元朗二十多年也從未見過。我們也害怕得把店拉下鐵閘撕走那些罷市罷工反極權的海報。只是一天過後，我們又在想，爲什麼要這樣害怕？這裡是我的家啊？元朗是我成長的地方啊？我們不要這樣，然後又把東西重新貼回鋪面。如果你們這些白衣人是元朗人，爲什麼我們不是？

自那天起，我每次都會跟自己說，再走多一點，盡量再行多一步，做不到的硬著頭皮都再做多一點。因爲那種眼前人受傷而自己因恐懼什麼都沒做的感覺太可恨了。這可是我們的家。

2019.12.30

攬炒之後不也就踏踏實實過日子

最近好喜歡彭麗君的一句——攬炒，然後也不就是踏踏實實過日子。就安靜安靜地做好要做的事，不也是這樣嗎？路遙遙，而你永不知道幾時輪到自己。海賊王裡Roger對少年Pedro說過，每個人都有自己登場的時刻。要耐心等待，準備好自己，他自然就會來。

＊＊＊

星沒有落下，落下的只是時日，而時日又不過是腦袋意識的作用，並不真實存在於這個陷落世界。風吹過麥田，淚灌溉荒蕪的大地，栽種生命的根源。夢的世界有人，而人的世界無夢。夢中夢，花非花，未來總也只是未來，永遠不屬當下。人們就是這樣，踏踏實實過活，等待屬於自己的登場時刻。

2020.01.01

二〇一九年最後一個晚上（寫於無法入睡的元旦晚上，暴政必亡）

二〇一九年最後一個晚上，五十多人，男女老幼，在荔枝角收押所外面高速天橋底下等了一個多小時，大家都載著口罩，默默無聲。有人來又有人走，風一直吹，有點冷。行人路外是馬路，有的士司機開窗大罵現場者垃圾，奔馳而過。沒有人回應，沒有人動怒。有南亞裔私家車司機，後座載著朋友，準備玩樂，降下了車窗，大叫香港人加油。大家點頭，沒有回聲。有正載客的的士司機在等馬路燈，眼神搖曳但堅定，小心翼翼向黑衣人豎起姆指，然後暗暗收回，點了點頭。

倏然有人叫起口號，「五大訴求，缺一不可。」「不離不棄，齊上齊落。」「還我公義，釋放義士。」隔一條馬路，幾個防暴警察輕鬆交談，偶然望望黑衣人，又繼續悠閒、輕佻。「光復香港，時代革命。」每個人眼眶打著淚。風一直吹，有點冷，淚乾了又溼，乾了又溼。口號持續，有時大聲點，有時小聲點，總有人在叫喊。然後一陣沉默，「沒有暴徒，只有暴政。」

愈來愈多防暴及便衣警，幾個街口都有，在戒備。接近凌晨，黑衣人漸多，一百多人。口號叫得愈來愈大聲，有人提議唱歌，播起〈願榮光歸香港〉，手機喇叭聲量太小，有人大叫不如直接唱，就唱起頭一句，「何以這土地淚再流？」歌就這樣唱了下去。還有三十秒就到達二〇二〇年，有人叫留意時間倒數，大家靜了一回，「還有三十秒」、「喂你快左幾秒啊」❶……然後有人又叫直接倒數啦——「二十、十九、十八……十、九、光、復、香、港、時、代、革、命！」所有人都叫破喉嚨，聲音在高架天橋之下、收押所外牆之間迴盪。「光復香港」、「時代革命」之聲不斷，有人叫著叫著哽咽，叫不下去。「一月一，維園見」❷，「手足，煲底見」❸，「頂撚住啊」❹。人們在這樣的聲音間散去，四方八面。新一年是這樣降臨這個地方，在某些人，和某些看不見的人身上。

❶ 喂你快了幾秒啊。

❷ 「一月一，維園見」指一月一日，大家相約於維多利亞公園參加示威遊行。當時遊行被捕的風險變得極高，所以人們在街上叫喊，爲彼此打氣，也讓大家知道還是有人願意站出來。

❸ 「煲底」即金鐘立法會綜合大樓地下示威區，「煲底見」是「反送中」運動裡抗爭者的術語，指一眾抗爭者約定在抗爭成功之後，到煲底除下防毒面罩與裝備慶祝。

❹ 頂住啊。「撚」是港式粗口，男性器官的俗稱，加強語氣用。

2020.11.23

某些陳奕迅的歌沒有作詞人

在二〇二〇年天貓雙十一狂歡夜演唱會上，陳奕迅演出了三首歌，分別是：〈陪你度過漫長歲月〉、〈謝謝儂〉、〈致明日的舞〉。而在這三首歌的曲首介紹裡，只有〈謝謝儂〉一曲的創作／演出介紹裡，沒有作詞這個項目。

〈謝謝儂〉的填詞人是林夕，這首歌說的是一個躺在病床上的人，了無生氣，在電視螢幕上看到一個無名演員，沒人懂，不紅不紫，但透過他的演出，感動了這名在病床上的人。

他能夠讓我感動　誰管他紅不紅
他知道自己有用　誰管他窮不窮
到底他的過去他的未來成功不成功
沒人懂

病人想到了自己。他覺得只要世上有人這樣努力，他就覺得光榮，自己沒人愛而已，可都是有用的人。

「沒有人歌頌　總有人被感動」，他受觸動了，每個人的意義都是由自己賦予，他覺得自己就像那個無名演員一樣——

他知道自己有用　誰管他窮不窮
到底他的過去他的未來成功不成功
沒人懂

但也不要緊了，「我的頭痛不再痛　能夠生存就有恃無恐」，「謝謝儂」。

這就是陳奕迅在天貓雙十一演唱會唱這首歌背後的故事。這首歌發行於二〇〇二年。陳奕迅早前透露因受疫情影響，許多工作計畫停止，因此收入大減，笑言自己患上「荷包乾硬化」同「急性發錢寒」的症狀。此次二〇二〇年天貓雙十一演出，有傳他的酬勞是一百八十萬人民幣。

我相信陳奕迅不是因爲錢，然後知道主辦方刪去一個多年爲他度身訂造，寫了那麼多好詞給他的林夕credit，而默不作聲的。他或許只是不瞭解不知道這個細節。這或者只是做爲歌迷的我，經常一旦有他演出就找來觀賞才發現的細節。

陳奕迅影響我很深，我想也影響我這一代很深。他演出有感染力，不炫什麼技巧，就像有個朋友在你身邊，娓娓道出他的故事、他的唏噓。這當中林夕功不可沒，〈不來也不去〉、〈人來人往〉、〈幸福摩天輪〉、〈夕陽無限好〉、〈明年今日〉、〈K歌之王〉……無數膾炙人口的歌，都出自林夕之手。更不要說其他眾多非主打的歌了。可以說，沒有林夕，或者陳奕迅未必會紅到這個地步。當然，陳奕迅的技巧也是無可置疑的，這當然也是爲什麼他能成爲一代香港樂壇代表的實力。

但對我來說，陳奕迅對我最大影響的，是他隨性但尊重別人的性格。每次演唱會，你都會見到他樂在其中，投入到自己的表演裡頭，但每次演唱會，他都會介紹他這隊樂隊的成員，在好多年前年少的我看來，這根本是種震撼，因爲他尊重自己，也尊重所有讓音樂成事的團隊伙伴，他讓我知道，一個人，或者每件事之所以得以成就，需要無數人的成全。他介紹其他成員的時候，每個成員都很喜歡他，彼此就像朋友一樣，讓我覺得這不是虛假的行銷，而是摯誠的感謝。

二〇〇九年，陳奕迅發行了歌曲〈歌・頌〉，這是首感謝歌，感謝所有幕前幕後和他合作過的作曲編曲塡詞人，同年他也發行了〈後臺〉，感謝所有幕後工作人員，成爲他的後臺支持著他，包括化妝師、舞蹈監製、髮型師、服裝設計等等。這兩首歌的MV都找了這些朋友演出，向這些創作人幕後工作者致意。陳奕迅爲紀念他與二〇一〇年Duo演唱會表演班底的深厚友誼（此班底自二〇一〇年起持續世界巡迴），特意邀請團隊每位成員各寫一曲／塡詞，製作橫跨二〇一一至二〇一八年，最終於二〇一八年十二月十二日推出大碟《L.O.V.E.》。這也是他對音樂投入，待人至誠，感染各種優秀音樂人的證明。

他也不吝嗇推薦及提拔新人，在Duo表演班底裡，就有當時初初拆伙單飛的盧凱彤，還有當時初出道的岑寧兒，讓她在演唱會獨唱〈The End of The World〉。二〇二〇年，他毫不隱藏自己對林家謙的欣賞，讓林成爲自己的歌曲監製，也採取了多首林的創作演出。在這次二〇二〇年天貓雙十一狂歡夜演唱會上演出的〈致明日的舞〉，就是林家謙的作曲與編曲。

是他那種接近癲狂的熱情，對幫助過自己的人的尊重，以及不斷要求自己的性格，改變了年少氣盛自私的我。我覺得如果做人能夠像他，做到有能力，又不自大，懷感激之心，能夠和不同類型的人交流，或者說，玩，那就好了。我想無形中，他也一直是年輕的我學習的對象。

我爲什麼叫Eason，其實也是因爲他。我因爲不喜歡家母安給我的英文名，而在中學的時候一直戲稱自己叫Pikachu，同學及老師也很好，願意和我一起玩，老師也在英文堂上以她特有的尖音呼叫我Pikachu，若無其事，當然其他同學有的會微笑，有的也只會覺得我戇鳩❶，但都無所謂，正如陳奕迅不會覺得自己癲癲地是個問題，重點是自己享受，醉心在自己的演出，有質素就好。在報考大學的面試裡，通常要我們自我介紹，面試老師馬嶽問我點稱呼，我可是眞的從沒有想過叫自己Pikachu有什麼問題，但一瞬間又覺得若眞這樣稱呼自己有點太過，怕影響我入讀政治系，那刻我當然也還是屈服了，做不了「自己享受就好了」，千鈞一髮，我想了想，腦海只出現陳奕迅，那就叫自己Eason好了。就這樣，這個別名跟我到現在。

看到一直以來支撐自己走到這裡的偶像，在大陸演出的時候被刪去了爲他填詞無數的林夕名字時，一首歌變成無作詞人的時候，而陳奕迅還是投入演出的時候，做爲多年歌迷，心裡總不是味兒。一個對創作這麼尊重的陳奕迅，不知道發現這個細節的時候，心裡是怎樣想的呢？如果他知道了，又會怎樣反應呢？他一早就知道了吧。

陳奕迅在二〇一三年七月二十八日的「EASON's LIFE世界巡迴演唱會（香港站）」演出時，說到自己於一九九六年八月十九日出第一隻碟，當時「差少少就散席」，「經歷了十七年，希望大家繼續開開心心，我做騷❷最大的目的就是大家開開心心。謝謝你們這麼多年來的支持。」然後就開始自彈自唱自己第一次有份作曲的歌——〈時代曲〉。這首歌由黃偉文填詞，暗指一九九七的散席。

好想唱一闕歌　叫你認清楚我
好想唱一闕歌　見證日子怎過
若問你會如何　我也沒有奈何
剩下光景不多
但是你會如何　我也沒有奈何
盼你亦賞面安坐　替我用掌聲和唱著這歌

陳奕迅唱著——

日後我會如何　我也沒有奈何
卻怕在今晚之後　不知有誰來迫我
轉唱另一些歌

到底他的過去他的未來成功不成功，沒人懂，謝謝儂。

❶ 戇鳩：港式粗口，意指無知愚昧。
❷ 做騷：做 show

{間奏}

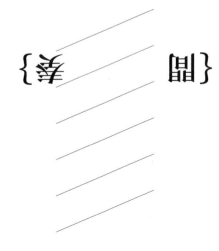

2020.05.02

暴力性

人是動物一種，在生命深處有暴力的種子，這是先祖世世代代遺傳下來的思想與能力。地球上每個物種，都透過暴力這種本性，連接到某條共通的道路。曾經我們掌有暴力的能耐，為了存活下去，鍛鍊肉身，拿出最大的敬意與野獸拚命，血與淚，軀體與軀體。無論倒下的是獸或人，都尊重生命的奉獻，讓另一個生命得以延續。這種殺戮與暴力，是人生在世的閃耀根源，是生命最光榮的時刻。

千百萬年下來，人的暴力並沒有消失，不過是以某種更加巧妙的方法被隱藏起來。狩獵、殺戮、人與人、人與獸，生死相搏，從來如是。今日人類圈養家畜，大部分人遠離了結生命的屠宰現場，成為被餵飼的動物。實際上到底被圈養的家畜，是一度自由的獸，還是失去了獵食本能的人？有種說法，指人類漫長的歷史就是在馴服暴力，趨向和平。當真如是？還是暴力被從人體顯現的能力裡奪去，歸納到少部分掌有生殺大權的人手上，而其餘的你我，不過成為被宰的羔羊，也不過在於屠者的慈悲憐憫而尚苟且偷生。

失去暴力，如何創造文明。愛與和平，恨與戰火，都是生命存有狀態，之一。為了未來的愛與和平，暴力喚醒腎上腺素，號召出毀滅的力量。人類就是因為有了暴力，才得以生存下來——

狩獵、採集、農耕也好，都如是，透過暴力去驅趕、隔絕、破壞。我們被束縛在和平穩定的虛幻，非常激進暴力地否定暴力，強調和平，對生命所擁有的暴力性質一次都沒有體驗過就長大了。承平時代，簡直是胡說八道。瞭解暴力，深潛其中，浮升躍動，才能控制這種力量。把暴力假手於他人，從肉身抽離出去，就無法保護任何事物，只能眼白白看著擁有力量的人，為所欲為。

暴力有界線，有所限，但線如何劃，限如何設，沒有明確答案。暴力如雨，他炮擊土壤，卻又滋養和平大地，周而復此，生生不息。各種暴力間短暫的均衡安逸，是靠人們不斷鬥爭，創造一段又一段歷史，不斷拿捏力量的尺度，把衡量的基準代代延續下去——這就是傳承，讓每一代人重新校正力量的天秤。一旦平衡被徹底打破，天秤倒下，暴力就是再創造的根源，把我們重新連接到歷史的道路，連接天地漫漫諸多已逝的靈魂，回到生命光輝的起點，矗立一切價值的基石。

2020.05.18

上帝之死

人編造了故事，創造了神話，賦予了意義，於是每日頌拜，賴以為生。日復日，年復年，從中找到活下去的根據，就算上帝已逝，或者換了幾個世代，但每個人心裡面就是有那小小的一片天空，裡面不會摧毀光芒，不會耗盡熱情，青春得以自由翱翔，在這最後一片領土。但這領土上的子民，有時都會懷疑，一切是否不過自己幻想而來的安慰，如營火，搖搖晃晃，一下，就熄滅。不過再多的話於事無補，世界殘酷，曾經有過剎那的感通，就當成永恆的根據。人會變月會缺日都會蝕，千百萬年來千百萬人看著同樣的日月，卻從沒看過，日月的暗面。當我們以為日月貢獻自己復又發亮使得光明流灑大地，其實他們不過命中注定如此，一如西西弗斯推石上山，持續給予凋敝世間根本不需要的輝煌。

上帝無法接受人們世世代代虛偽的狂熱崇拜，所以不時顯靈，給予世間苦難與災害，希望消滅人間。然而人類卻是無知的生物，從來未有理解過上帝真正的意思，居然對祂的暴力恆久忍耐，不發怒，不計算上帝的惡。他們不明白自己是如何的令人作嘔——自私、算較私慾、犬儒、懦弱，所以招致不幸的遭遇也是理所當然。但腐臭的人卻極其溫柔地包容上帝的惡，辯稱這是上帝對人類的考驗，使得我們有時都不知道到底什麼才是神聖。凡人反覆吟誦神聖的經文，對上帝來說就如蒼蠅一樣嗡嗡作響，巴不得一掌打死他們。

地上烽火連天，硝煙遮閉了光的帝國，某個拚命活著的人最後喪失一切，行屍走肉。他仰天呼嘯，啕哭，跪地崩潰，咒罵上帝，直至身體倒下，生命墜落。經過年月風化，他成為大地之軀的一部分，重複感受著風化作用削落自己，創造出無限沙粒漫天遍野，風吹，落下，積壓，成岩，沉沒到地殼之下，熔化，重新噴發到地表之上成為山，又再風化，周而復始。

某天上帝顯現自己為雷，俯衝擊落大地，在天對地落雷接觸的瞬刻，時間凝住，他終於遇上了上帝。他向上帝鞠了個躬，深感歉意地說了聲對不起——「太辛苦你了」。上帝怔住了，時間重新流逸，雷化成火，焚歿地上全部生命。一切成焦，失去法力的上帝浴火千年，轉生為燼，此後再沒有上帝，再沒有人，只有來自古老大地關於愛與感動的傳說，和燃燒不盡的靈魂火光。

否——想——國——家

2020.09.25

否想／反對國家——它如何馴養生活

我們為什麼（還）需要國家？在國家崩壞，無法保障甚至摧殘人民的年代，這個問題變得非常重要。我們要求國家保障我們一系列關於自由、平等、民主的權利，然後爭論何種政治制度最可以帶來一個政治社群的興盛安穩。這也是當代政治哲學的討論理路。

＊＊＊

國家做為歷史的必然？

在這裡，我們預設了國家的存在，肯定了國家保障人民的功能，當問題出現，我們就更換政府，但毋須毀家滅國。當代政治哲學上，關於國家誕生這個問題往往會追索到霍布斯（Thomas Hobbes）。他是十七世紀的英國哲學家，也是政治學上國家理論的奠基者。霍布斯邀請我們設想，活於無國家的自然狀態（State of Nature）之下，人們是平等的，起碼是在物理的力量上，每個人都有足夠的能力去擊殺另一個人，爲了不同的利益。而正因爲此點，每個人都可以聯群結隊，相互結盟去保存己身，是以微小紛爭都可以化成重大衝突，戰事不斷。霍布斯指在這種自然狀態之下，文明無法發展，人淪爲野蠻人，浪費各種可供發展的資源。於是我們有充分的理由，讓渡出部分自由予國家，與其締成契約，使之成爲最終仲裁者，防治衝突（止暴制亂），定下全體社群的發展方向，共同步向興盛。在霍布斯經典著作《利維坦》一書封面上，有一個由地而起的人型巨獸，其肉身由無數的人類組成，手執劍與權仗，意象明確不過——國家君王是由無數人民組成，代表著全部人的利益，擁有生殺的最終大權。

霍布斯筆下自然狀態的人類殘暴成性，而在另一個經典國家理論者盧梭（Jean-Jacques Rousseau）所理解的自然狀態下，人類是高貴的。這名十八世紀法國思想家指出，無國家狀態下的原始人本性溫柔，對同類有愛，日常靠收集野果及狩獵維生，我們甚至如許多野獸一樣，無法從群獸中分別獨特的個體原始人，彼此並不殘害，在自然裡漫遊生活。然而人類群體日益龐大，只靠採集狩獵再不足以支撐生存，需要相互協助合作去生產物資，由此個體自由與群體之間就出現張力，衝突不斷。爲了制止紛爭，人類建立了國家。在盧梭筆下，一切的自私自利、爾虞我詐只是文明進化的不幸，是原始人的不幸；而這種建立出來的國家，實際上是有產階級對無產階級的不平等制宰與剝削。於是，盧梭提出要另結契約，透過尋找「公意」（General Will），一方面讓人們可以享有國家對個體的保障，另一面卻同時可在國家中保持自由。

不論兩者如何描述在自然狀態下人們生活的狀況，霍布斯與盧梭同樣肯定了國家的存在——從漁獵採集到遊牧再到農業（從遊群到村莊到城鎮再到城市）的進步順序乃是無可避免，國家的出現與統治是歷史的必然。

* * *

歷史的眞空——無國家年代

但歷史告訴我們，國家的出現似乎並非如此理所當然，或者說，在國家出現後，許多人還是選擇了在國家之外生活，還是有多樣的生命形態。如果國家是良善的話，人們爲什麼居然選擇成爲「野蠻人」？

政治人類學者詹姆斯．斯科特（James C. Scott）在其著作《反穀：一段關於早期國家形成的深刻歷史》（*Against the Grain: A Deep History of the Earliest States*）提出，智人在不到六萬年前才開始出現在非洲和地中海東部沿岸以外的地區，而植物栽培以及零星定居社區出現的第一個證據則落在西元前大約一萬二千年。在那之前大部分人類一向生活在小型的、移動的、分散的、相對平等之依靠漁獵和採集維生的遊群中。在那之後再過了大約八千九百年，在西元前三一〇〇年時，第一批小型的、階級化的、築有圍牆的小城邦（國家現象）才出現在底格里斯河和幼發拉底河谷地。而且這個時候穀類作物栽培及定居發展到足以做爲現象已經超過四千多年了。

換句話說，人類創造了定居的技術條件（定點耕作穀類作物）及形式（定居社區）後，卻沒有立刻出現國家現象，大部分人仍然選擇活在國家外。這對大部分主張國家屬於必然的論者帶來不少挑戰。

最早出現在美索不達米亞南部、埃及與黃河那些終年迎風之沖積平原淤泥上的最早國家，其實在人口和面積的規模上都是微不足道的。他們只是權勢的微小節點——被住在廣闊地面上非國家形態的部族，即所謂蠻族，所包圍的微小節點。斯科特指出，儘管有蘇美、阿卡德、埃及、邁錫尼、奧爾梅克／馬雅、哈拉帕以及中國秦朝，世界大部分人口在很長時間仍然繼續生活在不受國家統治、毋須納稅的狀況裡。他在閱讀大量資料後發現：直到當今四百年前，即西元一六〇〇年左右，地球三分之一的地方仍然由漁獵採集者、游耕者、牧民以及獨立自主的農藝人所佔據，而本質上立基於農業的國家則局限在地球表面一小部分的可耕地上。世界上大部分人口可能一生都從未遇過像稅吏這種國家代表人物，大部分人都能夠自由進出國家空間、並且轉換維生模式。我們可以想像，在交通不發達，文件無法傳遞的情況下，未被國家發現甚至統治的地方隨處皆是。我們所認知的國家，其實是在地理上相當受限狹小的衆數聚點。

就算有國家出現，一般來說也很少像前文所講那種莊嚴威猛讓人生畏的「利維坦」巨獸，就算偶爾有，存在時間也很短暫。大多數情況下，國家政權多處於空白期、分裂期，這比起完整統一、有效統治更爲常見。歷史學家（及我們）很可能也被建國過程與強盛古典時代的記載所迷惑。

***

穀物與高牆造就國家

國家的其中一個特徵，是領土和專業化的國家機器——城牆、賦稅制度以及官僚體系。一般而言，古老國家都是農業國家，並且需要足夠的農牧業盈餘來養活例如文員、工匠、士兵、祭司和貴族等非生產者。鑑於古代世界中運輸交通的不便，這意味著必須將耕地和人口盡可能地集中在盡可能小的工作範圍內，形成高度集中的人口和糧產核心。

國家需要的地理條件主要是最肥沃的土壤，因爲這才有足夠的生產力來餵飽一個人口大量密集的地方，並且能夠應付納稅所需的盈餘。這意味著農業要在黃土或沖積土平原上面開展——中國最早的幾個國家核心（秦朝與漢朝）的情況都大致相同。水當然又是另一個重要的條件，有水才有灌溉，也方便運輸，直到在西元一千八百年輪船或鐵路發明之前，水路運輸都是最有效率的方法——乘船從英格蘭的南安普敦港前往南非的好望角和坐馬車從倫敦到愛丁堡所耗費的時間一樣。何況船可以運載更多貨物，這意味著幾乎沒有哪個早期國家是不仰賴強近的通航水道（沿海或者河流）進行交易。

列出國家建構的基本條件可以幫助我們評估其反面：在何種條件下國家不太可能或者根本不能形成？如果人口集中有利國家建立，那人口分散就妨礙它建立了。既然肥沃、供水豐沛的沖積平原有利人口集中，那麼非沖積平原的生態環境想必不太可能成為早期國家的生根處。山區（除了肥沃的山間盆地）和乾旱的沙漠實際上需要分散的維生策略，所以幾乎不能成爲國家核心。這些「非國家空間」由於不同的維生模式和社會組織（畜牧、採集以及刀耕火種），經常在國家論述中被汙名化並貼上「野蠻」的標籤。

所有古代最早的主要農業國的維生模式都非常相似，都是以穀立國的政權，作物一般多爲小麥、大麥、稻米。以穀立國的國家通常依靠一兩種穀物做爲主要的澱粉質來源，同時視之爲徵稅單位及支配農業曆法的基礎。

那麼爲什麼穀物會在早期國家扮演如此重要的角色？爲什麼不見「扁豆國」、「麵包國」、「西瓜國」、「馬鈴薯國」、「香蕉國」？有些品種一樣能果腹甚至提供更高熱量，也需要更少的勞動力及耕作人口。斯科特認為，穀物和國家之間的關係在於，只有穀物可以做為一個稅收基礎，因為它看得到、可分割、可估算、可儲存、可運輸並具備「合理性」。試想想你是古代國家的收稅官，穀物由於長在地上而且大致在同一時間成熟，因此大大方便收稅官的任務。如果軍隊或稅收官在適當的時候來到，他們可以一次就收割整片糧作，然後脫粒加工就可運走。相對於穀物，塊莖類作物（如馬鈴薯）他們可以在需要的時候才被挖出，其餘的仍可儲放在其生長的土地之下，可以安全可供食用地留個一到兩年。如果稅收官想要你的塊莖，他就要像農夫一樣一塊塊挖出來，大費周章才得到一車馬鈴薯，卻無論在熱量或市場價值上都不及一車小麥。穀物「長在地上」、便於估計，同步成熟、容易一次過收穫，而且穀類作物相對於水果蔬菜類較不易腐爛又便於運送，使得小麥、大麥、稻米成為首選的政治作物——穀物可以在需要時再脫殼加工，在對勞工和奴隸分配口糧時、在索求貢品時、在提供士兵和駐軍補給時、在解決糧食短缺或饑荒時或在抵抗敵軍圍城、必須餵飽居民時，穀類都是理想選擇。稅收官可以預先視察田地質量，然後在收穫時期選一兩塊代表田地，採樣估算，就可以推出該特定作物全國的預算產量。這樣農民則不易隱藏財富，往往易於被統治。

因此不管哪裡，只要穀物失收，國家權力就開始走下坡。中國早期一些國家的勢力僅局限於黃河流域和長江流域盆地中的可耕地。在這種水稻定點栽培的生態和政治中心地帶之外便居住著難以對其課稅而且無定居的牧民、狩獵採集者以及游耕者。他們被定義爲「粗野」的蠻夷戎狄，是「尚未納入文明地圖」的人。

非仰賴穀類維生的人民，其實也就是當時世界上大部分的人，都以某種方式體現令徵稅制度一籌莫展的生計形態及社會組織——人員的流動性與分散性、不同的群體和社區模式、多樣化和看不見的維生物資及極少數的定點資源。然而他們並不是孤立的圈子，稍後會講到，他們之間存在著頻繁的交流與貿易，互惠互利。採行獨特維生方法的人常常被視爲非我族類，儘管彼此之間有聯繫，例如對羅馬人來說，「野蠻」的關鍵在於以乳製品和肉類爲主食，而不像羅馬人一樣以穀類維生。在美索不達米亞人眼中，「蠻族」亞摩利人是教人無可忍受的，因爲據稱他們不知道穀物爲何物……吃未煮熟的肉，又不埋葬死者。

上面講的不同維生形式不應被視爲全然隔絕的自給自足，人們可以在當中轉換，甚至混合不同的維生形式。維生實踐往往是一種政治選擇，一種面對國家時所決定採取的關係結構。

爲了留住足夠的農業勞動人民，早期國家往往會興建城牆。牆的存在告訴我們：某種有價值的東西被保護起來，需與外界隔絕。如斯科特引用歐文．拉鐵摩爾（Owen Lattimore）對中國萬里長城的觀察——「長城的建造一方面將中國納稅的耕作者阻留在牆內，另一方面在於把『蠻族』（遊牧部族）拒於牆外。」高牆旨在劃出政治控制的範圍，證明了國民逃跑乃是早期國家的一個頭痛問題。每個早期國家都會以各自獨特的方式組合去強制人民勞動，生產出比其所需更多盈餘去繳交中央國家，但這種措施必須要平衡國家對於盈餘的需要，以及避免過分壓逼使得人民一窩蜂逃亡。

＊＊＊

野蠻人的節奏

一直以來，我們所談的野蠻人，其實都是以國家視野去出發。但什麼是野蠻人，為什麼野蠻人拒絕定居，逃離到國家之外？在《不受統治的藝術：東南亞高地無政府的歷史》（*The Art of Not Being Governed: An Anarchist History of Upland Southeast Asia*）一書裡，斯科特舉了一個稱為「贊米亞（Zomia）」的廣大地區。如他於書中所稱，贊米亞是個新建的名字，事實上是指由越南中部高地到東北印度海拔三百米以上的地方，共橫跨五個國家（越南、柬埔寨、寮國、泰國和緬甸）以及中國四個省分（雲南、貴州、廣西和部分四川），總面積有二百五十萬平方公里。這裡面住著總計一億人口的各種族群，由附近各國而來。

這個地方他稱之為逃逸之地（Zone of Refuge），直到近半個世紀前，這裡的人還大致上不受國家統治。住在贊米亞的人們並非歷史進程的遺民或化外之民，他們是為了逃離國家的苛稅、強逼勞動、兵役及因人口定居過分集中而帶來的疫症及時有的農業歉收。這群山地之人沒有統一的語言，是為了讓國家無法通曉他們的思想與行動；遊牧與採集狩獵，是為了讓國家無法追蹤到他們，無法如定居耕作般被徵收稅項；旅居式棲身於蜿蜒曲折的山地是國家無法到及的理想藏身所。可以說，無法被國家統治的人，往往被國家視為野蠻人。

然而野蠻人並非毫無意識的野獸，他們有自己對於世界的深厚文化及認知。只要我們細心觀察狩獵採集者的生活就會發現，他們往往要在短暫的瞬間以劇烈運動去生活。他們的活動各式各樣，包括狩獵、收集、捕魚、採摘、製作陷阱和魚槍，這裡往往要透過日常反覆的操練及設計才掌握到生命的節奏：狩獵採集者的生活乃是由他們一系列的自然節奏所左右，而且他們必須是敏銳的觀察者——獵物群的移動及習性；鳥類的季節遷移、那些可以在中途加以攔截或在休息築巢之處加以捕捉的鳥類；偏好的魚類向上或向下游；水果和堅果成熟的週期等等。全部狩獵採集活動都涉及每次因地製宜的瞬間判斷。而從採得到使用這些資源，還需要用到各種工具——鐮刀、脫粒籃、搗臼、磨輪等。這當中牽涉到各種獨特群體之間的協調與合作，這些活動橫跨了幾個食物資源界，比如說溼地、森林、稀樹草原、海洋及旱地，每個資源界有其特有的季節性，可以說，這些野蠻人擁有的對於周邊自然世界的知識既深且廣，而這份知識庫卻不在於文字書寫，而是原封不動保留在遊群的集體記憶與代代口述身傳之中。

而定點耕作的國家之人代表的是一種常規，一套建構我們工作生活、定居模式、社會組織、農莊環境以及我們大部分儀式生活之年復一年的常規。由整理田地，到播種、除草、供水，再到作物成熟期的持續警惕，主要栽培品種建構了我們時間表的一大部分。收獲本身又是另一個例行程序。如果是穀類作物的話就必須收割、捆綁、打穀、撿拾落穗、分離禾稈、簸除穀殼、篩分、乾燥、揀選。然後又需每日將穀物變成可供食用的狀態——舂碎、磨粉、生火、烹調、烘焙，而且從年頭忙到年尾，此即農莊的節奏。可以說，狩獵採集者並非落後之人，而是有一種定居耕作者無法欣賞及理解的技藝而已。

如果最早期國家的形成顯然是依靠強制性的手段、甚至日後依然不斷有國家之人逃逸到「不受統治」之地，那麼霍布斯及盧梭這些社會契約論者所想像的國家願景——一個代表內政平和、社會秩序與免於恐懼的魅力國家，吸引四方八面的人民前來歸順——恐怕必須重新檢視。

＊＊＊

國家與遊民——彼此需要彼此牽引

定居農業的常規節奏，與遊獵採集的季節瞬間節奏，不過是兩種不同的生命形態。斯科特認為，國家之民與不受統治之人，定居農業與採集狩獵，甚至是相互需要及依賴的關係，並沒有高低之分。古時國家因為人口過分集中，以及馴養的家畜排洩不疏，經常滋生細菌，流行病時有發生，國家人口經常突然大幅減少，繼而農業崩潰；另一方面由於國家的邊界不像今天一樣清楚明確有人把守，於是民眾常因逃避苦役而逃亡。做為主要依賴定點耕作農業的國家，需大量人口去開墾田地，於是常常徵募山地之民做為士兵去打仗侵略其他國家，當時打仗的主要目的，在物資以外，其實最主要是俘虜敵國子民，去為其國家農業勞動出力，有時候，國家甚至會直接去俘虜山地之民當奴隸；城牆的建造，除了抵禦外敵，主要作用還是在於防止國內人民逃亡。而對野蠻人來說，國家則意味著資源的集中地，透過與其人民定期交換或買賣產物，則雙方皆可取得更多樣化的生活所需，而且必要時，山地之人甚至可以掠奪攻擊國家，在短時間內取得大量物資，對他們來說國家可以是狩獵採集的進化版、有利可圖的覓食地。

斯科特引歷史學者白桂思（Christopher I. Beckwith）指出：遊牧民族「一般來說，營養狀況更好，壽命也比大型農業國家的人民更長。中國始終不斷有人逃入北部草原的地域，而且他們毫不猶豫地讚揚遊牧民族生活方式的優越。同樣有很多希臘人和羅馬人加入匈人和其他歐亞大陸中部民族的行列，而且他們生活不但過得更好，並比在祖國時獲得更好的待遇」。

國家與遊牧民族始終保持著微妙的平衡。遊牧民族沒有固定的中樞點，沒有固定的財產是種軍事優勢，因為這樣就不會牽掛哪個城鎮或哪處莊稼地被奪走，就可以更快在戰場上與敵交鋒。而國家有時會對遊牧者做出懲罰性戰爭，有時勝利，但損耗亦大，就算贏了也很少直接統治該地，因為地勢及生活形態之不同，根本難以統治。斯科特舉例說，西元二〇〇年從事突襲掠奪的遊牧民族匈奴經常向東漢發動閃電襲擊，並在漢朝政府來不及展開報復前就迅速撤退大草原。不久之後，匈奴就會派遣特使前往漢朝宮廷，並且承諾維持和平，以便換取有利的邊境貿易條件或要求直接津貼。這種協議會透過簽約蓋章加以確認，其中，遊牧民族通常以附庸國自居，並且表現適當效忠。國家耗費巨資對蠻族進行這種「反向納貢」：漢朝政府每年三分之一的年度預算都用來籠絡遊牧民族。七個世紀之後的唐朝官員每年也根據類似的條款向回紇交付五十萬匹絲綢。從條款的白紙黑字上來看，遊牧民族好像是低唐朝皇帝一級的附庸，但操作上，每年固定流入蠻區的金錢與貨品則呈相反眞相。唐朝實際上是以賄賂換取遊牧民族對其不發動攻擊的承諾。

那為什麼國家在我們讀到的歷史上佔據了主宰地位而不見非國家之民的歷史？其實國家成為考古以及歷史紀錄的主導者並不難理解。國家傾向以石材此類不易腐爛的物料構築宏偉建物，且集於一地。當代國家已經成爲我們生活無法繞過的制度，而國家爲了維持其統治的正當性往往資助無數考古學家做歷史遺跡發挖，於是他們很容易「發現」國家的歷史遺／痕跡，亦會偏重其在歷史在制度上的重要性，然後主宰了古代史的篇章。如果自願選擇活於國家外的人因流動之故，傾向以動物皮毛、木頭、竹子或蘆葦等容易拆卸且會因時間之故而分解的物料構築建物，那麼幾千百年後就沒有所謂野蠻人的歷史遺跡，而漁獵採集者或遊牧部族就算如何人多勢衆，他們的工具往往也是天然材質，可被生物降解，於是在歷史遺物的考究裡就更沒這類人的身影。

* * *

國家視野——「簡化—分類—統計—摧毀—改造」

不過這樣的時代已經過去了。上面所描述的世界已經和我們日常生活離得很遠，甚至不存在了，實際上今天的社會幾乎每處都是被國家管理之地。統治者常常說，活在國家之中的不便，是文明的必須。那麼到底什麼是國家？國家所帶來的，眞只是不便而已嗎？在賦稅、勞動、兵役、興盛背後，國家實際以什麼樣的方式去帶領我們——眞像文首最初霍布斯及盧梭所講成爲最高仲裁者，保障我們的利益？

《國家視野：某些改善人類狀態的計畫如何失敗》（*Seeing like a State: How Certain Schemes to Improve the Human Condition Have Failed*）一書中，斯科特指出對於國家來說，最重要的是簡化（Simplification）。透過簡化，國家的統治者就可以聚焦在其感興趣的某幾種範疇（分類）去做出統計（Measurement），漠視複雜的現實世界使其變得可以理解（Legibility），從而改造社會。換句話現實世界太複雜，盤根錯節，國家唯有高度簡化、只著眼於一兩點，才可以理解世界。他們只能對抽象描述、對虛擬但普遍適用的律令或數據有興趣，一旦掌握了這些資料，就能全盤檢視所有土地，然後規劃。

斯科特舉了十八世紀晚期位處歐洲的普魯士及薩克森的科學林木業為例，他說假如我們知道了林木業裡的邏輯，我們就明白國家是如何以類似的眼光去影響（摧毀）我們的社會。在十八世紀末興起了科學林木業的概念——森林不再被視為一個自然生態系統，而是一個有利可圖的自然資源，關鍵在於如何最有效地去賺錢。能賣出市場的花草被分類為「農作物」，而與之競逐生長養分的即為「雜草／野草」；能賣的樹木叫「木材」，不賺錢的叫「灌木」；能賣的動物叫「牲畜」，獵食牲畜的叫「野獸」。這種分類的下一步，就是摧毀不值錢的賤類。林木的管理者會選擇性播種、殺掉其他會影響農作物生長的生物，單一種植。在國家力量的支持下，這種科學林木法可以把貞實、多元、樹齡不一的森林變為全新單一品種單一年齡的樹林。在這種嚴密的管控之下，樹林列整有序不再雜亂，使得管理方便，而森林變成大量可賣樹種／作物使得市場效益最高。這種方法在短期來可爲國家／企業帶來最多利益，但長遠下去這種森林會枯萎。因爲單一種植的品種會搶去土地裡的相同養分，而沒有了其他不同動植物的落葉與排洩又無法爲土壤補充養分，也沒有了不同植物的互相支援；同時單一耕種的作物亦較易感染疾病，一樹染病則傳染整片森林的同種樹木。但對科學林木業者來說，此刻能賺錢才最重要，因爲所謂的長遠問題到臨前，這批林木業者或許都已經享受夠他的人生死掉了。問題就留給後來者。

正如科學林木業者對本身的林木生態不感興趣一樣，國家也對於整個社會的實相毫無興致。國家主要只對幾點有興趣——收稅、政治控制、經濟發展。如果林木業者關注的是經濟作物，那麼國家統治者關注的就是國內貨物及人口的順暢流動，然後收稅。此所以國家在殖民或曰發展一地的時候，往往要刪除曲折多變的鄉間小路，建造筆直的高速公路使物流暢順，貨物能最快運到市場。我們可以想像，一個生活在森林的原住民他不靠地圖憑著生活日常的習慣就可以在森林暢通無阻，但對於一個外人來說，沒有當地嚮導他根本無法穿越這片森林。國家必須摧毀複雜的地道，把之簡化爲筆直四通八達的公路網絡。伴隨這些公路而來的，就是推土機、國家的士兵、摩天大樓——地方的「格式」變了，變成了國家城市人可讀可理解可利用的熟習格式。至於本來活在森林裡的住民則無法利用到這片土地，因爲他們的生活形態根本與水泥建築格格不入，再沒有野果或動物可以被採集狩獵了。在城市的一切，都是被管治需要登記需要錢去購買的。但對於國家來說，森林住民的死活毫不重要，因爲他們就如同在科學林木業分類上，是會影響收益的害蟲，得需摧毀。

我們再可以想像，其實今天所謂舊區重建或者新界東北發展的邏輯也是這樣——那些舊城街道上的小商戶或者農田上的農人，往往是阻礙政府與發展商的發展大計，於是他們對這些土地及其上生活的人，都巴不得除之而後快。至於重建／發展後這些地方上會居住的人，明顯不是原本土生土長的人。結果新的發展區，全部都是單一的高樓大廈、大型商場、連鎖店。眞正多元社區各種獨立商鋪林立的社區或者遺世獨立的鄉間都被破壞，人們再無隱身之所。

這樣長久活於被國家規劃的城市下去，人們的生命也會被改造。我們與生命的本眞脫離，再不會接觸自然，再不會打水、再不識蟲鳴鳥叫，再不會理解商場、連鎖店以外的世界，再也不會知道小店社區的人情味，更重要的是，失去反抗單一生活方式以外的政治生命選擇。就如人們再無法逃離國家走到山地成爲贊米亞人一樣。我們生來就是透過被無數管道輸送水電各種能源的人類，無法在自然裡自力更生。而因爲我們每個人的生命都變得一式一樣，我們無法彼此依靠，只能依賴國家權力的慈悲照料，因此我們也會變得服從，連基本的反抗能力或意志都失去，因爲我們從無嘗試過不一樣的生活經驗感受，以及這個另類選項的不存在。

簡化與分類本身未必是問題，但國家做爲行動單元配以壟斷性力量，其本質就是把複雜多樣的社會眞實剝奪摧毀到最基本。這種強調簡化，以幾個目標做爲發展方向或指數的發展計畫，是不論共產國家還是資本主義國家都會存在的，這也是爲什麼我們的世界愈來愈少野外而處處是城市商場的原故。只不過在缺乏民主充分討論及限制、而以集體之名發展的獨裁共產國家，這種國家規畫的破壞往往更爲驚人至甚。國家是否眞如霍布斯或盧梭所言乃必要之惡？

＊＊＊

國家邏輯的權力傳送鏈

如果國家的本質乃無視人類生命的複雜多樣，而當代之下我們又無法逃離國家，爲著自由，我們該做的就是反抗國家的邏輯。事實上，這套「簡化—分類—摧毀—改造」的權力是如何行使到每一個角落？

哈維爾在其〈無權勢者的權力〉一文中說了個很生動的故事，在此我想把之置在國家邏輯之下，再詮釋一次。這篇文章是他的代表作，寫於一九七八年，剖釋捷克斯洛伐克的共產極權如何改造人民生活而使得兩者相互構成。哈維爾說——「有一天，賣菜大叔就在其店的窗櫥中間，在一大堆胡蘿蔔和洋蔥之間，掛起了『全世界工人階級，團結起來！』的標語。究竟他爲什麼要這樣做呢？他想向全世界傳達什麼訊息呢？他眞的這樣關心全世界工人階級有否團結起來嗎？他的熱情眞的如此高漲，要迫不及待讓公衆知悉他的想法嗎？他曾有花過一分一秒去想過這個團結起來的過程是怎樣的嗎？他知道團結起來是什麼意思嗎？」

不是這些宣稱是否成立／合理的問題，而是——爲什麼非得這樣做不可。

哈維爾說，絕大部分售貨員從未想過他們掛在櫥窗裡的口號，也不會靠它們去表達自己眞正的想法。

那張宣傳海報只是上頭分發，與胡蘿蔔和洋蔥一起送來給我們的賣菜大叔而已。他將它們放進櫥窗，只因爲他多年來都這樣做，人人都這樣做，以及他一定要這樣做。如果他不做，就會有麻煩。他會被指摘沒有在櫥窗放上適當的「裝飾」，甚至會有人說他不忠於人民和國家。他這樣做是因爲如果你要過活，有些事就一定要完成。這只是保證他過安居樂業、「與世無爭」的生活時，萬千小節的其中一項而已。

其實賣菜大叔知道自己不相信這個宣傳標語，來買菜的大嬸都不會注意到這樣的標語，她或者只會記得哪天的菜比較好而哪天的菜又比較便宜，僅此而已。大家都或者會看到這個標語，但這個標語只不過是背景的一部分，沒有人會花上時間去思考裡面的意思。

但這個標語並非毫無意思，「它在展示一個訊息——『我某某賣菜大叔，住在這裡，我懂得做我應做的事。我已按照人們期待我的去做。我是老實人，我是好人一個。我聽話，所以我有權平平靜靜地在這裡過活。』這個訊息有一個收訊人的，那就是賣菜大叔的上頭，以至是上頭的上頭，黨的存在。口號眞正的意義，深植於賣菜大叔整個人的存在。」

哈維爾的意思是，其實國家並不能直接統治到社會每一個角落，國家所靠的是每個人對於統治秩序的服從與互相監察。透過環環相扣的社會獎懲系統，服從的人可以獲得利益，在政治的階梯往上爬，如果你沒有監督好身邊的人，或者自己沒有顯示絕對的服從，你就會倒楣，被打到政治的底下層。在極權的國家裡，政治的階梯與經濟利益的階級往往是相互扣連的，如果你不服從，往往連生活都成困難，你會被騷擾，你會被排斥，你會被拒絕任何的工作機會——對方也會害怕因同情或僱用你而遭到國家的報復。

換句話說，國家添加了大量名不見經傳的代理人與螺絲釘，社會中的每個個體都可能是權力的共謀者。這不一定指具體的打壓，在國家獎懲體制之下，每個人都會繼承了當時國家的統治性思想，在日常生活中否定各種有異主流的生活實踐。

哈維爾提出我們要「活出眞誠」，意思是不要再無意識地做極權沉默的幫凶，不要再去掛「全世界工人階級，團結起來！」的標語，要思考我們生於這個社會的每一個決定，就算是再細微的一個舉動。我們每一個行動都在更新社會景觀，少一張標語，就少一分國家對何謂正常的理解的滲透。只要我們去認眞思考我們每一個生命上的決定，而不是盲目地服從，其實我們就是從根本上瓦解了國家的權力紐帶，讓國家的指令無辦法傳遞下去。當然國家可以選擇繞過我們，畢竟我們只是這臺國家機器權力傳送紐帶上的一口螺旋釘，隨便都可以被其他希望獲取權力的人取代。但是這口螺絲釘始終是枚鞏固體制的螺絲釘，如果有足夠多的螺絲釘選擇逆旋鬆離機器，如果每口齒輪都選擇停轉而成爲國家機器的阻力，或許我們會被磨蝕殆盡，但我們無法否認這臺機器有瓦解的可能性。這就是無權勢者的權力。

* * *

弱者的武器——反抗的日常形式

但別誤會了，哈維爾沒有說只要你活出眞誠，國家就會瓦解。

隨著蘇聯軍入城鎭壓，一九六九年親蘇聯派的古斯塔夫．胡薩克（Gustáv Husák）接替了鼓吹「帶有人性面孔的社會主義」的杜布切克（Alexander Dubček）就任第一書記，結束了「布拉格之春」，壓制捷克斯洛伐克內自由化的傾向，開展了所謂「正常化」的時期。所謂正常化，其實就是回到極權統治的主導裡頭，終結自由與多元的探問及嘗試。那個時期，許多人成為難民逃離捷克斯洛伐克，留下來的人愈來愈不問政治，放棄了對自由的堅持與追問，在消費主義裡麻醉欺騙自己，甚至許多過去支持改革的人希望透過出賣自己出賣他人來展示忠誠以「洗底」，在極權之下「重新做人」。

正是在這個背景之下哈維爾才於一九七八年寫出〈無權勢者的權力〉，他希望人們不要放棄心裡對意義的堅持，鼓勵人們活出真誠，要對得住過去的自己，透過彼此在日常生活上的不服從，去保留反抗的意志，在極權之下守住最後的一點力量。活出真誠的無權勢者權力，並不在於直接推翻極權，而是在極權籠罩人人棄守的黑暗時期，留著反抗的最後火光，堅持對意義、對意識形態的質疑與追求，等待日後抗爭與革命的時機。

斯科特在《弱者的武器：農民反抗的日常形式》（*Weapons of the Weak: Everyday Forms of Peasant Resistance*）及《支配與抗衡的藝術：隱藏文本》（*Domination and the Arts of Resistance: Hidden Transcript*）裡提到，人們太過容易聚焦於歷史上其實非常罕見的一呼百應、聲勢浩大的革命運動，而忽略了那些恆常且日日上演的反抗——後者實際上才是反抗力量的根源。相對安全且公開的政治反抗其實是相當奢侈的，也是近代才有的可能。即便如是，在當代裡的我們還是清楚明白公開反抗的代價對吧。於是，斯科特提出了一個叫「隱藏文本」（Hidden Transcript）的概念，與之相對的當然是「公開文本」（Public Transcript）。

公開文本即謂當權者所頒布下的律令與生活指南，他要求我們對何事服從，讓我們習慣了界定什麼謂之可能與不可能，亦令我們對不可能之事習以爲常地拒絕，甚至使得我們失去對不可能的想像。那是一套官方的敘事，去定奪何爲被接受的生活形態。而隱藏文本指的是無權力者在沒有監控的安全空間下所展現的日常行動，可以是戲謔、嘲諷、詛咒、流言、不合作、怠工等等，這些地下行動往往沒有被史書記載，而人們也忽視了他們的反抗潛能。

無權勢者或者會在公開場合服從公開的文本，因爲對他們來說別無選擇，如果不服從生命可能受到威脅，被打壓的代價也會很大。但表面上的服從，不等於你在心裡也甘心命抵。在極權監視稍稍鬆懈的地方，人們會不滿，會覺得尊嚴受損，我們會與可以信賴的人講述屈辱，或者偷偷嘗試國家律令下被禁止的事，這就是隱藏文本之地。公開的表面上的服從只是因爲別無他法，但這不意味著無權勢者就會無條件接受了極權的正當性。

當然你或者會說受害的無權勢者長久之下會認同了國家權勢的價值觀與行徑。確實如此，但在大部分的情況下，國家之手之所以能觸及到生活的每一個角落，是要求到每個人成爲代理人與螺絲釘。哈維爾所講的活出眞誠與斯科特所提的行使隱藏文本，其實同義，他們所希望的，都是人們在生活裡頭闢出自由的園地，讓思想可以自由行使的場域，讓國家律令無法侵略的領土，這樣的話人們就不會成爲國家的代理人與螺絲釘。斯科特說隱藏文本的實踐要求一個可信賴的隱蔽社群，在這個社群下大家有共同的信念、傳統、興趣，甚至信仰與英雄，所以可以放心對方不會把你在這個私領域上發表的事公開出去。這種互助性會累積／織成網絡，人的生命在此生長，覓得知音，讓愈來愈多的人看到生活在被公開要求以外的可能性，而到某一天時機來到，人們才能抓住那個時刻公開起義革命。而哈維爾說的活出眞誠不要掛「全世界工人階級，團結起來！」的標語，某意義上就是進一步把隱喻的反抗在公共空間實行。這樣做，其實是在挑戰那個權力均衡，或者可以理解做挑戰紅線吧，我們每一次活出眞誠，每一次都在測試紅線去到那裡——在今天到底什麼謂之可爲不可爲。

挑戰完可不是就這樣算了呢，你隨時會遭受打壓、批鬥、各式各樣的恐嚇，正如哈維爾說的賣菜大叔在不再掛標語之後，他被革除商店主管的職務，被調往貨倉工作，薪金被削減，往外地渡假的願望落空，他的上司會折磨他，他的工友也會猜疑他。國家定必會盡力摧毀各種在明在暗的反抗可能性，公開懲處不服從者，也會破壞這些思想獨立的園地，它同時會扶植大堆官方機構，去宣揚國家的主導意志與邏輯，讓社會充斥著國家的宣傳，建立極高效率的監控體系，也會往這些社會文化網絡裡摻沙子，安插自己的人，旨在讓人們分崩析離，無法創立國家體制外的共同體，徹底失去反抗意志。

國家的宰制從宏觀收窄至微觀，而弱者的武器，就在於從身邊的日常微小實踐，輻射至更廣闊的土地——縱使這實踐不是毫無風險。

＊＊＊

拒絕國家的馴養

國家已經成爲當代無法繞過的配置，基本上已經是我們生活的背景。就算逃逸到荒島之上，我們都是被無數國家所包圍，受國家之力所牽引，他們來干預，來宣稱主權，來禁制你的行爲。要從根本上逃脫國家，暫時似乎不是實際的選項。但是從以上所談的各樣我們知道，國家有簡單而粗暴的邏輯，有具體實行的運作鏈，我們做爲鏈上節點，或者起碼可以從生命卸載國家安置的配備，拒絕國家的馴養。

如何眞誠活著，何爲地下行動？如果國家的本質是簡化及霸道改造，如果國家的邏輯要求人們成爲原子個體互不干涉只剩下監控舉報，亦如果我們暫時無法逃離國家，我們可以做的，或者進一步說我們的責任就在於——理解生命的幽微複雜及創造多元的土壤社群？我稱之爲「回歸野蠻」。

人類有各種個性，而人與人之間的交流又會發展生成無數不同的文化。任何只套用幾個標準的發展規畫公式都在破壞人性最微妙的美。就算我們成長土壤被改造過，我都相信人類可以改寫甚至推翻國家的格式。多一點對生命奧妙的尊重，少一點對未來的束縛、多一分對未知的包容，少一分想當然爾。反抗可以有多樣——大至政治革命小至個人生命傾向的轉化。但我想不管是什麼，當中或許都有著某些共通元素。

第一是「拒絕服從單一邏輯」。國家的本質是霸道的單一邏輯。我們可以在生命的細節起而拒絕服從單調的政治教條或者經濟邏輯。舉例在日常消費中，我們可以選擇拒絕連鎖店及商場、我們可以支持本地農耕、我們可以支持獨立音樂、我們可以支持手作藝人。在日常生活中，我們可以實踐自己煮飯，脫離精準的計算與公式，具體煮食的過程裡因時制宜，視乎食材的情況去略煮長短❶，去增減調味，諸如此類；我們可以創作自己的文學、音樂，因爲眞正的創作講求的是人性、感受各異生命的獨特情感，而人性從來沒有方程式，好的作品往往是爲世界帶來新的感官經驗；在教育裡，我們可以相信人類的創造力，信任學生經過感悟後的判斷而不急於要他們遵守規條。還有其他各種範疇上的實踐與想像，實踐手藝，之類。如此一來，我們其實已經是在挑戰國家邏輯創建的簡單世界，因爲我們在創造無可預知的萬千世界，讓國家的摧毀與社會改造計畫無法暢行無阻。我們可以嘗試不住在水泥高樓大廈，去野外，去鄉間，感受蜿蜒曲折小路帶來的不便，不便其實只是對於城市資本權力流通的不便，對於脫離體制的人來說，不便其實是逃逸管治的自由。

如果說是政治革命，則相信人民的力量，減少仗賴幾個少數決策者，每個人都嘗試在

❶ 略煮長短：稍微調整烹煮時間的長短。

自己的範圍裡組織起來，做不同形式的反抗行動，減少國家一網打盡的可能。選擇地勢街巷複雜連綿交織的場域做爲反抗之地（這個「地勢街巷」只不過是個抽象的比喻，可以是任何場域），學習遊牧民族對於國家的擾敵戰術，這點我相信香港人已經很清楚，「be water」其實也是這個意味。因爲複雜的地形及多變的戰術，是國家這臺笨重單調機器無法理解及應對的「格式」。

總而言之，重點是盡可能減少依賴體制（如果無法完全摒棄國家），嘗試接受世界有多種的理解與想像，鼓勵人民自發思考後行動，接受未知道的可能。

第二是「創造體制以外的共同體」。國家讓人們變成原子個體，只用利益連繫每個人類齒輪從而便利統治。如果如斯科特所講要實踐隱藏文本，實行地下行動，互通反抗的能量，其實需要一個豐富厚實的文化網絡，要讓人們在利益錢勢以外可以爲著共同的興趣而連繫起來，建立信任。第一點提及的各樣看來簡單的日常實踐，往往起初在國家的眼睛裡都是「無害」的日常活動，亦正在於此，反抗的肌理能有機會在此之上生長開來。正如哈維爾說，其實所謂反抗的人，只不過是在實踐生活上無可避免地與權力衝突而已——「獨立社會生活是由廣義的磊落眞誠生活發展出來」，『持不同政見者』也是慢慢地由『獨立的社會生活』中滋長的。」

在這些日常活動之中，我們會聚集到許多對官方提倡的刻板生活形態感到沉悶、不滿的人，我們可以實踐到一種不被提倡的生活之美，這種生活嘗試實踐慢慢會轉化開來，成爲人們日後行動的意志來源。人一旦嘗試過自由的滋味，就會開始質疑被定義的可能與不可能，一旦可能與不可能的界線被模糊，許多本身看來天馬行空的事就有機會發生。

第三，「選擇小步」。我們永遠都無法知道國家計畫的連帶影響，同樣我們都無法知道我們行動的連帶影響。對於國家冒進舉行的龐大規畫，我們理應警惕及質疑。而對於我們具體的行動，我們不必想像如機器一樣精密與一動而立竿見影。我們要分析判斷大局，但行動永遠都步步爲營，行出小步後，稍爲回望，觀察，團結身邊的人，再計劃下一小步，這也是爲什麼在第一點我們提到許多從生活開始的反抗實踐。

第四是「爲未知打算」，我們的人生要準備好包納變化。如果在農業上來說，這意味著準備好田地去栽種多種多輪作物。如果說設計我們的居所，則指保留家庭結構及生命形態變化的空間。如果講人生的準備，則心理上要調整好，無論是思想上或體能上，不再抱有安逸、穩定、發展上流的想像，要做好流逸移徙的準備。穩定的代價是摧毀無數生命形態各異者的生存空間。政治上，則一個社群要爲各種突發情況做好存活的兩手準備，其中一個辦法就是多元發展，使得在特殊時期，本地的多元產業也能提供足夠的生存物資與條件。這點，我想經過這年香港運動以及全球疫症的事，我們都一一清楚不過。而所謂不穩定，其實某程度上意味著可能性的交織，選擇的自由。

第五是，「永遠保有學習的心」。國家的邏輯是簡化，然後改造。我們要做的，是保有對別人對別的物種的好奇心，好好學習。失去學習能力的人就會如國家一樣以爲自己是超然物外縱通全局的神。然而人只不過是會腐朽的人。如果人們以爲自己掌有眞理的地圖，就無法探究事物的本眞，無法在路上觀察到事物的細節，無法運用天賜的五官及智慧去尋找屬於自己的路。他比沒有地圖的人更墮落。

相對於上述幾個章節所講的國家重壓，這些反抗的要素似乎來得過於輕省無力。這樣是否足夠馴服國家這隻利維坦巨獸，甚至推翻他？當然遠未足夠，但這不過是所有故事的開端。正如斯科特在《爲無政府主義歡呼兩聲》（*Two Cheers For Anarchism*）裡所言，無政府主義不一定是個完整的體系，他無意在那本小書建立一個宏大完整的論說，也不一定意指推翻現實政府的存在。我們不過是從看來命定的政府必然論裡，否想國家，由一個（或許）曾經存在的無政府無國家想像裡，去思索更好的現世。

他指出，我們需要持續從每日的生活裡去嘗試挑戰權力、質疑來自國家政府的律令——小至選擇是否衝紅燈，大至去從在地人們的日常經驗構思城市規畫，這些對斯科特來說是「無政府主義的健身操」——當我們習慣了時刻警覺國家的暴力，一旦反抗、革命或者改良的機會來到，我們才有足夠的體格與機能去抗命。

永遠相信人們的創造力。人類是追夢的生物，在反抗的瞬間我們接通了天地萬物與歷史的前人，以及地球上同時在反抗的人。這個瞬間，我們是自由的。而自由的人，在根柢裡是無法被統治的。

＊＊＊

跋

反抗的結果，可能是巨大的。我們是在賭博，賭我們的努力，最後會否成爲革命成功的火苗，即便歷史上的革命最後往往會長成一個壓迫更甚的政體。

哈維爾其中一點對我來說好有感覺，但較少人細談下去的，是他寫的——「〔活出眞誠〕這類的表達方式，在另一種社會制度下根本微不足道，遑論有什麼爆炸威力。」

原文是這樣的：「我說的活得磊落眞誠，並不是單純關乎概念思考的事，如知識分子的抗議或寫公開信等。它可以指任何人或團體反抗操縱的行動：由知識分子的公開信到工人罷工，由一場搖擺音樂會到學生示威，由拒絕在鬧劇般的選舉中投票，到在官方安排的大會上公開發言，甚或絕食抗議等都是。如果對生命目標的壓制是一個複雜的過程，而且是要在多方面控制每一種生命的表達的話，依據同樣道理，每一個生命的自由表達都會間接地對後極權制度產生威脅，雖然一些這類的表達方式，在另一種社會制度下根本微不足道，遑論有什麼爆炸威力。」

其實這好唏噓的。在相對開放自由的地方，活出眞誠本身是基本不過的事，大家都做，或者都可以「選擇」這樣做（或者不）。唯有是在後極權社會裡，活出眞誠才有眞正的威力，因爲那是在被全面壓制之下破土而出，挑戰極權力量的根本。但反過來說，就是一旦這些人走出了後極權社會，當要在自由社會生活的時候，他那些在過去所做的事，其實就什麼都不是了，因爲活出眞誠可以是自由社會很大部分人的基本（當然如前文一路所講國家的存在本身已消滅了許多可能性，但相較稍爲民主的社會，後極權社會的情況更糟糕）。活出眞誠是不夠的，走下去的是在各自領域上的精進修行。

當然他們可以在自由之地，在過去的基礎上努力，繼而盛放。但把本身在後極權社會做的事直接拿在自由之地，是遠不足夠／低於水平的。

具體我想起中國的異見者。比如說有些人，在網上轉發一下撐雨傘的消息，就被囚，比如說那個對習近平像潑墨的女孩董瑤瓊，就這樣被送精神病院被餵藥了。他們偉大嗎？偉大。他們值得尊重嗎？非常值得。我欣賞他們嗎？欣賞敬佩。但他們做的事，其實都是極其卑微的事，這放在自由世界，根本微不足道，普通不過完全算不上任何的技術，只是勇氣。勇氣重要嗎？重要。我想說的是，他們是偉大，但同時很悲哀，在後極權之地，人很可能是沒辦法成長的，一直只能做 elementary 的事，就已經驚天動地了。更悲哀的是，香港正在步這樣的後塵。

賣菜大叔之事，我們之所以推崇，是因為他（雖然是虛構但也許是千千萬萬個真實的人）被哈維爾寫下了傳頌於世，是因為我們會覺得好像賣菜大叔這樣做了捷克便可以獨立了。也是因為，捷克（斯洛伐克）真正獨立了。如果不是這樣，他做的事就毫無意思……了嗎？我始終覺得不是的，但這已經接近信仰了。

是的，那的確如信仰，能夠傳承的，能夠為已逝死者的犧牲賦予意義的，日日崇敬的，確實只有仍然在生的人。如果這個世上還有願意傳頌故事的人，那或者意義就不會完全消失，信仰不信仰的，或者又來得沒那麼重要了。要不要革命，如何無政府，怎樣否想國家，或者真誠面對你自己，其實都只是為了，找到自己腳下的立足點，不想服從被命定的律則，不至於掉進無底深淵。至於人如果要墮落，其實無人可以阻止，也阻止不了的，而你要不要這樣，你想面對國家巨獸到什麼程度，是每個人生的選擇。想過，選擇走下去，就好了。進進退退，無所謂的。

我這樣跟自己講。

2021.01.13

致謝

能夠活到今天，全仗賴無數人的善意。

感謝我的母校元朗商會中學及香港中文大學，那裡自由之風一旦吹過，生命的種子才得以發芽。感謝鍾文康、劉子斌、黃柏威、郭逸朗、顏正綱手足之情。感謝恩師周保松，對我的照顧至今銘記。感謝馬嶽、李家翹的教導開闊了我的視野。感謝方子政大學時光的同行。感謝溫芷欣見證與包容農村時期魯莽衝撞的我。感謝郭志、周漢杰、李敏剛、陳日東知性路上的砥礪切磋。感謝我任中大學生會會長時內閣成員對我的包容備至。

剛畢業的時候，張潔平與林道群對我不吝提攜，感謝至深。特別是潔平，幾近無條件地信任著我。感謝蔡啓明爲我開闢自由寫作長篇散文的場地，感謝黎佩芬總是包納我突如其來的文稿，感謝符雨欣和曹疏影接納我的文章，感謝盧曼思和李月華的欣賞。感謝所有邀過我稿的朋友。

在社會跌碰的過程裡，我和葉泳琳受益於朱順慈、余國良、許寶強、顏婷、周太、麗妹、鄺錦華、小珊、吳靄儀，在此一一致謝。

我也要感謝當初爲我被告辯護的律師團隊戴啓思、譚俊傑、林耀強、楊嘉瑋和高麟，謝謝他們對我的理解與支持。感謝所有支持過我的熟人和陌生人，感謝你們。

感謝何錦源和陳淬清，兩位讓我明白人與人之間，一個眼神就相通，讓我知道自己並不孤單。

感謝在生活書社遇上的所有各位，能夠認識到大家是我的光榮。

此書出版，緣起自四年前任職《端傳媒》撰寫書介時認識的編輯莊瑞琳和盧意寧。當時自己文字清澀，幸得到兩位前輩賞識。也許她們不知道，當我數次質疑自己的時候，她們都有不經意地鼓勵過我，這對我來說是多麼意味重大。因著她們一直的關懷，才會有這本書的出現。謝謝瑞琳有興趣出版我的文字，謝謝意寧不厭其煩地和我討論及完善書稿，謝謝設計師的巧思讓這本書誕生於世，謝謝春山出版社的同仁。

感謝我的父母與妹，他們未必事事認同我的抉擇，但從不阻止，總是無私支持。感謝祖母在天之靈一直庇佑著我。

最後我要感謝葉泳琳這一路以來的相伴，沒有她的鼓勵、提點、帶領、身體力行，我絕對無法跨越生命種種關口。她讓我知道自己的限制，知道自己的能力，帶我認識這個世界的喜與悲，讓我的世界裡有愛。

我無宗教信仰，但從小到大總有時覺得聽到上天跟我說話，感受到她的安排，爲我打開一扇又一扇窗，我心存感激，希望毋負於她。

獻給　養我育我的香港。

部分文章初刊地

／後來

2016.12.05　歷史退潮時的燃燈者：在香港重讀哈維爾（刊於《端傳媒》）
2017.03.22　所謂幸與不幸（刊於《端傳媒》）

／再後來

2017.05.21　多餘的話（刊於《蘋果日報》）
2017.07.22　又好像不完全這樣（刊於《端傳媒》）
2017.08.11　倖存的條件（刊於《端傳媒》）
2017.08.20　我們有我們的真實（刊於《香港01》周報）
2017.09.01　聲音（刊於《蘋果日報》）

／書與牆（皆刊於《香港01》周報）

2017.07.01　時間也許從不站在我們這邊——而權力永遠站在時間一邊
2017.07.04　平凡地活著，推土機前種花
2017.07.31　烏托邦沒有凡人的臉
2017.10.06　無處可逃之地
2017.10.23　然後我就閉上雙眼
2018.01.25　現代的棲地
2018.01.29　城門開！
2018.02.25　拒絕馴養
2018.03.21　無有細節的年代
2018.06.15　要不然彼岸的花為什麼在對我微笑

／碎念

2018.08.08　不屬於誰的話（刊於《蘋果日報》）
2018.08.23　徒勞的重複（刊於《端傳媒》）
2018.09.14　靈魂的法則（刊於《端傳媒》）
2019.01.16　在風裡（刊於《蘋果日報》）

／案

2017.12.25　見證的責任（刊於《端傳媒》）
2018.11.16　在最暗的夜，無人看到你是否站直（刊於《明報》）

／故事

2019.03.13　在晨光灑落前（刊於《明報》）
2019.12.24　沉默的時間（刊於《端傳媒》）

／夢之三篇

2019.10.15　最初的夢（刊於《明報》）
2019.12.24　夢的時間（刊於《明報》）
2020.02.16　夢之不息而生將逝（刊於《明報》）

／現世

2019.06.04　誰的記憶誰有罪（刊於《蘋果日報》）
2019.06.30　在香港，雨一直下（刊於《端傳媒》）
2019.07.24　無界之地一口氣（刊於《明報》）
2019.08.25　雨一直下——生命的尋路人（刊於《眾新聞》）
2019.10.08　反求諸己的政治責任（刊於《蘋果日報》）
2019.11.20　理大之役——某種紀錄（刊於《眾新聞》）
2019.12.02　這可是我們的家（載於木馬文化出版《我香港我街道》）

／否想國家

2020.09.25　否想與反對國家——它如何馴養生活（刊於《明報》）

Literati

春山文藝　013

時間也許從不站在我們這邊

作　　者　鍾耀華
總 編 輯　莊瑞琳
責任編輯　盧意寧
行銷企畫　甘彩蓉
美術設計　林宜賢
內文排版　丸同連合 Un-Toned Studio
地　　址　11670 台北市文山區羅斯福路六段297號10樓
電　　話　02-29318171
傳　　眞　02-86638233

總 經 銷　時報文化出版企業股份有限公司
地　　址　33343 桃園市龜山區萬壽路二段351號
電　　話　02-23066842

製　　版　瑞豐電腦製版印刷股份有限公司
印　　刷　搖籃本文化事業有限公司
初版一刷　2021年2月
初版三刷　2022年11月

定　　價　420元

國家圖書館預行編目資料

時間也許從不站在我們這邊／鍾耀華
作；初版. 一臺北市：春山出版有限公
司，2021.02
面；　公分一(春山文藝：13)
ISBN　978-986-99492-6-2（平裝）

855　　　109022093

春山出版
Email　SpringHillPublishing@gmail.com
Facebook　www.facebook.com/springhillpublishing/

填寫本書線上回函